小读客 经典童书馆

童年阅读经典 一生受益无穷

梅林传奇

②七歌

［美］贝伦 著

汤天一　胡新航　译

THE SEVEN SONGS OF MERLIN

二十一世纪出版社集团
21st Century Publishing Group

图书在版编目（CIP）数据

七歌 / （美）贝伦著；汤天一，胡新航译. -- 南昌：
二十一世纪出版社，2015.5（2022.1 重印）
（梅林传奇）
ISBN 978-7-5568-0512-9

Ⅰ.①七… Ⅱ.①贝…②汤…③胡… Ⅲ.①儿童文
学 - 长篇小说 - 美国 - 现代 Ⅳ.①I712.84

中国版本图书馆 CIP 数据核字 (2015) 第 067767 号

梅林传奇 2 七歌 MEILIN CHUANQI 2 QIGE
［美］贝伦 著　　汤天一　胡新航　译

出 版 人	刘凯军		开　本	880 mm×1230 mm　1 / 32
责任编辑	陈 沁		印　张	10
特约编辑	赵佳琪　唐海培		字　数	230 千字
装帧设计	贾旻雯　张晓婷		版　次	2015 年 5 月第 1 版
出版发行	二十一世纪出版社集团		印　次	2022 年 1 月第 2 次印刷
	（江西省南昌市子安路 75 号　330025）		印　数	8 001～14 500
网　址	www.21cccc.com		书　号	978-7-5568-0512-9
承　印	三河市龙大印装有限公司		定　价	39.80 元

赣版权登字 -04-2015-74　**版权所有，侵权必究**
如有印刷、装订质量问题，请致电 010-87681002（免费更换，邮寄到付）

致中国读者的信

中国读者们：

你们好！

中国是一个文明古国。中国人民在长江河畔以及中国的许多河谷、草原和山峦都跋涉过漫长的岁月。你们历史悠久，文化灿烂，源远流长。

关于伟大的魔法师梅林的传说也同样源远流长，但几乎所有故事讲述的都是一个老人，一个可以随意变身或者穿越时光的法力高超的魔法大师。我很好奇，在掌握所有魔法之前，年轻的梅林会是怎样一个人，于是我就写了这套有关梅林少年时代的丛书来追寻他神秘的过去。

我的脑海里充满了疑问。是什么神秘的冒险经历影响了他的命运？是哪些忠诚的朋友帮助了他，又是哪些邪恶的敌人伤害了他？他是怎样学会掌握他的魔力、珍爱美丽的大自然、探访神灵居住的王国的？

我希望你们会享受在这些书中寻找答案的过程。某一天，你们也许还会看到梅林跋涉在长江河畔。

致以最美好的祝愿！

[美] 贝伦

作者前记

有时，在拂晓前那漫长的几个小时里，我躺在那里无法入睡，于是就竖耳聆听。听棉白杨的树枝在风中摇动，听角鸮低声啼鸣，偶尔，也听得到梅林的低语声。但在我听到梅林的声音之前，甚至在听懂到足以讲述他失落的岁月之前，我需要先学一点东西，也需要抹去很多学过的东西。最重要的是，我需要用心而不仅仅是用耳朵去聆听，因为这个魔法师充满了惊奇。

《魔法师梅林》的第一部《失落的岁月》揭秘了梅林失落的年代是以怎样不寻常的事件开始的。那些年代为什么在传统故事中消失，却又在几百年后重新浮现？这个问题的答案可能与梅林本人在那段岁月中经历的深刻变化和极度痛苦有关，而事实证明那些年对于后来成为亚瑟王导师的他格外重要。

梅林的故事开始时，他是一个被冲上威尔士礁石嶙峋的海岸、处于死亡边缘的男孩。大海吞噬了他曾经记得的一切。他躺在那里，被无法想起的事情折磨着，完全没有意识到自己有一天会成为历史上最伟大的魔法师。

因为他没有记忆，没有家，没有姓名。

我们可以从梅林自己的叙述中感受到那一天带给他的永久的伤痛和深藏的希望：

如果我闭上眼睛，随着大海起伏的节奏呼吸，我就还能想起很久以前的那一天。那天阴郁寒冷，了无生气，就像我空荡荡没有空气的肺一样空荡荡没有希望。

　　那天之后我还过了许多日子，多得我已经没有力气去数。然而那一天却熠熠生辉，明亮如同格拉朵，如同我发现了自己名字的那天，如同我第一次把一个名叫亚瑟的婴儿抱在怀里的那天。

　　我对那一天记得如此清楚，也许是因为那痛苦就像是我灵魂上的伤疤，永远不会消失。或许，是因为它标志着许多事情的结束。或许，是因为它既标志着结束也标志着开始——我失落的岁月的开始。

　　少年梅林的故事还在继续。他解开了巨人之舞之谜，但一团黑色的谜又出现在前方。他是否能成功而及时地解开那个谜以达到他探寻的目的还未揭晓。梅林所面对的挑战异常艰巨。尽管他误打误撞地发现了自己潜在的魔力，但他还远远没有掌握它们。尽管他听说了一些特鲁伊人、希腊人和凯尔特人的智慧，但他才刚刚开始对它们有所领悟。尽管他发现了自己的姓名以及有关自己命运的一点暗示，但他仍然没有找到自己内心最深处的秘密。

　　简而言之，他还不懂得做一个魔法师意味着什么。

　　如果少年梅林要找到自己内心的那个魔法师，已经失去了很多的他还必须失去更多。但在这个过程中，他也会有所收获。他也许会了解到关于他的朋友丽娅的真相。他也许会掌握视力与眼力之间的区别。让他难过的是，他也许会发现自己内心既有光明又有黑暗；但同时让他欣喜的是，他还拥有其他相反的特质：青春与衰老，阴与阳，死亡与永生。

传奇英雄们有时候要自下而上经历三重境界：自我、俗世和另一个世界。首先他们必须发现自己内心隐藏的通道，然后他们必须战胜地球上肉骨凡胎的敌人，最终他们必须面对成为神灵的种种危险和潜能。从某种意义上说，梅林改变了这一传统模式，他在本书，也就是《魔法师梅林》的第二部中就已经在尝试到达另一个世界。但就像我们已经看到的那样，梅林不太喜欢循规蹈矩。事实上，和在其他书里一样，他在这本书里也在同时探索着三重境界。

然而，只有另一个世界，那个神灵的国度才掌握着他所探寻的答案。那是一个神秘的地方，鲜有凡人涉足，既富有灵感又充满危险。如果梅林能够设法掌握《魔法七歌》，打败曾毁灭了他祖父的敌人，找到灵界井的秘密，他的确可以到达神灵的国度。在那里，他也许会见到神秘的黛格达和邪恶的芮塔·高尔……还有他生死不明的忠实朋友——麻烦。

在这个过程中，他还会有更多发现。正如W.B.叶芝曾经说过，人类总是渴望找到和宇宙秩序的某种联系，"从而把对神灵和神性的认识与大自然的美重新结合起来"。这就是那个最初在树上驾驭风暴时，发现了自己重生力量的少年梅林，在通向魔法师的曲折道路上苦苦寻求的结合。

梅林这段旅程的起点也是他上一段旅程的终点——充满传奇色彩的芬凯拉岛。凯尔特人相信它隐藏在海浪之下，是这个世界和另一个世界的交界，希腊人也许会称之为欧姆法洛斯——中界点。但对芬凯拉最好的描述来自爱伦——梅林的母亲。她简单地把它叫作"两者之间"的地方。就像既不是水也不是空气的雾，芬凯拉既非俗世也非神境，而是在两者之间。

梅林本人也在两者之间。他既非凡人也非神祇。他既不老也并不年轻。卡尔·荣格觉得梅林是个令人着迷的人物，因为他神秘的魔力同时来自意识与潜意识，正如他的智慧同时来源于自然与人文。

　　有关梅林的最古老的故事给了他一个圣人般的母亲和一个魔鬼般的父亲，这并非偶然。他们分别象征着我们所有人内心的光明面和阴暗面。梅林最大的智慧并不在于清洗或者消灭他阴暗的一面，而是在于将其作为自身的一部分给予包容和接纳。最终，正是梅林对人的弱点以及人的潜能的认识让他成为亚瑟王最好的导师。

　　我对第一本书的作者前记里提到的所有人始终深怀感激，尤其是我的太太和最好的朋友嘉丽，还有我无比睿智的编辑帕特丽夏·李·高奇。此外，我还要对以下几位表示感谢：劳埃德·亚历山大，他的作品一如既往地给我们所有人带来灵感；苏珊·库里南，她对幽默的智慧有着充分的理解；还有萨沙，我们温顺的猎犬，它经常在我写作时为我暖脚。

　　梅林又在低语。让我们用心去聆听，因为我们知道这个魔法师充满了惊奇。

我被抽离了真实的自己。
我是一个精灵，我知道……
自然的秘密，
鸟的飞翔，
星星的漫游，
和鱼儿的游弋。

——摘自杰弗里写于十二世纪的书《梅林传》

目　录

第三部

序幕

几个世纪飞逝而去，快过曾经载我飞翔的那只勇敢的鹰，更快过我失去母亲那天射中我心灵的痛苦之箭。

但我对芬凯拉的那次代表大会仍然记忆犹新。会议在巨石阵里召开，那是那座巍峨的城堡在巨人之舞后留下的唯一遗迹。代表大会已经多年不曾在那个地点举行，而且多年之后也不会再次召集。代表们有几个难题亟待解决，包括如何惩处已被废黜的国王以及是否要选出其继位者，但最重要的问题是如何处置芬凯拉那些具有魔力的宝物，尤其是花琴。

我忘不了大会的开始，更忘不了大会的结束。

巨石阵矗立在山脊上，像一簇比黑夜更黑暗的阴影。

夜色沉沉，万籁俱寂。一只孤零零的蝙蝠向废墟飞去，但旋即又改变方向，似乎害怕隐堡重又拔地而起。然而，当年的塔楼城垛只剩下这一圈矗立的巨石，沉默得像被遗弃的坟墓。

石阵的上方渐渐泛起一片奇怪的亮光。太阳要几个小时后才会露面，所以这不是阳光，而是上空的星光。星星越来越亮，仿佛离巨石阵越来越近，像成千上万只炽热的眼睛在注视着它。

一只黄油色的飞蛾扑扇着宽宽的翅膀落到一块石头上，接着又飞来一只淡蓝色的鸟和一只羽毛残缺的老猫头鹰。黑影里一个什么东西爬过了一根躺倒的石柱。两个农牧神蹦蹦跳跳地跑进巨石阵中央的空地里，他们长着山羊的腿和脚，男孩的胸部和面孔。随后到来的是会走路的树，有桦树、橡树、松树和山楂树，它们像深绿色的潮汐，漫过整个山岗。

七个来自芬凯拉岛的男人和女人带着惊叹的目光走了进来，和他们一起的还有一队红胡子的小矮人、一匹黑马和几只乌鸦。两个水上仙女在石边的水潭里喧闹地打着水仗。另外还有一只花斑蜥蜴、几只鹦鹉和孔雀、一头毛和角都闪着银光的独角兽、自带树叶当座椅的绿甲虫一家、一头母鹿和一头小鹿、一只巨大的蜗牛和一只眼睛一眨不眨地盯着大家的凤凰。

到会代表越来越多，一位芬凯拉诗人见状站起身来环视着全场。他头发蓬乱，长着高高的额头和一双敏锐的黑眼睛。过了一会儿，他走到一截坍塌的石柱边，在一位身穿藤衣、体格结实的女孩身旁坐了下来。女孩的另一边坐着一个拄着歪拐的男孩。他看上去比他十三岁的年龄要老成，漆黑的眼睛给人一种漠然的感觉。他最近开始把自己叫作梅林。

尖叫声、扑打声、嗡嗡声、低噪声、咝咝声和咆哮声响成一片。太阳升高了，巨石阵被涂上了一层金色，喧嚣声变本加厉，直到一只巨大的白色蜘蛛步入会场。她的身体比两匹马加在一起还要大，随着她的出现，其他生灵纷纷噤声，迅速退到一边。大名鼎鼎的大伊鲁莎的光临既让他们深感荣幸，又让他们担心她从雾岭的水晶洞一路走来，说不定现在已经胃口大开。结果，她毫不费力地就找到了一个座位。

大伊鲁莎在一堆碎石上坐下来，八只脚中的一只脚挠了挠背上的鼓包，另一只脚从背上拉下一个棕色大挎包，放到身边。然后，她环视一周，目光在梅林身上停留了片刻。

更多的代表来到会场。一个半人半马的怪物昂首阔步走进巨石阵，胡子几乎拖到了马蹄上。紧随其后的是两只尾巴翘得老高的狐狸，接着是一位胳膊和腿几乎和她的栗色头发一样纤细的林中小精灵。一块长满青苔的活石一路滚进场地中央，差点就压到一只行动迟缓的刺猬。一群精力充沛的蜜蜂贴着地飞来飞去。而圆圈边上，食人魔一家正互相掐架来打发时间。

又来了更多的代表，其中许多梅林都不认识。有的像长着火红眼睛的灌木丛，有的像一根弯曲的棍子或者一团泥巴，还有的除了投射在石头上的一缕微光之外根本就无影无形。他看到了各种各样的面孔：怪异的、凶险的、好奇的，还有的甚至没有脸。不到一小时，原本沉寂无声的巨石阵变得像狂欢节一般热闹。

诗人凯尔普瑞尽其所能地回答了梅林关于周围各种奇异生灵的问题。他解释说，这个是像月光一样躲躲闪闪的雪鸡，那个是六百年进食一次的格林梅特，而且还只吃檀厥蒂尔花叶。穿着藤衣的丽娅在德鲁玛树林里住了多年，因此对有些凯尔普瑞认不出来的生灵有所了解。但还是有一些他们两人都不认识。

不过这并不奇怪。活着的人里可能只有大伊鲁莎见过芬凯拉岛上形形色色的居民。巨人之舞推翻了邪恶国王斯坦格马的统治，摧毁了他的隐堡后不久，各地就提出了召开代表大会的要求。芬凯拉所有具有生命的居民，无论鸟、兽、虫还是其他任何种类，第一次派出了自己的代表。

几乎每一个族群都接受了邀请。为数不多的缺席者包括斯坦格马垮台后被赶回到黑山岭的山洞里的战斗精灵和变形幽灵，早已从岛上销声匿迹的树人，以及生活在芬凯拉周围水域但来不及通知到的人鱼。

凯尔普瑞仔细看了看与会的代表们，难过地表示芬凯拉最早的居民峡谷之鹰也没有出席。古时候，峡谷之鹰高亢的叫声总是标志着大会的开始，这次却没有听到，因为斯坦格马的军队已经把这些高傲的老鹰斩尽杀绝了。凯尔普瑞认为，那叫声再也不会在这片山谷中回响了。

这时，梅林瞥见一个面色苍白、瘦骨嶙峋、目露凶光的秃头女巫。他认出了她，不禁打了个冷战。这么多年来她用过许多名字，但大部分时间都叫多姆努，意思是黑暗的命运。他刚一看到她，她便消失在人群中。他知道她在躲他，也知道她为什么躲他。

突然，一阵震撼山谷的隆隆声响起，压过了会场的喧嚣。一块立着的石头开始摇晃起来。隆隆声越来越响，石头倒在地上，几乎压到了母鹿和她的孩子。梅林和丽娅心照不宣地交换了一下目光，不是出于害怕，而是因为他们之前已经听过巨人的脚步声。

两个和当年矗立在这里的城堡一样高大的巨人大步走到巨石阵旁。他们从遥远的大山赶来，为了参加集会早早放下了瓦里高古城的重建。梅林扭过头来，希望能看到他的朋友席姆，但是席姆并不在其中。他叹了口气，只好安慰自己：席姆就是来了可能也会从头睡到尾。

第一个巨人是个头发蓬乱的女人，长着明亮的绿眼睛和一张歪嘴。她一边嘴里嘟囔着，一边弯下身子去搬那块倒下的石头。这块巨石二十四匹马都很难拖动，这个女巨人却毫不费力地把它放回了原处。她的同伴面色红润，胳膊和橡树的树干一样粗。他两手叉腰在一旁看了好一会儿，才对她点了点头。

她点头表示回应。然后，她又嘟囔了一句什么，举起双手，仿佛要抓住飘动的云朵。看到这个情景，凯尔普瑞疑惑不解地抬了抬浓密的眉毛。

高高的天空中出现了一个小黑点，它像是陷进了一个无形的旋涡，在云层外不停地旋转着。它越降越低，吸引了巨石阵里所有生灵的视线。大伙重又安静下来，就连活蹦乱跳的水上仙女也不出声了。

黑点越来越低，也越来越大，先是巨大的翅膀，随后是宽阔的尾巴，接着是阳光照亮的钩状鸟喙。突然，一声尖锐的叫声划破了天空，在山峦间起伏回荡，直到大地也发出了回声。这，就是峡谷之鹰的呼唤。

老鹰有力的翅膀像风帆一样张开着。稍后，他收敛起翅膀，伸出巨大的鹰爪向地面俯冲下来。兔子和狐狸们一见这架势都尖叫起来，其他动物也纷纷后退。峡谷之鹰威严地将翅膀扑扇了一下，落在头发蓬乱的巨人的肩膀上。

芬凯拉岛代表大会开始了。

首先，代表们同意在解决所有问题之前谁也不能离开。此外，在老鼠们的要求下，每一位代表都保证不在会议期间吃掉其他代表。只有狐狸们提出了异议，理由是仅仅在如何处理花琴这一项议题上做出决定就会花费几天时间。不过会议还是通过了这项规定。为了保证代表们遵守规定，大伊鲁莎自告奋勇进行监督。她没有说她准备如何监督，大家好像也不打算过问。

大会通过的第二个议案是赋予巨石阵以神圣纪念碑的称号。头发蓬乱的巨人娴静地清了清嗓子，提议给隐堡遗址一个新的名称：巨人之舞，也就是古时巨人语言里的"伊斯托纳亨基"。大会代表一致同意采用这个名字，但巨石阵随即变得一片沉寂，这是因为尽管"巨人之舞"标志着希望芬凯拉有一个更美好的未来，但这种希望来源于深沉的悲哀。

过了不久，讨论话题转到了斯坦格马的归宿。尽管这个邪恶的国王被赶下了王位，但他还活着，而保住他性命的人正是他的儿子梅林。身为半个芬凯拉人，梅林不能在大会上发表意见，但诗人凯尔普瑞提出由他代言。尽管他父亲作恶多端，男孩还是请求让他父亲免于一死。大会代表们为此争论了很长时间。最后，他们不顾巨人们和峡谷之鹰的极力反对，决定把斯坦格马终身监禁在黑山岭北面无法逃出的山洞里。

下面一个问题是谁来掌管芬凯拉。蜜蜂们提出他们的蜂后可以统领全体居民，但是没人支持这个建议。很多代表对斯坦格马的统治所带来的痛苦记忆犹新，因此言辞激烈地反对推选任何领导人甚至成立公民议会，因为权力迟早会带来腐败。凯尔普瑞指出这种说法是愚昧的。他举例说明无政府曾经导致其他族群的毁灭，并警告说如果芬凯拉群龙无首，就将再次成为另一个世界的邪恶领袖芮塔·高尔的牺牲品。但大多数代表没有理会他的顾虑，大会以占绝对优势的票数通过不选举任何领导人。

接下来商讨的是最重要的问题：如何处理芬凯拉的宝藏？

在大家肃然起敬的目光里，大伊鲁莎打开身边的挎包，取出那把花琴。镶有桦木的橡木共鸣箱上雕刻着花纹，琴身散发出奇异的光泽。一只绿蝴蝶飞了过来，落在最短的那根琴弦上。大伊鲁莎抬起一条巨腿赶走了蝴蝶，琴弦也随之叮当一响。她停下来听了听，然后拿出其他宝物：宝剑深刃、召梦者、火球和智慧七器中的六件（可惜的是第七件在城堡坍塌时遗失了）。

所有的眼睛都在审视着这些宝藏。很长时间大家都一动不动，就连四周的巨石也仿佛在俯身看个仔细。代表们都知道，在斯坦格马得势以前，这些宝藏属于芬凯拉所有居民，由大家随意分享，但这也给了盗贼们可乘之机，斯坦格马就是一个例子。一只花兔子建议每件宝物都应该有一位监护者，在负责保管宝物的同时也保证它不被滥用，这样宝藏既得到分享又受到保护。大部分代表对此表示赞同并要求大伊鲁莎来挑选宝藏的监护者。

但大蜘蛛没有答应，她提出只有比她聪明得多的人，一个像图阿萨这样的真正的魔法师，才能胜任如此重要的使命。图阿萨神通广大，据说他甚至发现了通往另一个世界的秘密通道，以便向最伟大的黛格达神讨教，可图阿萨几年前就去世了。最后，在大家的再三请求之下，大伊鲁莎同意将这些宝藏放在她的水晶洞里由她看管，直到找到合适的监护者。

尽管宝藏问题暂时得到了解决，但是花琴的问题还是没有答案。周边的乡村深受芮塔·高尔迫害，大地了无生机，甚至见不到一棵绿草。其中黑山岭遭受的破坏最为严重，尤其需要帮助，而只有花琴的魔力才能让这片土地起死回生。

但是这把花琴应该由谁携带呢？图阿萨曾经用花琴治愈了被失落之地的龙摧毁的森林，然而从那以后花琴已经多年没被弹过。尽管那片森林最终得以复苏，但图阿萨承认弹这把琴比给愤怒的龙催眠需要更高的技巧。他曾经警告说，花琴只对拥有魔法师的心的人才有反应。

第一个出来试琴的是最年老的孔雀。他展开尾巴上亮丽的羽毛，昂首挺胸地走到琴边，然后低下头来，用鸟喙飞快地拨动了一根琴弦。一个清亮的声音响起，在空中萦回了片刻，但仅此而已，琴的魔力依旧沉睡着。孔雀又试了一次，但花琴仍然只发出一个音符。

接着又有几个代表轮番上前。穿着闪光的白外套的独角兽用他的角划过琴弦，弹出一声激扬的和弦，然后就没了动静。随后上场的还有一头大棕熊、一个胡子拖到膝盖下面的小矮人、一个看上去很强壮的女人和一个水上仙女，但都没有任何成效。

最后，一只棕褐色的癞蛤蟆从梅林脚边的影子里跳出来，停在大伊鲁莎伸手抓不到的地方。他用刺耳的噪音对大伊鲁莎说："你可能不是一个魔法师，但我相信你有一颗魔法师的心。你肯不肯来弹这架琴？"

大伊鲁莎只是摇了摇头。她举起三条腿，指了指凯尔普瑞的方向。

"我？"诗人又气又急地说，"你不是当真的吧！说我有一颗魔法师的心，就像说我长了一个猪脑袋。我知识贫乏，智力欠佳。我绝对不可能让这把琴有任何反应。"他摸了摸下巴，把头转向他身边的男孩："但我想起来有个人可能做得到。"

"那小子？"棕熊怀疑地叫道，甚至连男孩自己也坐立不安了。

"我不知道他有没有一颗魔法师的心。"凯尔普瑞边说边用眼角扫了梅林一眼，"我怀疑就连他自己都不知道。"

熊用爪子拍打着地面："那你为什么还要推荐他？"

诗人脸上漾出笑意："因为我觉得他不可貌相。他毕竟摧毁了隐堡，应该让他试试这把琴。"

"我同意，"一只身材纤细的猫头鹰上下颌碰了一下，表明了自己的意见，"他是图阿萨的孙子。"

"可他也是斯坦格马的儿子。"熊咆哮道，"即使他能够唤醒这把琴的魔力，我们也不能信任他。"

森林小精灵走到巨石阵的中央，她栗色的头发像波纹荡漾的小溪。她向丽娅微微鞠了个躬，丽娅也给她回了个礼。然后，她用轻快活泼的声音对大家说："我不认识男孩的父亲，但我听说他父亲年轻时经常在德鲁玛树林里玩耍。就像这棵本来可以长得又高又直的弯树一样，我说不好该怪他父亲还是该怪那些没有给过他父亲帮助的长辈们。但我认识男孩的母亲。我们都称她为长着蓝宝石眼睛的爱伦。有一次我发高烧，是她治好了我。她的手法具有某种魔力，甚至比她自己所了解的还要多。也许她儿子也有同样的天赋，所以我们应该让他试一试这把琴。"

会场上响起一片附和声。熊一边走来走去，一边自言自语地抱怨着，但最终没再表示反对。

梅林从坍塌的石柱上站起身来，丽娅用自己缠着藤叶的胳膊挽住他的胳膊。他感激地看了她一眼，缓缓走到琴边。他小心地拿起琴，双臂抱住琴的共鸣箱。代表们再一次安静下来。男孩深吸一口气，抬起手拨动了一根琴弦。空中响起一个低沉的音符，它颤动着，久久萦绕不去。

梅林没有感觉到任何特殊之处，一脸失望地把脸转向了丽娅和凯尔普瑞。棕熊满意地叫了几声。但几乎同时，站在巨人肩上的峡谷之鹰发出了一声尖叫，其他代表也纷纷加入，兴高采烈的吼叫声和跺脚声响成一片。在梅林的靴子上蜷伏着一根青草，绿油油的像是一株被雨水洗过的树苗。他微笑着又拨了一下琴弦，更多的青草冒了出来。

等到喧嚣声终于平息下来之后，凯尔普瑞大步走到梅林面前，拉住他的手。"好样的，孩子，好样的。"他停顿了一下，"你知道，治好这片土地，那可是一副重担子。"

梅林喉头一紧："我知道。"

"你一旦开始，就要一刻不停地进行下去，直到完成任务。要知道，芮塔·高尔的部队已经在谋划再次进犯。黑山岭里有很多士兵藏身在山洞和地穴里，那里是大枯萎中受灾最重的地方，也最容易被攻击。我们最好的保护办法是尽快让山林恢复原样，这样和平的生灵们就会回到那里居住，而侵略者也会望而却步，并且还能保证芬凯拉的其他地区在敌人进犯前得到警报。"

他轻轻拍了拍这把橡木乐器："所以你要从黑山岭开始，直到任务完成才能离开。锈原和其他亟待复苏的地方则要放在以后。我们要在芮塔·高尔回来以前治好黑山岭，否则就再也没有机会了。"

他沉思地咬着嘴唇："孩子，还有一件事。芮塔·高尔一旦回来就会四处找你。你给他惹了这么多麻烦，他一定会好好地'谢'你。所以，不要做任何会引起他注意的事情。埋头干你的活，治好黑山岭。"

"如果我离开巨石阵后不能让这把琴发挥作用，那可怎么办？"

"如果这把琴不听你使唤，我们会理解。但是记住：如果你能使好这把琴却不尽心尽责，我们永远都不会原谅你。"

梅林慢慢点了点头。在代表们的注目下，他把琴的皮背带套到了肩上。

"等一等。"

这是女巫多姆努的声音。她向男孩走过来，圆睁着双眼，在头顶上挤出一道道皱纹。她抬起胳膊，用一根多节的手指头指着他："不能把琴交给这个有一半人类血统的男孩。他必须离开这个岛。如果他留下，芬凯拉就完了。"

这几句话让几乎所有代表，尤其是梅林，都吓得往后一闪。她的话有一种奇怪的力量，比刀剑伤得还要深。

多姆努晃晃手指："如果他不离开，我们所有人过了多久就会死掉。"一阵冷风穿过巨石阵，连巨人们都打了个寒战。"难道你们都忘记了黛格达亲自颁布的禁令？任何有人类血统的人都不允许在这个岛上长住。难道你们都忘记了这个男孩就是在这里出生的？而这违反了一个更加古老的禁令。如果你们把琴给了他，他一定会理所当然地把芬凯拉当成自己的家园，或许他根本就不想回到雾那头的世界。听好我的警告：这个男孩可能会打破两个世界之间的平衡！他会让黛格达降怒于我们。更糟的是——"她不怀好意地斜了一眼，"他像他父亲一样，可能会成为芮塔·高尔的工具。"

"我不是！"梅林反驳道，"你想把我赶走，这样你就不用把格拉朵还给我了。”

多姆努两眼冒火：“你们看见没有？尽管他不是我们当中的一员，却敢面对全体代表发表意见。他不尊重芬凯拉的法律，就像他不尊重事实一样。他越早被赶出去对我们就越好。”

大家被她的话给蛊惑住了，不少人在频频点头。梅林还没有来得及回应，另一个人先开口了。

说话的是丽娅。她蓝灰色的眼睛闪闪发光，直视着秃头女巫。“我不相信你，就是不相信。”她深吸了一口气，又说道，“你自己才健忘呢。按照那个古老预言的说法，只有一个有人类血统的孩子才能打败芮塔·高尔和他的手下。如果他指的就是梅林，你还想让我们把他赶走吗？”

多姆努张开嘴巴，露出黑漆漆的牙齿，然后又闭上了嘴。

“这这这个个个女女女孩孩孩说说说的的的是是是真真真话话话。”大伊鲁莎用她打雷般低沉的嗓音说道。她用八条腿撑起庞大的身躯，眼睛逼视着多姆努：“男男男孩孩孩应应应该该该留留留下下下。”

魔咒仿佛被打破了，各色各样的代表们用跺脚、吼叫和拍打翅膀的方式纷纷表示赞成。多姆努见状做了个怪脸。“我警告过你们了，”她气冲冲地说，“这个男孩会毁了我们所有人。”

凯尔普瑞摇了摇头：“咱们等着瞧吧。”

多姆努瞪了他一眼，转身走进人群里。在消失之前她又瞥了梅林一眼，这让他的胃一阵紧缩。

丽娅转过身来，问凯尔普瑞：“你能帮他把琴背上吗？”

诗人抖动着乱蓬蓬的胡子笑了：“当然。”他把琴的皮背带举过梅林的头顶，挂到他肩上：“孩子，你知道这是一份责任。我们所有的人都指望着你。尽管如此，希望它也能带给你快乐。希望你每弹拨一下琴弦，就能让一片土地鲜花盛开。"

他顿了一下，若有所思地看着梅林，又低声补充道："希望你在治好土地的同时也治好你自己。"

一片欢呼声在神圣的巨石阵回荡。芬凯拉代表大会散会了。

第一部

1

救援者

我把肩上的花琴往上提了提，向山顶走去。天空出现了一缕缕曙光，将云朵染得一片殷红。红宝石般的光束舔着最远处的群山，照亮了地平线上几株稀疏细长的树，看上去就像几根被遗忘的头发。尽管有火焰般明亮的树，群山却依旧黑暗，和我皮靴下的枯草一样，是干涸了的血的颜色。

即便如此，当我踩在干裂的山坡上时，还是露出了微笑。寒风钻进我棕色的外套，抽打着我的面颊，但我几乎感觉不到，因为我的工作给了我温暖。三个多星期来，我做的事情就是让这里的土地复苏。

就像我的祖父——伟大的魔法师图阿萨多年前所做的那样，我背着花琴走遍了荒芜的田野森林。像他一样，我也轻易地就唤回了那些土地的生命，这让我相当意外。花琴的反应一天比一天积极，似乎急于听从我的意愿，它好像在图阿萨死去之后就一直在等待着我。

需要说明的是，即使在成功时我也知道我并不是魔法师，我了解的只是魔法的一些皮毛，我甚至连图阿萨的学徒也当不了。不过，我也小有所成。我从斯坦格马手中救出了我的朋友丽娅，帮她死里逃生。我摧毁了斯坦格马的整个城堡，而且还破坏了他的主子芮塔·高尔的计划。代表大会把花琴交给我显然合情合理，而花琴也应该听从我的指挥。

我走近一块黑黢黢的突兀的岩石，注意到岩石下有一条干枯的水沟，水沟明显多年没有见到一滴水了。沟里有些泥巴还没有被风吹走，但已经干枯得像晒干的尸骨一样。一棵瘦弱的树孤零零地站在那里，它片叶不生，只长了一层薄薄的树皮。除了这棵树以外，这片土地没有任何生命。没有植物，没有昆虫，也没有任何动物。

我来回摩挲着我的手杖那多节的顶部，摸得到上面深深的木纹，还闻得到铁杉树浓烈的香气。我自信地微笑着，把手杖放到地上，从肩膀上取下花琴的皮背带，小心地不让它和草药包的背带缠在一起，那草药包还是妈妈在和我分别前给我的。我把琴架在左臂上，仔细端详着上面精雕细刻的花纹、嵌入的桦木条和间距匀整的音孔。羊肠做的琴弦在晨曦中发出幽暗的光泽，连接共鸣箱和琴柱的琴颈像天鹅翅膀一样优美地弯曲着。我向自己保证，将来有一天我要学会造一把这样的琴。

又一阵寒风迎面吹来，我用手指滑过琴弦，悠扬而神奇的琴声骤然响起。自从很久以前听妈妈唱歌之后，我再也没听到过如此抚慰我心灵的音乐。尽管我已经背着这把琴翻越了几十座山岗，那优美的琴声却让我百听不厌。我知道我永远都不会听厌。

一根细小的蕨枝从地里探出头来，渐渐舒展开。我又拨动了琴弦。

眨眼间，整个山坡都恢复了生机。干枯的草茎变成了柔韧的绿叶，一股清流溅着水花从水沟里淌出，渗进干渴的土地里。沾着露水的小蓝花一朵朵沿着沟边往外冒，空气里充满了新鲜的香味，闻着像是薰衣草、百里香和雪松混合在一起的味道。

我一边饮进那美妙的芳香，一边聆听着美妙的琴声。这让我想起了妈妈收集的草药的香味，脸上的笑容顿时消失了。我已经太久没有闻到那香味了。在我出生以前，长着蓝宝石眼睛的爱伦就已经让她的生活里充满了风干了的花瓣、种子、树叶、树根、树皮和其他所有可以用来给人治伤的东西。有时候我怀疑她是因为喜欢那种气味才收集了那么多的草药。我也喜欢草药的气味，除了小茴香，因为它会让我打喷嚏。

但比起妈妈调制出来的香味，我更喜欢和她在一起。她总是尽力让我感到温暖和安全，尽管她的努力总是被外面的世界挫败。在格温内斯（也有人把它称作威尔士）那些残酷的年月里，她悉心抚养我，从未要求感谢。她曾经为了保护我不受过去的伤害而冷淡疏远我。她曾经因为不肯回答有关我父亲的问题而让我愤懑不已。而我为了打击她，也曾在恐惧与迷惑中拒绝用她最想听到的称呼来叫她。但即使在那些时候，我也依然爱她。

如今，我终于理解了她为我所做的一切，却无法感谢她。她是那么遥远，远在雾的另一端，大海的另一端，礁石林立的格温内斯海岸的另一端。我不能触摸到她，也不能用"妈妈"这个称呼来呼唤她。

一只麻鹬在树枝间啁啾地唱着，打断了我的回忆。叫声那么欢快有力。我再次拨动了琴弦。

眼前的这棵树瞬间生机勃发。绿芽冒出来了，树叶长出来了，长着亮晶晶翅膀的蝴蝶飞到了树杈上，树干和树枝裹上了一层光滑的灰色树皮。树根在延伸，扎进了小溪的堤岸，溪水沿着山坡飞流而下。

这是一棵山毛榉。看着它粗壮的树枝伸向天空，我不禁咧开嘴笑了。一阵微风吹动了它银色的树叶。看到山毛榉总是让我心中充满一种安宁的感觉和沉静的力量。我救了它，我让它起死回生，就像我让这整个山坡和之前的很多山坡恢复了生机一样。我为自己的力量而振奋。代表大会做出了正确的选择，也许我的确有一颗魔法师的心。

接着，我在离岸不远的树根间的一摊积水里看见了自己的倒影。看着那疤痕累累的脸颊和失明的黑眼睛，我再也笑不出来了。我们第一次见面时丽娅怎么形容我的眼睛来着？就像藏在云背后的两颗星星。我真希望我的眼睛——我自己的眼睛——还能看见。

有第三只眼当然比失明要好。我永远也忘不了发现自己不用眼睛也能看见的那个神奇的时刻。但第三只眼并不能取代真正的视力。它看到的颜色会变淡，细节会变得模糊，黑暗会显得更近。如果能治好我的眼睛，我愿意付出一切。尽管我烧伤的眼睛毫无用处，但我始终知道它们就在那里，时时刻刻提醒着我失去的一切。

而我失去的是那么多！我才十三岁，就已经失去了母亲、父亲、我曾经拥有的家和我的眼睛。我仿佛听见妈妈用她一贯鼓励的口气问我是不是也有所收获。可我究竟得到了什么？也许是独自生活的勇气，还有就是拯救芬凯拉荒芜土地的能力。

我回身转向山毛榉树。我已经治好了黑山岭的一大片土地，从现在成了神圣巨石阵的隐堡废墟，一直到鬼沼的最北端。接下来的几个星期里，我会让剩下的地方也恢复生机。再然后，我可以着手复苏锈原。芬凯拉有太多神秘的地方，但面积并不是很大。

我放下竖琴，走近山毛榉树，把手放到光滑的银色树皮上。我伸开手指，感受着生命在高大的树干中流动。然后，我嘟起嘴，发出低沉的唰唰声。山毛榉树抖了一下，好像从隐形的锁链里脱身出来。它的树枝抖动着，发出相似的唰唰声。

我点点头，对自己的技巧很满意。我又发出唰唰的声音，山毛榉树再次用同样的声音回应。但这回山毛榉树不光是在抖动，因为我给了它一个指令：弯下身来，弯到地上。

我要坐到最高的树枝上，然后再命令它直起身来，把我送向天空。打从记事起，不管刮风下雨，我都喜欢坐在树顶上。但我以前得自己爬上去，今天不用了。

高大的山毛榉树迟疑着，发出一阵噼噼啪啪的响声，然后慢慢弯下身。树干上有一片树皮裂开了。我伸长脖子看着最高处的树枝越降越低。树弯到了我面前，我看中了我的座位，一个离树顶不远的树杈。

突然，我又听到了唰唰声。山毛榉树不再往下弯，而是开始慢慢直起。我生气地重复了我的命令。树停了停，然后重又向我弯下身来。

唰唰声再次在空中响起。山毛榉树又一次停住，慢慢直起身。

我的脸烧了起来。这是怎么回事？我的手指压紧树干，准备再试一次。这时，一串清亮的、银铃般的笑声传进我的耳朵里。我猛一转身，一个身披树叶、长着蓝灰色眼睛和一头浓密棕色卷发的女孩出现在我面前。她浑身上下缠着闪闪发亮的藤蔓，把自己弄得就像一棵树一样。她两手放在草编的腰带上，看着我笑个不停。

"丽娅！我早该猜到是你。"

她歪了歪头："这么快就厌倦会说话的山毛榉树啦？你听上去又像一个凯尔特人了。"

"如果你不打岔，我这会儿还在和山毛榉树聊着呢。"

丽娅摇了摇她沾满树叶的棕色卷发："我没有打断你们聊天。我打断的是你的指令。"

我恼怒地抬头看了看那棵树，它早已直起了身，银色的树叶在风中摇摆着，"别捣乱，好不好？"

她又摇了摇那头卷发。"你需要一个向导，否则你会迷路的。"她关切地看着山毛榉树，"要不就是尝试什么傻事。"

我皱了皱眉："你不是我的向导！记不记得是我邀请你一起来的？真没想到你会多管闲事。"

"我教你说树语时也没想到你会用来伤害它们。"

"伤害它们？你难道没看见我在做什么？"

"看见了。我不喜欢你的做法。"她跺跺脚，踩平了地上的草，"让一棵树弯成这种样子既危险，也对它不够尊重。树也许会受伤，甚至会死掉。你要是想坐到树上，自己爬上去就得了。"

"我知道自己在做什么。"

"也就是说过去的三星期里你什么也没学到！你不记得树语的第一条规则了吗？先听后说。"

"等着瞧吧。我会让你看到我学到了多少。"

她大步走到我面前，用一只有力的手抓紧我的胳膊肘："我觉得你有时候像个小孩。那么自以为是，又那么不讲道理。"

"走开，"我吼了起来，"我救活了这棵树！我让它起死回生！我想让它弯腰就可以让它弯腰。"

　　丽娅皱紧了眉头。"不，梅林，你没有救活这棵树。"她松开手，指着草地上的乐器说，"是花琴救活了这棵树，而你不过是弹琴的人。"

2

恰当的欢迎

"怎么不甜了？"

我躺在平缓的山坡上，身下是柔软芬芳的草地，同时小心地不让自己的脑袋碰到花琴。即使不用眼睛，我的第三只眼也很容易分辨出丽娅手上饱满的粉红色莓子。我知道她问的是莓子。就她的口味来说，它们远不够甜。自从我们俩那天在山毛榉树边发生争执以后，我也经常问自己同样的问题，只不过让我产生疑问的是我俩之间的友谊。

丽娅还是神出鬼没、忽隐忽现，但她从来不会离开我太久。她仍然陪着我翻山越谷，有时不言不语，有时唱着歌。她仍然在我附近宿营，常常和我分享她的食物。她仍然自称是我的向导，尽管显而易见我根本不需要别人领路。

虽然她经常在我身边，但现在我们之间多了一堵无形的墙。虽然我们算是旅伴，但实际上我们在各走各的路。她就是不理解我，这让我一直很恼火。我根本没法向她解释让土地复苏、绿草重生是多么令人振奋。每次我刚一张口，她就给我上一堂有关花琴的课。

更糟的是，有时候她的表情就像是看透了我，似乎她不问也知道我所有的想法和感受。我帮过她那么多的忙！难道女孩子都像她那样让人抓狂地难以相处？

我冲着枝蔓绞缠、结满了粉色莓子的灌木丛挥了挥手："你既然不喜欢，为什么还吃个不停？"

她一边从树枝上摘莓子，一边回答道："这里肯定有更甜的莓子。我知道的。"

"你怎么会知道？"

她漫不经心地耸了耸肩，又放了一把莓子在嘴里："嗯，我就是知道。"

"有人告诉过你？"

"我心里有个小声音，一个懂得莓子的声音。"

"别乱来，丽娅！这片灌木丛里的莓子还没有熟透，你最好再等等。"

她不理我，嘴里继续嚼着。

我拔起一簇草，往山坡下扔去："要是酸莓子吃得太多，你回头吃不下甜的怎么办？"

她转过身来，满嘴的莓子，就像一只嘴里塞满了橡子的松鼠。"嗯，"她又咽了一口，"没有甜莓子，那就是专门用来吃酸莓子的一天。但是那个小声音告诉我这儿有更甜的莓子。说到底就是要信任莓子。"

"信任莓子！你到底想说什么？"

"我说的就是这个意思。有时候对待生活最好就像是在一条大河里顺流而下。你听从水的指引，而不是试图改变河流的航道。"

"莓子和河流有什么关系？"

她摇摇头，棕色卷发也跟着一起晃动："我在想……是不是所有的男孩都像你一样难以相处？"

"别再说了！"我站起身来，把花琴抢到背上，肩胛间的旧伤疼得让我皱了一下眉头。我穿过草地，手杖尖在草上留下一串小坑。我注意到左边有一棵山楂树已经活了过来，但还是蔫头耷脑的，于是我把手伸到肩后拨动了一根琴弦。山楂树马上变得挺拔起来，而且绽放出粉色和白色的花朵。

我回头看了一眼丽娅，希望她至少能夸奖一句，哪怕是半心半意的也行。可是她似乎还在专心致志地拨弄长着莓子的树枝。我转过身来，向草地边上铁锈色的山坡快步走去。山顶上布满了黑黢黢的凸起的岩石，下面很可能是藏着战斗精灵的地洞。我在黑山岭漫游时见过许多这样的地方，还从来没看到过战斗精灵的踪迹。也许凯尔普瑞的担忧并不成立。

我猛地停下脚步，认出了山顶上的两个尖峰。我手里转着手杖，心里也在转着一个新念头。我掉头朝西往山下走去。

丽娅叫了起来。

我把手杖往地上一插，转头看着她："什么事？"

她用染了莓子汁的手指了指山上："你没有走错方向？"

"没有。我要去看几个朋友。"

她皱起了眉头："那你的任务怎么办？你不治好黑山岭是不能休息的。"

"我没有要休息！"我踢了踢脚下厚厚的草，"但没人说我在这个过程中得躲着朋友，尤其是那些对我做的事很欣赏的朋友。"

尽管我视力有限，但我还是看见她的脸红了，"我的朋友们有一个花园，我要让那个花园大变样。"

丽娅眯起了眼睛，说："如果他们真是朋友，就会对你说真话。他们会让你回去完成你的任务。"

我昂着头大步离去。一阵狂风迎面吹来，让我失明的眼睛流出了眼泪。我顶着风往山下走去，短外套拍打着我的小腿。"如果他们真是朋友，就会对你说真话。"丽娅的话在我的脑海里回响着。到底什么是朋友？不久以前我曾经把丽娅当成朋友，但现在她更像我身上的一根刺。不要朋友！也许这就是答案。朋友实在太不可靠、太苛求了。

我咬紧嘴唇。真正的朋友当然不同，他们就像我妈妈那样——无限忠诚，永远支持。可她是独一无二的，在芬凯拉找不到像她一样的人。但是……也许总有一天我对别人也会有同样的感觉，比如像泰林和卡拉莎这两个我要去拜访的人。我只要拨动一下琴弦，就会让他们的花园和我们的友谊都更加丰硕。

风势减弱了。我用袖口擦了擦眼睛，听见身后的草地上响起丽娅轻轻的脚步声。尽管我生着她的气，但我心里还是好受了些，这当然不是因为我需要她做伴，我不过是想要她看见我即将从真正的朋友那里得到的感谢和赞美。

我把脸转向她："你决定了跟我一起走？"

她严肃地摇了摇头："你还是需要一个向导。"

"要是你认为我会迷路的话，我是不会的。"

她只是皱了皱眉头。

我没再说话，抬脚往山下走去，脚跟陷进草里。丽娅紧跟着我，沉默得像一个影子。我们走到平地时，风停了，雾在闷热的空气中凝滞，太阳热得烫人，我不断擦着被汗水刺痛的眼睛。

整个长长的下午，我们都在沉默中跋涉。每当看见干裂的土地，我就拨弄一下琴弦，在身后留下茂盛的草地、奔涌的溪流和各种各样被复苏的生命。尽管太阳烤热了我们的后背，却不能让我们的情绪升温。

终于，我看见了一片熟悉的山坡。山坡被一条深沟一分为二，中间有一幢像是从岩石和泥土里长出来的灰色石屋，环绕小屋的是一截断墙、几株爬藤和几棵细弱的果树。那实在算不上是什么花园，但在隐堡倒塌以前它像是锈原里一片真正的绿洲。

等到我把他们贫瘠的园子变得硕果累累的时候，我的老朋友泰林和卡拉莎该有多么吃惊啊！他们会对我感激不尽，也许丽娅都会对我刮目相看。我在墙的另一边看到了树荫下两个白发苍苍的脑袋，那正是泰林和卡拉莎。他们肩并肩面对着一片长着鲜艳的黄花的苗圃，两人的头慢慢点着，仿佛在和着只有他们自己才听得见的音乐节拍。

想到我给他们带来的厚礼，我不禁露出了笑容。上次见到他们是在去隐堡的路上。那时我只不过是一个衣衫褴褛的男孩，甚至不知道能不能活过那一天。他们压根儿没想到还会再见到我，我也没想到会故地重游。我和丽娅都加快了步伐。

我们走到离断墙二十步开外的地方时，他们两人同时抬起了头，就像清晨草原上的两只野兔。泰林先站起身，他向卡拉莎伸出一只长满皱纹的大手，但她摆摆手，自己站了起来。他俩看着我们走过来，泰林捋着自己蓬乱的胡须，卡拉莎手搭着凉棚。我和丽娅一前一后跨过断墙。虽然肩上的竖琴很重，我还是挺直了身子。

卡拉莎脸上的皱纹折出一个柔和的微笑："你回来了。"

"是的，"我边回答边转过身来，好让他们看见花琴，"我给你们带来了一样东西。"

泰林的眉头皱了起来："你是说你带来了一个人？"

丽娅上前一步。看见两个上了年纪的园丁站在他们简陋的小屋前，她蓝灰色的眼睛一下子亮了。不等我介绍，她就点头打起了招呼。

"我叫丽娅。"

"我叫泰林。这是和我结了六十七年婚的太太卡拉莎。"

白发老妇人皱着眉对他的小腿踢了一脚，但稍稍踢偏了一点："你这个老糊涂，是六十八年。"

"对不起，宝贝。"他往后退了一步，再补充道，"你看，她永远是正确的。"

卡拉莎哼了一声："还好有客人在，要不我就拿着泥铲找你算账了。"

老汉对半截埋在花圃里的泥铲扫了一眼，像小熊一样调皮地晃了晃胳膊："她又说对了。要不是偶尔有客人来保护我，我怀疑我早就没命了。"

丽娅忍着没笑出来。

卡拉莎的脸变得柔和了，她拉起泰林的手，两人安静地站在一起，他们的头发和小屋的石头一样灰白。树叶在他们周围轻轻地摇曳，像是在向多年来精心培育这个花园的两双手致意。

"我觉得你们像两棵树，"丽娅说道，"两棵在同一片土地上生长了很久，连根和叶都长到了一起的树。"

卡拉莎眼睛发亮地看着老伴。

我试图重拾话题："说到生长，我给你们带来了……"

"对了！"老汉打断了我的话，大声说，"你带来了你的朋友丽娅。"他转身对她说："我们像欢迎阳光一样欢迎你。"

卡拉莎拉了拉我短外套的袖子说："上次和你一起来的、长着像土豆一样的大鼻子的那位朋友，他还好吗？"

"席姆很好。"我生硬地说，"现在……"

"不过他的鼻子，"丽娅打断了我的话，"可是比以前更大了。"

卡拉莎挑了挑眉毛："他呀，看上去总是一副惊奇的样子。"

我夸张地清了清喉咙："现在，我要给你们俩一个巨大的惊喜。"

还没等我把话说完，老妇人又对丽娅说道："你住在德鲁玛树林吗？你的衣服和林中仙女的衣服是同一种织法。"

"我这一辈子只有德鲁玛这一个家。"

卡拉莎往前凑了凑："我听说的是真的吗？说是有一种最罕见的树，树上每根树枝都结一种不同的果子，而且德鲁玛还有这种树。"

丽娅的脸洋溢着光彩："真有这么回事。德鲁玛真的有绍莫拉树。其实可以说就在我的园子里。"

"孩子，那你可是有个了不起的园子、了不起的园子啊！"

我越来越生气，用手杖敲着地叫道："我这儿就有一份礼物赠送给这个园子。"

两个老人仿佛都没有听见我的话，继续向丽娅打听德鲁玛树林的情况。他们好像对她比对我更感兴趣，而我才是给他们带来了如此宝贵的礼物的人。

终于，泰林伸出结实的胳膊去够我们头顶的树枝上垂下来的一颗螺旋形果子。他的手敏捷地把它摘了下来，果子在他的手心里发出淡紫色的光泽。"拉康果，"他朗诵般说道，"这是这片土地赠予寒舍的最美好的礼物。"他静静地打量着我："我记得你喜欢它的味道。"

总算轮到我了，我想。我刚要伸手去拿，泰林却一转身把它给了丽娅："所以我想你的朋友也会喜欢的。"

看着她接过果子，我的脸发烧了。可我还没有来得及开口，他又摘下一颗螺旋形的果子递给了我："你的回来让我们感到很荣幸。"

"荣幸？"我的语气里有几分不相信。我很想再说两句，但还是忍住了。

泰林和卡拉莎交换了一下目光，又转回身注视着我："你来我们家做客是我们莫大的荣幸。上次你来如此，这次你来还是如此。"

"泰林，可是我这次带了花琴。"

"不错，我看见了。"他的嘴角耷拉下来，让他显得前所未有的苍老，"我的孩子，花琴具有种子本身的魔力，是宝中之宝。但在我们家，我们欢迎客人不是因为他们背上携带的东西，而是因为他们别处携带的东西。"

谜语！来自我视为朋友的人的谜语。我沉下脸，拨开脸颊上的几根乱发。

泰林长长地吸了一口气，才又说道："作为东道主，我们对你既要热情招待，又要坦诚相见。如果花琴背在你的肩上，就说明你还有一副更重的担子，那就是尽快治好我们的土地。孩子，大家都指望着你呢。你不该把宝贵的时间花在和我们这样的普通人闲聊上。"

我咬紧牙关。

"请原谅我，我说的都是真心话。"

"梅林，等一等。"丽娅大声阻止道。

没等她把话说完，我已经跨过了石墙，独自一人大步向平原走去，花琴的琴弦在我背上叮当作响。

暖风

　　那天晚上，我在小溪岸边的一个坑里过了一夜，身上除了星星什么也没盖，头就枕在被露水打湿的灯芯草上。伸出一只手，我可以碰到顺着长满青苔的石阶飞溅而下的溪水；伸出另一只手，我就能摸到躺在芦苇丛里的花琴和手杖。

　　孤身一人，远离所谓的朋友，我本应该觉得高兴。但当我拨动神奇的琴弦，让小溪重新流淌、让灯芯草和青苔从干裂的泥土里冒出来的时候，我却没有感到一丝欣喜。甚至当我在夜空里看到珀伽索斯时，我都没有感到快乐，尽管自从母亲第一次指给我看以后，珀伽索斯就一直是我最喜欢的星座。

　　这个晚上我时睡时醒，没有像以前那样在梦里驰骋在长着翅膀的珀伽索斯背上。我做了一个不同的梦。梦里的我坐在一块深红色的石头上，看着母亲向我走来。不知怎么地，我的眼睛好了，又可以看见了，而且看得那么真切！阳光在她的金发上闪烁，她明亮的蓝眼睛里闪动着另一种光芒，我甚至可以看到她手里拿着的一根小小的铁杉树枝。

突然，我惊骇地发现我的门牙在变长，长了很多，而且越变越大，像野猪的獠牙一样弯曲着，短剑般的牙尖向我的眼睛直刺过来！看着不断变长的牙齿，我惊恐万分地尖叫起来。母亲向我奔来，但为时已晚。我抓着自己的脸，想徒手把牙齿拔出来。但我拔不动它们，也不能阻止它们生长。

牙齿缓慢地、不可阻挡地弯了过来，直到牙尖碰到了眼睛上，我自己的眼睛！再过几秒钟我的眼睛就会被刺穿。我感觉到双眼在破裂，痛苦地尖叫了一声。我的眼睛又瞎了，彻底瞎了。

我醒了过来。

身边的溪水还在哗哗流淌，上空的珀伽索斯还在驰骋。我从灯芯草上抬起头来，刚才不过是一个梦。可是为什么我的心还怦怦直跳？我小心翼翼地摸了摸脸颊，那上面是被一场大火弄瞎眼睛时留下的伤疤。那些疤因为我刚才的抓挠又添了新的伤痕，现在正火辣辣地痛。但我的心更加疼痛，因为这一切都是我引火烧身造成的！失去眼睛已经足够悲惨，但更悲惨的是我害了我自己。几个月来，我头一次想知道那个陷入我引起的大火中的男孩迪纳提亚斯是否活了下来。我至今仍然能听见他痛苦的尖叫和恐惧的呜咽。

我把脸埋进灯芯草里哭了起来，泪水伴着小溪一起流淌。我的抽泣声渐渐平息了，可是在水流的另一端，哭声仿佛仍在继续。我抬起头来，仔细聆听着。

哽咽声不断传来，中间夹杂着长而沉重的呻吟声。我用短外套的袖口拍拍又湿又痛的脸颊，挪到离水更近的地方。尽管天黑，我的第三只眼却可以顺着水流看出去挺长的一段距离。但我还是找不到那凄厉的声音来自哪里，也许那只是我记忆中的回声。

我用手抓住灯芯草，身体前倾向水流贴近。我的膝盖不停地在泥泞的岸沿上打滑，差一点掉进水里。我不停地找，却一无所获。可那哽咽声和呻吟声似乎来自一个很近的地方，简直就像是从小溪里传来的一样。

从小溪里。没错！但这怎么可能？

我把刚要伸进水里的左手又缩了回来。我肩胛之间的旧伤在一阵阵抽痛。这会是一个骗局吗？或者是芬凯拉某种隐藏的危险？就像变形幽灵暂时换上一副讨人喜欢的外表，就是为了把你引向死亡。丽娅肯定能看出来。但我痛苦地提醒自己，丽娅已经没跟我在一起了。

呻吟声又响了起来。星光照在昏暗的水面上，让小溪看上去像一条水晶河。我咬着嘴唇，把手伸进水里。冰冷的水漫过我的手腕和小臂，我的皮肤被冻得发麻。然后，我的手指碰到了什么东西。光光的、圆圆的，但比石头要软。我摸索着试图抓住这个滑溜溜的东西，总算把它抓牢拉出了水面。那是一个比我的拳头大不了多少、用厚囊袋做成的长颈瓶，皮制的瓶盖被一层厚厚的蜡密封着，充足了气的瓶子滴着水，散发出幽暗的光。

我捏了捏瓶子，里面发出震耳欲聋的哭喊声，接着是痛彻心扉的抽泣声。我用木杖的底部刮去瓶口的蜡，蜡一点点地往下掉，仿佛不愿意离开。我拧开瓶盖，一股和煦的暖风迎面吹来，闻上去有几分桂皮的味道。长颈瓶瘪了下去，强劲的气流像鲜活的呼吸般掠过我的脸和头发。

"谢谢，人儿，谢谢你。"我脑后传来一个气若游丝的声音。

我猛地一转身，手中的瓶子落在地上。然而，在我和遥远的星空之间，我什么也没看见。

"或许我应该说，"那声音又细声细气地说，"艾姆里斯·梅林，谢谢你。"

我缓过气来问："你怎么知道我的名字？"

"噢，对了，"那声音轻快地接着说，"比起老气横秋的艾姆里斯，我更喜欢梅林。"

我举起手在夜空里抓了一把："你怎么知道得那么多？你是谁？你在哪里？"

我面前的空气里响起一串轻柔带喘的笑声。"我是艾拉，一个精灵。"又是一串笑声，"但大多数人管我叫风妹妹。"

"艾拉，"我重复道，"风妹妹。"我再次把手伸向天空，这次我的指尖穿过了一股温暖的气流："告诉我，你怎么知道得这么多？"

桂皮的味道更浓了。暖风在我的周围慢慢飘荡着。温暖的空气绕着我缓缓移动，掀动了我的短外套。我觉得自己好像被一股旋转的风包围着。

"艾姆里斯·梅林，空气知道多少我就知道多少，因为我走得又快又远，从不睡觉，从不停步。"

艾拉的隐形斗篷继续围着我转圈。"艾姆里斯·梅林，风妹妹都是这样的。"她哽咽了一下，"除非她像我一样被关起来了。"

"谁会干这种事？"

"坏人会，艾姆里斯·梅林。"暖风转开去，留给我一股寒意。

"告诉我是谁。"

"坏人。对了，"艾拉的声音从我刚才睡觉的岸边传来，"她有很多名字，但最为人所知的是多姆努。"

我打了个冷战，但不是因为夜里的寒气。"我认识多姆努。我知道她会背信弃义，但我不至于叫她坏人。"

"艾姆里斯·梅林，她绝对不是好人。"

"她不好也不坏。她就是她。有点像命运。"

"你指的是黑暗的命运。"艾拉的呼吸从琴弦上拂过，花琴发出叮叮咚咚的响声，"只有几个年富力强的人才能抓住风，她就是其中之一。艾姆里斯·梅林，我也不知道为什么。我只知道她把我关进那个瓶子后就扔下不管了。"

"我真替你难过。"

一股暖风抚摸着我的脸："艾姆里斯·梅林，要是你今天晚上没救我，我就没命了。"

我也放低声音问她："风真的会死吗？"

"当然，艾姆里斯·梅林，风也会死的。"她又拂过我的脸，"和人一样，风会因为孤独而死去。"

"你现在不再孤独了。"

"你也一样，艾姆里斯·梅林，你也不再孤独了。"

4

宝藏

　　离开黑山岭以后，弹琴已不再让我激动，但现在我又有了那种兴奋的感觉。的确，当我走在锈原起伏的高地上时，还没等我停下脚步去拨动那橡木乐器，新的生命就在这片土地上迸发出来。干草在我面前变弯了，枯叶从地面飞起，在我脚边旋转跳跃。这都是因为艾拉在伴我同行。她温柔的呼吸经常碰到我的手臂。每次我拨动神奇的琴弦，她都会发出轻盈的笑声。

　　即便如此，我的脚步有时候还是会变得沉重。每当路过一个石屋或者一片果树林，我都会拄着手杖，闷闷不乐地想起上次见到泰林和卡拉莎的情景。我真希望自己从来没想到去看他们和他们的果园。除此之外，每当瞥见东边黑黢黢的山岭，我就痛切地感到不回到山里去完成我的任务是一个错误。可是……我只是觉得自己没有做好回去的准备，起码现在还没有。就让丽娅他们再着急一阵子吧。

　　我心中涌起一股怨气，随手拨了拨花琴。没想到，这一次我脚下的枯草没有变成茂密的绿茵。相反，整个草原似乎变得更黑了一点，就像乌云遮住了太阳。我疑惑不解地看了看天空，却没有看到一片云彩。

我不耐烦地又拨了一下琴弦，但草变得更加干硬、暗沉。我对花琴皱起了眉头。它这是怎么啦？

一股暖风掀动了我的短外套："艾姆里斯·梅林，你生气了。"

我不自在地说："你怎么知道？"

"我不知道什么，"艾拉柔声说，"完全凭感觉。我现在还能感觉到你在生气。"

我加快了步伐，一心想把这片草原甩在后面。发黑的草叶像无数荆棘扎在我的靴子上。

"艾姆里斯·梅林，你为什么这么生气？"

走出发黑的草地，我停下脚步，深吸一口气，又慢慢地吐出来："我真的不知道。"

艾拉缥缈的形体包围了我，我闻到一股桂皮香味。

"你是不是在想什么人？"

我捏紧了手杖柄："我谁也不想。"

"连你的妈妈也不想？"

我膝盖一软，但没有开口。

风妹妹绕着我转圈："艾姆里斯·梅林，我没见过她，但我认识很多见过她的人。她肯定是一位很好的朋友。"

我眨眨眼，挤掉失明的眼睛上的泪珠："没错，她是我的好朋友，也许是唯一的朋友。"

艾拉温暖的呼吸触到了我的面颊："能不能给我讲讲她？我想听。"

我把手杖在铁锈色的干草里拧了拧，又迈开了脚步："她喜欢夜空和夜空里的星星、梦想和神秘。她喜欢像奥林匹斯和阿波罗的提洛岛[1]那种古老地方的传说。她喜欢生长着的绿色植物，喜欢所有天上飞的、地上走的、水里游的生灵。而且她很爱我。"

艾拉的旋转慢了下来，但她好像和我贴得比以前更近。她的风拥抱着我。

"你说得对，"我承认道，"我确实想她，我没有想到我会这么想她。"我犹豫了一下，深吸了一口气："艾拉，我真想和她在一起，哪怕只有一个小时。"

"我懂的。真的，我懂。"

我突然想到，艾拉尽管无影无形，但有些地方和我妈妈很像。她热情、体贴，而且从不对我指手画脚。

这时，我注意到前方不远处有一片低矮的树丛，树皮发蓝，树叶宽阔。我曾经看到丽娅把这种树当作食物。我放下花琴和手杖，走到树丛边，连根拔起一株，露出一块蓝色的粗茎。我用短外套擦干净外面的皮，咬了一口里面味道独特的肉。

"我能不能和你分享这顿饭？我不知道你吃什么，但不管是什么，我都可以帮你去找。"

艾拉从矮树丛上面飞过，掀动了宽宽的树叶。"我只吃我还没有到过的土地从远方飘来的芳香。你知道，我命里注定要四处飘荡。"她轻轻拨弄着我的头发，"我想我们分手的时候到了。"

我停止了咀嚼："分手？为什么？"

那个缥缈的声音对着我的耳朵说："艾姆里斯·梅林，因为我

---

1 提洛岛位于希腊，相传是阿波罗的诞生地。

是风，我必须飞，一直上扬，一直旋转，这就是我的生存状态。我要去看很多地方，包括芬凯拉还有别的世界。"她似乎在花琴上盘旋了一会儿："你也必须飞起来，因为你在黑山岭还有工作要做。"

我皱起了眉头："艾拉，怎么你也这样？我本来以为至少你不会对我指手画脚。"

"艾姆里斯·梅林，我没有对你指手画脚。我只是告诉你风从黑山岭带来了令人担忧的坏消息。芮塔·高尔的同谋们又开始蠢蠢欲动了，而且他们的胆子一天比一天大。过不了多久，精灵和变形幽灵们就会从洞里出来，那时候你再想治好那儿的土地就已经晚了。"

她的话让我的心忐忑不安。我想起了凯尔普瑞把花琴交给我时对我的提醒。"我们要在芮塔·高尔回来以前治好黑山岭，否则就再也没有机会了。记住，如果你能使好这架琴却不尽心尽责，我们永远都不会原谅你。"

我扫了一眼地平线上云影笼罩的山脉："如果你说的是真的，那我现在就应该回去。你能不能陪我？这样我们可以一起再多走一段。"

"艾姆里斯·梅林，在没有长翅膀的人里，你已经是我陪得最久的了。"她的气息吹着我的脖子，"现在我得飞走了。"

我闷闷不乐地扔下那块树根："我听说芬凯拉人曾经是长了翅膀的。也许那只是古老的传说，但我真希望那是真事，真希望他们没有失去翅膀，那样的话我就能和你一起飞了。"

我感觉到风在我肩上打了个旋。"唉，艾姆里斯·梅林，看来你也听说了。有过翅膀又失去，实在是太让人难过了！即使很多芬凯拉人忘记了他们的翅膀是怎么失去的，他们也不会忘记肩胛间留下的痛。"

我僵硬地伸直胳膊，感觉得到那里的旧痛："艾拉，你知道是怎么回事吗？凯尔普瑞听过那么多故事，可是就连他也不知道芬凯拉人是怎么失去翅膀的。他曾经对我说他愿意拿他一半的藏书来换取答案。"

暖风又包围了我，绕着我缓缓地打转："艾姆里斯·梅林，我知道是怎么回事。也许将来某一天我会告诉你，但不是现在。"

"你真的要走？我总是这样，找到的东西总会失去。"

"艾姆里斯·梅林，希望你会再找到我。"

一股疾风在我棕色短外套的袖子上拍了一下，然后飞快地消失了。

我站了很长时间。最后，我的肚子饿得咕咕叫了起来。我没有理会，直到听见它又叫了一声，才弯腰捡起刚才扔掉的树根。我咬了一口，心里还在想着风妹妹艾拉。吃完之后我又上路了，朝着东边黑山岭的方向走去。

四周是海浪般起伏的锈原。我拖着脚向前走，脚下的干草发出断裂声。一阵轻风吹着我的后背，减轻了太阳的灼热。但这不是我想要的风，我要的是艾拉的陪伴，但我更怀念工作的快乐。那份快乐我刚刚失而复得，却再一次失去。我感觉肩上的花琴格外沉重。

走在路上，我有时会摸摸妈妈的草药袋，那是我们在凯尔·麦丁那间潮湿的石屋里分别时她送给我的。我现在比任何时候都更想念她。我知道她也想念我。她在这里的话决不会像别人那样把我丢下不管的。然而，她却遥远得像是天边的风。

金色的太阳落下来一些。我走近了六七排东倒西歪的树。树枝上没结果子，却有几朵亮闪闪的白花。一股熟悉的香味向我飘来，是苹果花。我用力闻了闻这股好闻的香气，但还是打不起精神。也许只有重新体验让土地复苏的欣喜才能带给我快乐。

我把琴抱在怀里，想起之前在黑草原上的奇怪经历，又犹豫起来。我安慰自己那不过是一个偶然。我的手指慢慢滑过琴弦。顿时，一把闪闪发亮的刷子在树林和周围的草地上一扫而过。苹果从树枝中间冒了出来，一下子长得硕大无比。树干变粗了，树根变密了。树挺直身子向天空伸去，骄傲地舞动着结满果实的树枝。我的胸挺了起来。黑草原上发生的一切都已经不再是问题。

突然，一声大叫传来。一个光着上身、和我年龄相仿的男孩从一棵树上掉了下来，落进树枝边的水渠里。又一声大叫传来，我跑了过去。

男孩从水渠里爬了出来，他的头发和皮肤都是和泥土一样的棕色。接着，让我没想到的是，又一个人冒了出来。他长得和男孩一模一样，就是年龄和块头要大一些，那是个种地的人，我认出了他。

我站在苹果树的树荫里，所以他们俩都没有注意到我。光膀子的汉子挺直了宽宽的背，抓住男孩的肩膀问："儿子，受伤了没有？"

男孩揉了揉青紫的肋部。"没有，"他不好意思地笑了，"你这个枕头不错。"

汉子笑嘻嘻地看着他："你难得从树上掉下来。"

"树也难得挺得这么直，都把我晃下来了！爸爸，你看！上面结满了苹果。"

男人倒吸一口气。他和男孩一样目瞪口呆地盯着完全变了样的树，惊讶得合不拢嘴。我的脸上露出了笑容。这就是我希望从丽娅和别人那里看到的反应。如果妈妈看见了也会有同样的反应。她一向都喜欢漂亮美味的新鲜苹果。

"儿子，这是奇迹。这是来自伟大的黛格达神的礼物。"

我从树荫里走了出来："洪，说错了。这是来自我的礼物。"

男人吓了一跳。他看看我，再看看向上伸展的树枝，又看看我。然后，他转身对儿子说："他就是我对你说起过的小伙子。"

男孩睁大了眼睛："就是那个打败了邪恶国王的小伙子？就是那个给自己起了个鹰的名字的小伙子？"

"梅林，"我自报家门，把手搭在男孩的肩上，"你爸爸在我最需要的时候帮助过我。"

洪捋了捋粘着泥巴的头发："我的老天爷。在听到你打赢了的消息以前，我以为你已经死了不止一回了。"

我倚着弯曲的手杖，咧嘴笑了："你说得很有道理。要不是你给我的那把好使的剑，我一定死了不止一回了。"

洪摸摸自己结实的下巴，仔细端详了我一会儿。他光着上身，下面只穿了宽松的棕色裹腿。他的手上满是裂口和老茧，看上去和树根一样结实有力。

"小伙子，我很高兴那把老剑还派上了用场。它现在在哪里？"

"在隐堡的废墟里。它没能杀死斯坦格马不死士兵里的一个小鬼，但它给了我宝贵的几秒钟。"

"我听了很高兴。"他的目光转向了那把神奇的乐器，"看来你找到了花琴。"他推了推男孩："儿子，你看，这还真是一个奇迹！肉骨凡胎的人做不成这件事情，哪怕像这位小鹰这么能干的人也不行。救活我们园子的是这把琴，不是这个小伙子。"

我顿时矮了一截，刚要接嘴，洪又开口了。

"在我看来，芬凯拉所有的宝藏都是黛格达一手创造的奇迹。"他几乎是敬畏地轻声说道，"智慧七器里还有一张能自己耕地的犁。真的！听说它犁过的田都会有不多不少的完美收成。"

男孩难以置信地摇摇头，笑着指了指躺在水沟边的一张破木犁："爸爸，这张犁肯定不是那张犁。每次看见你拉犁，我的背都会跟着疼。"

洪笑了："你从树上跳到我身上时，我的背才真叫疼呢。"

两个人笑成一团。洪结实的胳膊搭在儿子的肩膀上，他转过身来时脸上充满了骄傲："其实我也有我自己的宝贝，那就是这位小朋友。他对我而言比再多的奇迹都更宝贵。"

我喉头发紧，伸出手指抚摸着妈妈的皮袋子。即使在熟苹果的香气中我也能闻到草药的甜味。"洪，如果你遗失了你的宝贝——你的那位朋友，你会怎么办？"

他的脸变得像岩石一样坚定："我会尽自己的一切力量把他找回来。"

"哪怕那意味着你没有完成你的工作？"

"那就是最重要的工作。"

我严肃地点了点头："那就是最重要的工作。"

我跨过水沟，又上路了。走到果园边上时，我停住脚步，面对着夕阳下煤炭般闪闪发光的黑山岭。我的手杖细长的影子仿佛直指着有凹口的那座山，那是我放下了我的工作的地方。

我慢慢转过身向北方走去。不久之后，我就会回到那片山岭继续我的工作。我会让我能找到的每一片草叶都获得新生。但是，我要先做另一件事。我必须找回我的母亲。和洪一样，我会尽最大努力去完成这件事。

5

小丑

第二天傍晚，我站在一个高坡上，看着一束束金光投射在锈原的草地上，编织出缕缕金线。山坡下有一片围成一圈的泥砖房，茅草屋顶像四周的原野一样闪闪发光。厚厚的木板伸出外墙，把泥砖房连接起来，好像手拉手站成一圈的小孩的胳膊。柴火烘烤谷物的香味让我的鼻子发痒。

我的心里既期待又不安。这里是吟游诗人之乡凯尔·耐森。我知道诗人凯尔普瑞答应过在代表大会之后来这里帮助修复斯坦格马造成的破坏。我还知道凯尔普瑞是芬凯拉唯一一个能帮助我找到妈妈的人。

我还有大量工作没完成，这时候见到我他肯定不会开心。但他认识长着蓝宝石眼睛的爱伦，多年前还曾经当过她的老师。我相信他也会盼望她回来。他说过，与她从自己这里学到的所有东西相比，他从她那里学到的有关治病的知识要多得多。说不定他有什么办法能让她穿过环岛的雾层回来。我一旦和妈妈团圆，就会安心而满足地去完成我在黑山岭的工作。

我向山下走去，手杖和着花琴拍打我后背的节奏敲击着干硬的土地。村子里的动静越来越响，让我想起上次来时这里诡异的死寂。但对这个村庄而言，那时的沉寂甚至比暴风雨还要震耳欲聋。

不过在那之前，吟游诗人之乡几乎从未安静过。它是整个芬凯拉故事和歌谣传统最丰富的居住区，多年来岛上很多最富灵感的故事高手都以这里为家，凯尔·耐森也因此成了他们中间许多人首演的地方。就连诗人凯尔普瑞也是在其中一间泥砖房里出生的，而我还是从别人那里领教了他的名气。

我走近村口金光闪闪的大门，更多的人从各自家里走了出来。在泥砖墙、连接房子的深色木板和许多窗台上的空花架的衬托下，他们穿的白布长袍显得格外醒目。我拿起花琴，想要让那些空花架长出点什么。但我打消了这个念头，决定不着急宣布我的来访。

越来越多的人走出屋外。他们的肤色、年龄、头发、身材和体态都差异极大。不过除了身上的白袍以外，他们还有一个共同之处，那就是他们都显得犹豫不决。他们没有在房子中间的那圈空地上聚集，而是到了空地边上就不走了。有些人在自家门口不安地徘徊，但大多数人都坐在把空地围成一圈的木板上。他们像是为了什么目的而集会，但我总觉得每个人都显得有点不情不愿。

这时，一个外套上披着棕色斗篷的瘦高个儿男人走到了圆圈中央。他头戴一顶形状古怪的三角帽，帽子像喝多了的醉汉一样摇摇欲坠地歪在一边，帽檐上还挂着十几个亮闪闪的金属球。他挥着细长的胳膊和宽大的袖口开始大声说话，但我听不懂他在说些什么。

我突然明白了为什么这些房子要围成一个圆圈。这整个村庄就是一个剧场，而我正好赶上了某场演出。

走到村口时我又停住了脚步。这次和上次来不一样，上次迎接我的是一个用长矛对准我胸口的哨兵，而这次是门柱上一块新刻好的牌子，在夕阳里闪闪发亮。上面写着：吟游诗人之乡凯尔·耐森欢迎所有和平者。我认出这句话的下面是凯尔普瑞的两行诗：这里的诗歌在空气中弥漫，这里的故事在楼梯上盘旋。

我一走进大门，一个头发蓬乱、身材消瘦的男人就从木板上跳起身，大步走了过来。他纠结的眉毛像乱七八糟的棘藤一样挂在乌黑的眼睛上。我倚着手杖，等着他走过来。

"凯尔普瑞，你好。"

"梅林，"他轻声叫道，开心地张开双臂，像是要鼓掌，但他回头看了一眼正在念念有词的瘦男人，又打消了拍手的念头，"孩子，很高兴见到你。"

我点点头，意识到他一定以为我已经完成了在黑山岭的工作。我实在难以开口告诉他真相。

他又看了一眼正在朗诵的男人和神色凝重、热泪盈眶的观众："真遗憾你没赶上一个欢乐点的节目。"

"哦，没关系。"我轻声说，"从这些阴沉着的脸上可以看出这个伙计有让人难受的本领。他在念什么？一首悲伤的诗吗？"

凯尔普瑞的眉毛挑了一下。"可惜不是。"他摇了摇一头乱发，"说来你可能不信，这个可怜的家伙在试图搞笑呢。"

"搞笑？"

"没错。"

一阵闹哄哄的叮当声响起。我转过身去，看见那个表演者正在拼命晃着脑袋，头上的尖顶帽子也跟着左右摇摆。那声音来自帽子上的金属球，而那些金属球竟然是铃铛！我想，这倒是应该能够博观众一笑。但糟糕的是那噪声太刺耳了，不像是铃铛在叮咚作响，更像是刀剑在乒乒乱撞。

我仔细看了看这个男人。他垂着手，弓着背，耷拉着肩膀，而且整张脸包括眉毛、眼睛和嘴巴都皱成了一团。尽管他身材单薄，却长着松弛的脖子和好几层下巴，让他的表情效果增加了好几倍。每次他嘴巴往下撇一撇，就像撇了五六下。

突然，他把厚厚的斗篷往身上一裹，像是要发表一段演讲，一张口却用悲伤而缓慢的调子唱了起来，准确地说，是哀号起来。他的声音好像在哭泣，呼吸好像在抽噎。像凯尔普瑞和大多数村民一样，我也顿时变得愁眉苦脸。这个男人原本想逗笑，但传达出来的欢乐却像葬礼上挽歌里的欢乐一样多。

> 耳边铃声叮当，
> 抛弃一切恐慌！
> 你的难受悲哀，
> 变成开心释怀。
> 要开心，要快乐：
> 小丑已经来了！
> 我嬉笑，我蹦跳，
> 嘴上挂满了笑！
> 我的铃声甜润，

让你无比兴奋。

要开心，要快乐：

小丑已经来了！

哀号还在继续。我转身问凯尔普瑞："难道他不知道自己唱得有多难听？我从来没有见过像他这么不好笑的人。"

诗人叹了口气："我想他知道，但就是不肯放弃。他名叫邦拜威，小时候有一次唱歌把鸟都给吓跑了。从那以后他就一直梦想当一个小丑——不是只会引人发笑的那种，而是一个真正的、能够表演让智慧穿上幽默外衣的高级艺术的小丑。他把自己叫作'欢乐的邦拜威'。"

"我看'悲痛的邦拜威'更适合他。"

"没错，我也觉得。就像我以前说过的——发面面包，发得过高。"

村民们看上去和邦拜威一样悲惨。许多人用手托着脑袋，每个人都哭丧着脸。一个小女孩挣脱了一个女人的手臂，披着黑色长发跑进了旁边的一座房子。女人坐着没动，但她看上去显得有几分羡慕。

我也苦着一张脸，转身问凯尔普瑞："大家为什么要来看他的表演？"

"你只要听一次他所谓的幽默演出，就会三顿吃不下饭，但是和凯尔·耐森的所有居民一样，每年他生日那天他都得以在圆形剧场里表演。"普尔凯瑞摇摇头，"其他的人都必须来听，包括像我这种不住在这里却不幸挑错来访日子的人。"

他指了指圆形剧场，提高了声音："想想看，就在这个地方，曾经有过那么多真正令人难忘的表演——夜之锤、幻想之舟、杰伦特的誓言。"

他转身又指了指一座又小又旧的房子："韦尔就是在那里写下了她的第一首诗，她那绝望的微笑也成了大量诗歌的创作灵感。"他指着一个有木门廊的矮房子说："跛脚劳恩就是在那里出生的。别忘了还有班加、欢乐朱斯瓦、孜菲安。这个村子是他们还有其他许多著名吟游诗人的故乡。"

我又瞄了邦拜威一眼，他还在比画着说个没完。"他只有在他的梦里才能当小丑。"

凯尔普瑞神色冷峻地点了点头："我们所有的人都有自己的梦想，但是很少有人会抱着和自己能力相差太远的梦想不放。要是在很久以前，芬凯拉的宝藏召梦者可能还能挽救他。你知道，当一个无比智慧的人吹响那个神奇的号角时，他可以让一个人最珍贵的梦想实现，包括像邦拜威那样遥不可及的小丑梦。这就是为什么在故事和歌谣里，那个号角也被称作'喜讯号角'。"

凯尔普瑞的额头上出现了比我脸上的伤疤还要深的皱纹。我知道他想起了芮塔·高尔扭曲了召梦者的魔法，让它只能带来坏消息。在这个村里，他带来了诗人、吟游诗人和歌者的最大的梦魇：让所有居民彻底失声，让他们灵魂的乐器变得毫无用处。这就是为什么我上次来吟游诗人之乡时，这里像墓地一样一片死寂。凯尔普瑞痛苦的表情告诉我，尽管那个魔咒已经随着隐堡的坍塌而消失，但是它留下的记忆难以泯灭。

邦拜威帽子上的铃铛又响了起来，比先前更加刺耳。我要是手里没拿着手杖，准会用手捂住耳朵。我推推凯尔普瑞，问道："你为什么不在他身上试试召梦者？"

"我不行。"

"为什么不行？"

"孩子，首先我不打算从大伊鲁莎的山洞里拿走任何东西，尤其不会拿走放在那里的任何一件宝物。这事儿得留给比我勇敢或者比我傻的人去干。但这还不是主要的原因，事实上，我的智慧还不足以使用召梦者。"

我吃惊地眨了眨眼睛："不够聪明？可是全岛的人都知道诗人凯尔普瑞是……"

"一个打油诗人、一个爱引经据典的人、一个只会空想的傻瓜。"他接过我的话，"不要对我抱有幻想，我会让你很迷茫。但我的智慧至少足以让我明白一个重要的事实，那就是我真的所知甚少。"

"太离谱了。我见过你的藏书。你有那么多的书，怎么还能说你什么也不知道？"

"孩子，我没有说我什么也不知道，我是说我知道得不多。这两者是有区别的。要是我竟然自认为能够使唤神奇的召梦者，那实在是一种休布里斯的表现。"

"休布里斯？"

"这个词来源于希腊语来，意思是傲慢自大。许多伟人都是因为这个缺点而失败的，"他又压低了声音，"听说还包括你的祖父。"

我呆住了："你是说……图阿萨？"

"正是他，芬凯拉有史以来魔力最高的魔法师——图阿萨。他是唯一一个得以去另一个世界向黛格达讨教而又全身而返的人。就连他也因为傲慢自大而送了命。"

花琴突然变得沉重起来，背带嵌进了我的肩膀。"他是怎么死的？"

凯尔普瑞俯身凑近我："我不清楚细节，没人清楚。我只知道他高估了自己的魔力，低估了芮塔·高尔最可怕的仆人，那个独眼的恶魔巴洛。"

他摇了摇头："我们还是来说点高兴的事情吧！孩子，给我讲讲花琴。既然你人已经到了平原，可见你很快就完成了黑山岭的工作。"

我别扭地动了动，摩挲着手杖那多节的顶部。我的手一碰到手杖上深深的木纹，空气里就出现了铁杉树的味道。这让我想起了充满了我童年时代的那个女人的香气。是时候告诉凯尔普瑞我想做的和我还没有做完的事情了。

我深吸了一口气，直截了当地说："我还没有完成在山里的工作。"

他屏住了呼吸："还没有完成？你遇到麻烦了？战斗精灵跑出来了？"

我摇摇头："是我自己造成的麻烦。"

他的眼睛像深不可测的水潭，仔细地审视着我："你是什么意思？"

"我发现有一件事比我的工作更重要。"我直视着诗人，"我要找到我母亲，把她带回芬凯拉。"

他显然生气了："为此你就把我们大家都置于危险之中？"

我喉头发紧："凯尔普瑞，别这样。我向你保证，我会完成我的工作的！但我必须尽快见到她。这个要求难道过分吗？"

"是的，你会给岛上所有的生灵都带来危险。"

我咽了一下口水："凯尔普瑞，爱伦为我放弃了一切！她全心全意地热爱这里的生活，但为了保护我，她放弃了这里的一切。我们住在格温内斯的时候，我是她唯一的伴儿、唯一的朋友，尽管我没有为她做过什么，我压根儿不配。"

我停顿了一下，想着她忧郁的歌、她能治病的双手和她奇异的蓝眼睛。"不错，我们是有过矛盾，但我们并没有意识到我们两人有多亲密。然后有一天我突然就离开了她，把她丢在那间冷冰冰的石屋里，她一定难过极了。她可能会生病，也可能会遇到麻烦，所以我把她带到这里来是为了我，也是为了她。"

凯尔普瑞脸上的表情稍微柔和了一点点，他把一只手放到我肩上："你听着，梅林，我懂的。我也一直都渴望着再见到爱伦！可是，即使把黑山岭放到一边不谈，要把一个人从迷雾另一端的世界带到这里来是一件极其危险的事情。"

"你确定吗？我从海上死里逃生过两次。"

"孩子，过海的确很危险，但我说的不是海。芬凯拉有它自己的方式和节奏，凡人是捉摸不透的。据说就连黛格达本人也不敢预测谁会被允许通过雾层。"

"我不信。"

他的目光阴沉下来。"这对任何一个从外面被带进来的人来说都很危险，而且也会给芬凯拉带来危险。"他闭上眼睛沉思着，

"你可能不明白，任何人来到这里，哪怕是一只小小的蝴蝶，都会打乱芬凯拉生命的平衡，造成极大的损害。"

"你的话听上去就和多姆努说的一样，"我嘲笑道，"你们都说我会毁了整个芬凯拉。"

他把头转向村口的大门，门上的金色光亮已经消失了。大门外，黑山岭好像汹涌的大海上起伏的波浪。"如果你半途而废，就可能真的毁了整个芬凯拉。"

"你不帮帮我吗？"

"我就是有办法也不会帮助你。你只是一个男孩，一个比我想的还要傻的男孩。"

我用手杖敲打着地面："我拥有让花琴发挥作用的魔力，不是吗？你自己在代表大会上说过，我有一颗魔法师的心。那么，我或许也有把我母亲带回这里的魔力。"

他用手狠狠捏着我的肩膀，疼得我直皱眉。"不要说这种话，哪怕是开玩笑也不行。光用心还远不足以成为一个真正的魔法师。你还需要灵性、直觉和经历，以及大量有关宇宙形态和魔法艺术的知识。更重要的是你需要智慧——那种能够告诉你什么时候该使用魔法、什么时候该克制自己的智慧。一个真正的魔法师会审慎地使用他的魔力，就像一个高超的射手使用他的弓箭一样。"

"但我说的不是弓箭，而是我妈妈爱伦。"我挺起胸来，"你要是不肯帮助我，我会另想办法。"

凯尔普瑞额上的皱纹又出现了："一个真正的魔法师还需要一样东西。"

"什么东西？"我不耐烦地问。

"谦卑。孩子，听好了！别这么疯狂，带上花琴回到山里接着工作。你不知道你在冒多大的风险。"

"就是冒再大的风险我也要把她找回来。"

他抬头望着天。"黛格达，帮帮我吧！"他的目光回到我身上，"我怎么才能让你明白？有一个像这个岛一样古老的谚语是这样说的：只有贝语滩上最聪明的贝壳才能带人穿过迷雾。这话听上去简单，但是历史上没有一个魔法师，包括图阿萨，敢尝试。这下你知道有多危险了吧？"

我咧嘴笑了："不知道，但这给了我一个主意。"

"不行，梅林！你不能这么干。除去所有那些危险之外，你还有另外一个危险。你把魔法用到这种深度，会让芮塔·高尔知道你的确切位置。等他回来，一心要征服这个世界和其他的世界时，他是不会放过你的。记住我的话。"

我拉了拉花琴的背带："我不怕他。"

凯尔普瑞抬起刺藤般的眉毛："你还是怕他一点的好。你的傲慢自大会给他提供最好的报复机会，他会像对你父亲一样，把你变成他的奴仆。"

我像是被打了一下，胃紧缩起来："你是说我比斯坦格马好不到哪儿去？"

"我是说你和他一样脆弱。如果芮尔·高塔没直接置你于死地，他就会试图奴役你。"

这时，一个人影贴近了我们。我转过身来，看见了邦拜威。看来他已经结束表演，走到了我们身边。我们俩说得太投入，没有注意到他一直在听我们谈话。他笨拙地鞠了一躬，头上的帽子稀里哗啦地掉到了地上。他捡起帽子，耷拉着肩膀，对凯尔普瑞说："我演得很糟，是不是？"

凯尔普瑞还在瞪着我，对他摆了摆手："换个时间再说，我正在跟这个男孩说话。"

邦拜威把皱巴巴的下巴转过来冲着我，愁眉苦脸地问道："那你告诉我，我是不是演得很糟？"

我以为他听到了我的回答就会走开，于是也皱着眉对他说："是的，你是演得很糟。"

可他并没有离开，只是阴沉着脸点点头，帽子上的铃铛当啷响了一下。"看来我演砸了。一点不错，一点不错，一点不错。"

"梅林，"凯尔普瑞叫了起来，"记住我的警告！我不过是想帮你。"

我的脸颊发烫："帮我？所以你上次才想说服我不要去隐堡？所以你才不告诉我斯坦格马就是我父亲？"

诗人皱起了眉头："我没有告诉你关于你父亲的事儿，是因为我担心如此可怕的真相会带给你永久的伤害，让你怀疑你自己，甚至恨你自己。或许我这样想是错的，就像我以为你不能摧毁隐堡一样。但是这件事情上我没有错！回到黑山岭去吧。"

我看了看村口的大门。它们被黑影笼罩着，好像黑沉沉的墓碑。"首先，我要去贝语滩。"

凯尔普瑞还没有来得及回答，邦拜威抖动着多层下巴，清了清嗓子。然后，他演戏般地把斗篷一抖，披到身上，说："我和你一起去。"

"什么？"我叫道，"我不想让你去！"

"一点不错，一点不错，一点不错。但我还是要去。"

凯尔普瑞的黑眼睛发亮了："看来你很快就会后悔你的选择，比我预期的还要快。"

6

穿越迷雾

　　邦拜威和他的铃铛声一直跟着我，就像咬了一口烂果子后嘴里总有一股酸味。如果是果子，起码还能漱漱口，去掉那股味道。可是不管我说什么做什么，邦拜威都寸步不离。尽管我走得飞快，甚至没有停下来拨一下花琴，可我就是甩不掉他。

　　凯尔普瑞一言不发地看着我们离去。邦拜威跟着我走出了凯尔·耐森的大门，又跟着我走过了高高低低的原野，直到天黑以后才在一棵老柳树下露宿，第二天又顶着烈日继续跋涉。最后，他跟着我一直走到了宽阔汹涌的不息河边。

　　一路上他不停地唠叨，不是酷热的天气，就是靴子里的石子，要么就是小丑的艰难生活。我们走近河边时，他一再问我想不想听一个有关铃铛的著名谜语，并向我保证这个谜语会让我打起精神。每当我告诉他我不想听他的谜语，而且也不想听他的铃铛声时，他的脸都会往下一沉，但马上又会再问我一遍。

　　"嘿，这可是一个特高级、特带劲儿、特好玩的谜语，"他不服气地说，"这是一个出谜人的专业谜语。不对，说反了。真该死，我又弄砸了！这是一个专业出谜人的谜语。这下对了。这个谜语又好笑又聪明。"他停顿了一下，神情显得比平时更加阴郁："我就会这一个谜语。"

我摇了摇头，大步朝不息河走去。我们走到陡峭的岸边，脚下是响声如雷的激流。水花溅得很高，托起一道道彩虹，在阳光下熠熠生辉。奔腾的河水发出巨大的轰鸣声，以至于我都听不见邦拜威的铃铛声和他让我猜谜的要求。自从离开吟游诗人之乡后，这还是头一回。

我转过身来，提高嗓门压过水的咆哮声："我要走很远的路，一直到岛的最南端。过河很危险，你现在就回去吧。"

他阴沉着脸，大声回了一句："你不想要我？"

"不想要！"

他皱起眉头，脸上出现了好几道褶。"你当然不想要我。没人想要我。"他盯着我看了看，"可是我想要你，你这个幸运的家伙。"

我瞪着他："幸运？我现在可是一点也不幸运！我的生活就是一连串的失望和不断的失去。"

"我看出来了，"他肯定地说，"所以说你需要一个小丑。"他一本正经地皱了皱眉头，补充道："好逗你笑。"他清了清嗓子："顺便问一句，我给你讲过那个有关铃铛的谜语吗？"

我咆哮一声，对着他的脑袋抡起了手杖。他弯腰一闪，背弓得更厉害了。手杖贴着他的斗篷扫了过去。

"你不是什么小丑！"我大叫道，"你是一个祸害！一个可怜的祸害！"

"一点不错，一点不错，一点不错。"邦拜威发出一声哀叹，

"我是一个失败的小丑，彻头彻尾的失败。一个小丑只需要两样东西——逗乐和智慧，可我两样都没有。"一滴烦恼的眼泪从他的脸上滚落下来："你能想象这是一种什么感觉吗？能想象我是怎样从大拇指一直疼到脚指头的吗？我命里注定是一个让所有人包括我自己都难过的小丑。"

"为什么要跟着我？"我抗议道，"你就不能找个别的什么人吗？"

"当然可以，"他的声音压过了汹涌的激流，"可是你看上去是那么……不开心，你是我见过的最不开心的人。在你这里我才能检验出我是不是一个真正的小丑。要是我能把你逗笑，我就能把任何人逗笑。"

我哼了一声："你不能把任何人逗笑，铁定不能。"

他冲我伸出下巴，演戏般开始转动起斗篷。但他被石头绊了一下，身体一歪，帽子掉了下来，人差点滑进河里。他捡起帽子倒扣在头上，大吼了一声，但在把它戴正前却又绊了一跤，扑通摔倒在泥地上。他嘟嘟囔囔地爬起来，试图擦掉屁股上的泥巴块。

"那好，"他伴随着铃铛声宣布，"起码我让你有了给我做伴的荣幸。"

我翻了翻眼睛，然后回过头来看着不息河。也许我跳进河里，激流就会把我带到远远的下游，逃离此人无尽的折磨。但即便我很想跳下去，也还不至于那么糊涂。这一段水流过猛，锯齿形的岩石像剑一样露出水面。如果我跳进水里，花琴一定会受损，而且还会伤到我自己。在我需要丽娅的时候她在哪里？她知道怎么与河神对话，又如何让波浪平静下来。我想起了我们分手的情形，一下子变得无精打采。但在那件事上丽娅的错比我的大，她太自以为是，而且一定很乐于看到我丢面子。

我把肩上的花琴往上提了提。过了河以后，至少我周围不会再有灰蒙蒙的天空一样无边无际的焦土，在时刻提醒着我未完成的任务。我记得往南走河会宽很多，我可以从那里过河。然后，不管有没有邦拜威，我都会继续走到贝语滩。

让我沮丧的是，我并没有甩开他。这个阴郁的小丑甩着袖子，摇着铃铛，寸步不离地跟着我经过一连串轰鸣的瀑布，穿过泥泞的沼泽地，走过河滩上大片光滑的石头。最后，我们来到椭圆形巨石群下的浅滩，深一脚浅一脚地蹚过了不息河。冰冷的河水溅在我的小腿上。我每走一步，靴子都陷进柔软的河床里，感觉就好像河也在试图留住我。

过了河以后，我们继续沿着河的西岸向前走，在高低参差的芦苇带旁一连跋涉了几个小时。我们的右边是德鲁玛高耸入云的树林，它像绿毯子一样一直铺向遥远的雾岭。羽毛鲜艳的鸟在树丛中飞来飞去，我知道丽娅叫得出那些鸟的名字。一路上，我尽量不去理睬身后那个蔫头耷脑的人和叮叮当当的铃铛声。

终于，我看见了一排高低不平的沙丘，沙丘背后是一道绵亘起伏的雾墙。我的心雀跃起来。尽管我的第三只眼视力有限，但我还是被那强烈的色彩震撼了——金色的沙子、碧绿的藤蔓、粉紫色的贝壳、黄色的花朵。

我爬上第一座沙丘，靴子陷进了松松的沙子里。从沙丘顶部望去，我终于看见了浪涛滚滚的海岸。正是退潮时分，浓雾下的沙滩上满是蛤蜊和扇贝，它们嘎吱嘎吱的喷水声与长勺喙水鸟的啁啾声和拍水声响成一片。成千上万的小扇贝紧紧贴在礁石密集的地方，巨大的红海星、宽嘴的油螺和发光的海蜇遍地都是，螃蟹一边飞快地爬着，一边躲开鸟儿们的踩踏。

我的肺里充满了海的气息，我又一次闻到了海带和海水的咸味，还有海的神秘。

我弯下身抓起一把沙子，感受着沙粒从我指间滑落时的温暖细腻。上次我从这里上岸时也有同样的感觉。那一天芬凯拉迎接了我，给了我一个躲避风暴的庇护所。

我拾起几粒沙子，看着它们顺着我的指肚滚下来，弹入我的手心。滚动着的沙粒闪闪发亮，仿佛充满了生命力，就像是我自己的皮肤，又像是芬凯拉本身。我意识到我对这个岛产生了感情。尽管我在岛上常常不开心，但这里奇特的环境、引人入胜的故事和形形色色的居民——不管他们平时怎样对待我——对我有着意想不到的吸引力。除此之外，吸引我的还有某种说不清道不明的东西。

我妈妈从前说过，这个岛是一个"两者之间"的地方，是一个人神共处的中间地带。这种相处自然不会总是那么和谐，但同时拥有两个世界的丰富、力量和神秘。一半是天，一半是地；一半是这个世界，一半是另一个世界。

我站在那里，陶醉于芬凯拉海岸的各种声音和气味里。或许有那么一天我会在这里真正觉得自在。实际上我已经比在格温内斯那个悲惨的小村庄里要自在得多。如果那个人在这里，芬凯拉甚至都可能让我有家的感觉，可现在那个人却远在天边，在迷雾的另一端，在礁石嶙峋的格温内斯海岸线的另一端。

我把花琴转到身前，抱在怀里。自从离开了贫瘠的平原，我已经有好一阵子没有拨动过琴弦了。我想，在如此丰富多彩而充满生命力的地方，我的琴声还能够生发出什么呢？

我拨了一下音最高的那根弦。它像破碎的冰柱，发出叮咚的响声。随着音符在空气中回荡，一朵巨钟形的红花从面朝大海的沙丘上冒了出来。望着它在咸咸的海风中摇曳，我忍不住想去碰碰它、闻闻它。

但我没有时间，至少现在还没有时间。我把竖琴和手杖放到沙子上，确定邦拜威不会来乱碰。他正愁眉苦脸地坐在沙滩上，在海浪里洗他肿胀的双脚。他的身边放着三角帽，帽子上的铃铛暂时沉默着。他尽管离我并不远，却忙得根本顾不上给我捣乱。

我朝沙滩两头看了看。浪涌上来，又退下去，大大小小、五颜六色的贝壳随着海水的每一次起伏在沙子上滚来滚去。这片海滩的辽阔美丽让我感到震撼，就像我在这里上岸的那天的感觉一样。就在那一天，海滩上的一个贝壳对我轻声说了几句我听不太懂的话。今天我会不会找到另一个贝壳？如果找得到的话，我是否能够听懂它？

那个我要找的贝壳就在这里的某个地方，问题是我不知道它长什么样。我只知道凯尔普瑞说过"按照一个和这个岛一样古老的谚语的说法，只有贝语滩上最聪明的贝壳才能做穿越迷雾的向导"。

我从我手杖下一个长着斑点的海螺开始了寻找。我拾起的贝壳有扁的、圆的、弯曲的，也有带房室的，不过都不像是我要找的。我压根儿不确定从何找起。我几乎能够听到丽娅在说"对莓子的信任"之类的胡言乱语。她的话固然荒谬，可我的确得相信点什么才行，要是我知道是什么就好了。

也许我应该相信自己的智力。没错，就是它。最聪明的贝壳长什么样？它一定长得与众不同，引人注目。作为海滩之王，它不仅身体硕大，而且智慧超群。

一个大浪打到邦拜威身上，他叫出声来。海水贴着沙滩退下去，一个粉红色的螺旋形贝壳露出了一个边儿。它比周围其他贝壳都要大，就躺在邦拜威的背后，但他好像并没有注意到。这会不会就是我要找的那个贝壳？我正要走近一点，邦拜威晃了晃身子，一边抱怨水太冷，一边朝后仰去，他的胳膊肘正好压在贝壳上。我只听到咔嚓一声巨响，他尖叫一声滚到一边，用手捂着受伤的胳膊肘。我摇摇头，知道自己的寻找才刚刚开始。

我沿着沙滩边走边找。尽管形状、颜色和质地各异的贝壳很多，但都显得太普通。我把几个稍微像样点儿的贝壳放到耳边，听到的却只有大海无休止的叹息。

最后，我来到一个布满岩石的半岛，半岛伸进大海，消失在缭绕的迷雾中。我站在那里，正在想要不要在湿漉漉的礁石间寻找，一只橘黄色的螃蟹爬过我的靴尖。它停了停，抬起小眼睛，像是在打量我，然后飞快地爬到半岛上，消失不见了。

不知怎的，这个小生灵吸引了我。它像我一样，独自在这片海滩上游荡。我没有多想，就跟着它走上了半岛。雾包围着我，我小心翼翼地走在礁石上，不让自己滑倒。螃蟹已经不见了踪影，但我又发现了另一个螺旋形的贝壳。它躺在一块扁平的、盖着绿藻的礁石上，比邦拜威压碎的那个贝壳还要大，和我脑袋的大小差不多。它散发着深蓝色的光，但外壳上有个奇怪的阴影在颤动。我确定那阴影不过是翻腾的雾在作祟，于是便向它走了过去。

我走得越近，那贝壳就显得越发可爱，亮闪闪的白线勾勒出它优美的曲线。它对我有一种奇怪的吸引力，那明亮的色泽让我着迷。

"只有最聪明的贝壳……"

就在这时，一个巨浪从雾中升起，砸到了半岛上。浪花打到我脸上，咸水刺痛了脸上的伤疤。浪退了下去，把螺旋形的贝壳冲下了岩石。我还没来得及出手，贝壳已经被卷入水中，消失在缭绕的雾气里。

我咒骂了一声，转过身去看那块扁平的礁石。尽管贝壳已经不见了，但那个奇怪的阴影仍在绿藻上抖动着。我刚想弯下身来看个究竟，却不知为什么又迟疑了。正在这时，那个橘黄色的螃蟹又在不远处的一块礁石下面出现了。它横着身子爬过半岛，从暗礁下面穿过去，又从另一头钻出来，然后绕过一个潮汐水洼，一头扎进了一堆横七竖八的浮木里。

我对跟踪这只螃蟹已经没有了兴趣，掉转头来，目光落到了另一个潮汐水洼上。那里面的水清澈而平静，水底的海带中间有什么东西在发亮。我弯下身子，发现那不过是一个普通的贝壳。它挤在一堆紫色的海胆中间，棕色的外壳上有一大块蓝斑。我还是有几分好奇，就把手伸进冷水，小心地避开海胆的尖刺，把它捡了起来。

那贝壳尽管很不起眼，放在我手心里却正合适，好像本来就属于这儿。我掂了掂它的重量，它个头并不大，但比我想象的要重得多。

我把它放到耳边，没有任何声音，但这个贝壳的确不太寻常。我迟疑地问道："你是那个最聪明的贝壳吗？"

让我大吃一惊的是，我听见了一个吐唾沫般的爆裂声："你这个傻小子。"

"什么？"我摇摇头，"你说我傻？"

"一个傻瓜。"贝壳吐了口水。

我的脸烧了起来，但我耐着性子问道："那么你是谁？"

"我并不是最聪明的贝壳。"它似乎咂了咂嘴，"但是我也不傻。"

我忍不住想把它扔进海里，但我想找回母亲的决心压过了我的怒气。"那么告诉我，在哪里可以找到最聪明的贝壳。"

那棕色的贝壳笑了，把水滴进了我的耳朵："傻小子，试一试木头和水相连的地方。"

我迷惑地把手心里的贝壳翻了个身："离得最近的树在沙丘的另一头，水边压根儿就没有木头。"

"你能确定？"

"百分之百地确定。"

"傻瓜才这么说话。"

我不情愿地扫了一眼半岛，终于注意到那只螃蟹消失的地方有一些浮木屑，木屑上挂着碎布条一样的烂海藻。我难以置信地摇了摇头："你说的不是那一小堆破木头吧？"

"傻瓜才这么说话。"

我顾不上做得对不对，就把棕色贝壳扔进了潮汐水洼，然后向那根浮木走去。我揭去海藻，但没有发现任何贝壳的踪迹。

就在我要放弃的时候，我注意到了木缝里有一个小东西。那是一个沙色的贝壳，形状像一个小圆锥，小得可以放到我的拇指指甲上。我把贝壳拿近来，只见一个黑色的蠕虫状的东西从壳口探出了半个身子，又很快地缩了回去。我有些犹豫，不想让这么个玩意儿贴近耳朵，于是就把它拿开了一段距离。我觉得自己好像听到了哗哗的低语声，但不能确定。

我谨慎地把贝壳凑得更近一些，那个哗哗的声音又出现了，就像是波浪在小贝壳的最深处拍打着："梅林，你……哗哗……选对了。"

我倒吸了一口气："你说了我的名字？"

"是的……哗哗……可你不知道我的名字。我叫……哗哗……沙贝拉，是贝壳中的智者。"

"沙贝拉。"我重复着，把这个湿乎乎的小圆锥放到耳边。它的声音里面有某种东西让我增添了希望，"那你也知道我为什么而来？"

"这个……哗哗……我知道。"

我的心跳加快了："那你……会帮我吗？帮我把她带回芬凯拉？"

贝壳有几秒钟没出声。然后，它用小小的、流水般的声音说："梅林，我不应该帮助你。那风险……哗哗……比你想象的要大得多。"

"但是——"

"我不应该，"贝壳又说道，"但你有一种让我无法拒绝的东西。你有很多东西要学……哗哗……就把这个当作你学习的一部分吧！"

沙贝拉顿了顿。我听着它哗哗的呼吸声，没敢开口。

"我们可能会成功……哗哗……也可能会失败。我说不准，因为成功中也可能隐藏着失败。你还想……哗哗……试试吗？"

"想！"我斩钉截铁地说。

"那你把我紧紧地……哗哗……贴着胸口，把意念集中在你渴望的东西上。"

我两只手抓住贝壳，把它压在胸前。我想着我妈妈，想她桌上气味辛烈的草药，想她充满感情的蓝眼睛，想她的善良和她娴静的举止，想她讲的有关阿波罗、雅典娜和那个叫奥林匹斯的地方的故事，想她对上帝的信仰和对我的信任，想她沉默而强烈的爱。

雾气在我四周缭绕，海浪舔着我的靴子，但除此之外没有任何动静。

"专注些……哗哗……你必须更专注。"

我让自己感受着爱伦的悲哀，因为她再也不能回到芬凯拉，不能看到她儿子长大成人。在格温内斯那些年里，我一直不肯叫她妈妈。那么简单的字眼，却是那么强烈的感情纽带。想到我给她带来的痛苦，我心如刀绞。

她的存在慢慢变得鲜明。我可以感觉到她的拥抱给我的安全感，让我得以短暂地忘却那些一直伴随着我们的折磨。我可以闻到她枕边雪松树皮的香味。我可以听见她隔着思念的大海呼唤我的声音。

一阵狂风刮来，咆哮着将我摔到了岩石上，浪花浇透了我的全身。那风又继续肆虐了几分钟，不停地抽打着我。突然，我听见咔嚓一声巨响，仿佛迷雾另一端的什么东西破裂了。我眼前的乱云开始移动，变换出各种奇怪的形状。我先看见一条盘着的蛇在准备进攻，但它还未出击就融化成了一朵雾状的花。花慢慢地膨胀，又变成了一只巨大的、一眨不眨的眼睛。

　　随后，眼睛中间出现了一个黑色的东西。起初只是一个影子，但很快就变得清晰了。不一会儿，一个貌似在雾里摸索的人影浮现出来，正跌跌撞撞地爬上岸。

　　那正是我妈妈。

7

幸福地一头扎进去

她倒在湿漉漉的黑色礁石上，眼睛紧闭着，凝脂般的皮肤显得苍白而没有生气，散乱的头发像夏天金黄的月亮，乱糟糟地粘在她深蓝色的长裙上。但她还在呼吸。她还活着。

我感激地捏了捏小贝壳，把它放回到浮木的碎屑里，然后赶紧跑到妈妈身边。我犹豫地把手伸向她，手指刚触到她结实的高颧骨，她就睁开了眼睛。她定定地看了我几秒钟，显得有些茫然。然后，爱伦那蓝宝石般的眼睛眨了眨，一只胳膊支起身子，用我本以为再也听不到的声音叫道：

"艾姆里斯，是你！"

我回答的声音因为感激而有些哽咽："是我……妈妈。"

听到我说出"妈妈"两个字，她的脸颊显出了红晕。她慢慢伸出手来。和我一样，她的皮肤又湿又凉，却让我感到一阵温暖。她坐起身，我们拥抱在一起。

过了几秒钟，她往后退了退，用手指轻轻抚摸着我烫伤的脸颊和眼睛。她好像能看透我的皮肤，一直看进我的灵魂。我看得出来，她在努力感受我们分手后这几个月来我所感受的一切。

摸到我的脖子时，她突然屏住了呼吸："格拉朵！艾姆里斯，它不见了！"

我垂下失明的眼睛："被我弄丢了。"

我是在寻找父亲的路上把它弄丢的，而最后见到他时，我又失去了更多。我怎么告诉她这一切？

我抬起头来："但是我找回了你。我们又在芬凯拉团圆了。"

她点点头，眼里满含泪水。

"而且我还有了一个新名字。"

"新名字？"

"梅林。"

"梅林，"她重复道，"就像那高飞的鹰。"

想到我的小鹰朋友麻烦为了救我一命而牺牲了自己，我的心中涌起阵阵伤痛。我真希望他仍在另一个世界的天空中展翅高飞。我至今都怀念他在我肩上昂首阔步的那份熟悉的感觉。

事实上，我也想念其他朋友，那些我认识了一段时间后又失去的朋友：凯尔普瑞、洪、泰林和卡拉莎、风妹妹艾拉。我甚至想念几星期前晃晃悠悠进了山的席姆。当然，还有丽娅。

我抓紧妈妈的手："我不会再把你弄丢的。"

听到我发的誓，她的表情既伤感又充满爱意："我也不会把你弄丢的。"

我转身面向沙丘。邦拜威坐在水边，正在用袖口擦他的铃铛。海鸥在不停地拉他溅满了泥的斗篷，他却毫不理会。花琴和手杖都还在沙滩上我放下它们的地方。不远处，那朵明媚的红花在海风中摇曳。

"来，"我站起身，把妈妈也拉起来，"我要给你看样东西。"

我们穿过布满礁石的半岛，来到铺着细沙的海滩上。我们走在一起，胳膊搂着对方，我享受着有她在身边的喜悦。想到我将要让她看到花琴并且向她展示我可以让花琴做的事情，我的心跳加快了。

就像她很久以前预言的那样，我现在能够感觉到自己的魔力了。她对我说过，图阿萨是十几岁时发现自己的魔力的，那么我也一样。而且，虽然图阿萨魔法非凡，我却做到了他从来没有尝试过的事情。我对自己满意地笑了起来。就连环岛的迷雾也向我屈服了。

我们走近花琴时，她露出惊奇的样子。我知道她喜欢一切富有生命力和充满生机的东西，所以不出我所料，吸引她目光的不是花琴，而是沙丘上长出来的那株红花。的确，那红花看上去比它刚出现时更美了。大大的花瓣围成一个铃铛形的花朵，被弯弯的花茎托起，碧绿浑圆的叶子好像十几颗镶嵌在花梗上的珠宝，晶莹的露珠洒在每一片花瓣上。

"我要闻闻那朵花。"她说道。

"当然可以。"我笑得更开心了，"毕竟是我让它长出来的。"

她停下来，转身看着我："你？真的吗？"

"我不过是手指一拨。"我得意地说，"来，好好看看。"

我走到花前，也不由得想要闻闻它，不光是吸进一点花香，而是要把整个脸都埋进花瓣里，尽情饮下那美妙的花蜜。扎进去，幸福地一头扎进去。我对花瓣上颤动着的奇怪阴影并没有在意，那不过是雾中的光在作怪，就像我以前看到的一样。何况，无论那阴影多么黑暗，也遮不住这朵花美丽的光彩。

我和妈妈松开搂着对方的手臂，一言不发、神志恍惚地继续朝着那朵花走去。我们的脚踩着湿湿的沙子，在身后留下一道深色的印迹。我一心只想闻到那奇妙的花香。一步之外，海风迎面吹来，但我们都没有留意，两人同时弯下身子凑近了那诱人的花朵。

我迟疑了一下，觉得应该让她先闻，她一定会很享受。这时，那个阴影又颤动起来，我想闻花的欲望更加强烈了。我忘记了一切，低下头，离花越来越近。

突然，一个绿色身影跳过沙丘顶，撞到我身上。我仰面朝后翻去。打了几个滚才停下来，浑身沾满了沙子。我转过身，和攻击我的人打了个照面。

"丽娅！"我气坏了，往外吐着嘴里的沙子，"你是不是想弄死我？"

她一跃而起，对我毫不理睬，把身子转向我母亲。"打住！"她拼命地大叫着，"不要！"

但是爱伦没有理会，她用一只手撩开垂在脸上的头发，对着那朵红花弯下身去。

丽娅见状立刻往沙丘奔去，但一声惨叫让她刹住了脚步，也让我血管里的血凝固了。只见一团黑色的东西从花的中央跳了出来，径直扑向妈妈的脸。她双手捂着脸，踉踉跄跄地朝后退去。

"不要！"我对着天空、大海和雾大喊，"不要！"

可是已经太晚了。妈妈摔倒在地，从沙丘上滚了下去。她停下来后，我看到她整个脸都被一个蠕动着的阴影罩住了。然后，更恐怖的是，那个阴影滑进她的嘴里，消失了。

8

伤口的语言

我飞奔到她身旁。她瘫倒在沙丘边，湿湿的沙子沾着她的蓝袍子和半边脸。海风扬起，将一缕缕薄雾吹过海滩。

"妈妈！"

"她是你妈妈？"丽娅也跑了过来，"你亲妈妈？"

"是我。"爱伦翻过身来，虚弱地回答。她的蓝眼睛端详着我的脸："儿子，你没事吧？"

我抹去她脸颊上的沙子。"没事？"我叫出声来，"没事？我毁了，彻底毁了。我把你带到这里，却让你中了毒！"

她剧烈地咳嗽起来，像是要把那个阴影吐出来，但她的脸显得越发痛苦和恐惧。

我扭头看着丽娅："我真希望你救的是她而不是我。"她拉了拉衣服里的一根藤："很抱歉我来迟了。我一直在到处找你，最后终于找到了凯尔·耐森，你却在几小时前离开了。我从凯尔普瑞那儿一听说你在干什么，就赶紧追过来了。"她难过地低下头看着爱伦："你肯定难受极了，就像吞进了一个噩梦。"

"我……我没事。"她回答道，但她的表情异常痛苦。她想坐起来，却又躺倒在沙滩上。

我的身后响起了铃铛声。一个熟悉的声音悲痛地说："我闻到了死亡的气息。"

我猛地转过身："你走开行不行？你和那朵毒花一样坏！"

他的头耷拉得比平时更低了："我和你一样难过。我说的是真的。也许我能用一支欢乐邦拜威的幽默曲子来减轻你沉重的负担。"

"不要！"

"那我给你猜个谜语怎么样？那个有名的关于铃铛的谜语。"

"不要！"

"好吧，"他发狠地说，"那我就不告诉你让她中毒的并不是那朵花。"他的眉头重重叠叠地皱了起来："我也决不会告诉你让她中毒的是芮塔·高尔。"

我的胃缩紧了，爱伦也倒吸了一口气。我抓住他宽大的袖子摇了起来，把他的铃铛摇得叮当乱响："你怎么知道？"

"死亡阴影。我听人描述过很多次，多到连我这样的傻瓜也忘不了。这是芮塔·高尔最喜欢的报复手段之一。"

爱伦浑身哆嗦，痛苦地呻吟着："儿子，他说的是实话。要不是被那魔咒弄昏了头，我早就想起来了。"她的脸扭曲着。又一阵风吹来，好像大海发出了一声长叹。"可为什么是我？为什么是我？"

我突然觉得虚弱无比。我从骨子里知道，死亡阴影不是冲着妈妈，而是冲着我来的。可是因为我，因为我的愚蠢，却让她被击中了。我应该听凯尔普瑞的话！我不应该把她带到这里来。

"芮塔·高尔只有在他最乐见其死的人身上才用这一招。"邦拜威朗诵般念道，"因为死亡的过程缓慢而痛苦，而且可怕得无法形容。中招的人会难受整整一个月，也就是要经过四个月相，然后才会死去。我听说临死那一刻比之前整整一个月还要更难受、更遭罪、更痛苦不堪。"

爱伦又呻吟了起来，膝盖蜷起顶在胸前。

"别说了！"我对这个哭丧着脸的小丑挥了挥胳膊，"别再说这种话了！你想让她死得更快吗？你最好闭嘴……除非你知道有什么解救的法子。"

邦拜威摇摇头，转过身去："天法解救。"

我打开我的草药袋："也许这里有什么——"

"天法解救。"他悲哀地重复道。

"一定会有的。"丽娅反驳道。她跪在我妈妈身边，抚摸着她的额头："不管多可怕的病都有解药，只要你知道伤口的语言。"

爱伦的脸亮了那么短短的一瞬间。"她说得对，也许会有解药。"她端详了丽娅好一会儿，然后用微弱的声音问道，"姑娘，你叫什么名字？你怎么对治疗懂得这么多？"

丽娅拍了拍身上藤蔓织成的衣服："德鲁玛的树教我的。它们是我的亲人。"

"你叫什么名字？"

"大多数人都叫我丽娅，但林中精灵还是叫我的全名——丽娅楠。"

母亲的脸痛苦地皱成一团，在我看来不像是因为身体上的病痛，而是一种痛在别处的异样的痛苦。但她什么也没有说，只是把脸转向沙滩另一端缭绕的迷雾。

丽娅凑近了她："请告诉我你的名字。"

"爱伦。"她看了我一眼，"我还有一个名字是妈妈。"

我心如刀绞。她仍然不知道这全是我的错。是我不听凯尔普瑞的强烈劝阻把她带到了这里，是我出于无知……不，是出于傲慢……想做一回魔法师。

丽娅还在抚摸着爱伦的额头："你摸上去很烫。我想情况会变得更糟。"

"当然会变得更糟。"邦拜威断言道，"任何事情都只会越变越糟。"

丽娅急切地看着我说："我们得赶紧找到解药，否则就来不及了。"

邦拜威甩着袖子在沙滩上走来走去："已经来不及了。碰见这种事情，再早也已经来不及了。"

"也许还有一种没人找到过的解药。"丽娅驳斥道，"我们必须试一试。"

"你爱怎么试就怎么试，全是白费劲儿。已经来不及了，早就来不及了。"

丽娅迫切的希望和邦拜威阴郁的悲观让我无所适从，心乱如麻。两人似乎都不对但又都没错。我想相信其中一个，又怕另外一个是对的。两只海鸥尖叫着，从高空俯冲下来，停在一片海星和扇贝上面。我咬紧嘴唇。即使有解药，我们怎么可能及时找到？这个偏远的海滩只有沙丘和海浪，没人可以求救，没人能够帮忙。

突然，我直起了身子。有人可以求救！我一跃而起，飞奔到沙滩另一头迷雾笼罩的半岛上。海浪漫过滑滑的礁石，我不管不顾地往前冲，结果连连滑倒。更糟的是，在茫茫水汽中，我根本找不到那堆浮木的影子，而我刚才把那个聪明的贝壳放在了上面。难道一个大浪把它冲走了？我的心往下一沉，我可能再也找不到它了！

我跪在地上，仔细地在礁石堆里搜寻，翻过滑溜溜的水母，检查一个个潮汐水洼。全身湿透的我终于发现了一片碎浮木，上面有一个小小的贝壳。这是不是同一个贝壳？我赶紧把这个与沙子同色的小圆锥放到耳边。

"沙贝拉，是你吗？"

没有回答。

"沙贝拉，"我恳求道，"是你的话请回答！死亡阴影有解药吗？什么样的解药都行。"

终于，我听到了一个带着水声的长叹，好像一个浪缓缓地落下："你得到了……哗哗……一个非常痛苦的教训。"

"是的，是的！可你现在能帮助我吗？告诉我有没有什么解药，我妈妈快不行了。"

"你是不是还有……哗哗……格拉朵？"

我皱皱眉："没有，我……把它给到人了。"

"你能很快把它……哗哗……要回来吗？"

"不能，它在多姆努手里。"

我感觉到耳边贝壳那绝望的呼吸："那就谁也帮不了你了。哗啦——因为解药倒是有一个，但要找到它……哗哗……你必须去另一个世界。"

"另一个世界？那个住着神灵的地方？可是人只有死了以后才能去那儿！"我摇摇头，黑发上的水珠被抖落下来。如果能救她，就是让我去死我也愿意。但是那是通向另一个世界的唯一通道，即使我走过传说中的漫长之旅到达了那里，我也永远不可能带着解药回来。

"不错，只有死人……哗哗……才能走漫长之旅，但是他们不能再沿着它回到活人的世界。"

我又有了个主意："对了！为了向伟大的黛格达请教，我爷爷图阿萨找到了一条可以活着到达另一个世界的通道。我能不能走同样的路？"

"但别忘了，那条路最终让他送了命……哗哗。恶魔巴洛杀了他。巴洛只听命于芮塔·高尔，他现在还在把守着那个秘密入口，那个入口叫……哗哗……灵界井。而且他还发誓要阻止任何黛格达的盟友从那里进入。"

"灵界井？是不是一个类似通往神灵世界的楼梯口？"

"不管是什么，"贝壳的声音哗啦啦地响着，"找到它是你……哗哗……唯一的希望。你要找的解药是黛格达的不死仙丹，所以只有黛格达本人才能把它给你。"

一个冰冷的浪打到我的腿上，海盐把我在礁石上摔倒时刮破的地方刺得生疼，但我不在乎。

"黛格达的不死仙丹，"我慢慢在嘴里念着，"好吧，不管有没有恶魔，我都要拿到解药。那我怎样才能找到通往另一个世界的楼梯口？"

贝壳又长叹一声，口气里带着绝望："想找到它，你必须能听到一种奇异的魔乐。哗哗……梅林，魔法之乐。"

"魔法？"我差点把锥形小贝壳掉到地上，"我不可能做到。"

"那就真的没希望了。要找到图阿萨的通道只有一个办法，那就是……哗哗……掌握魔法七歌。"

"究竟什么是魔法七歌？"

风吹到我身上，掀动了我的短外套，我等待着贝壳的回答。终于，我又听见了那个小小的声音："即使我这个最聪明的贝壳也不知道。我能告诉你的就是……哗啦……图阿萨亲自把七歌刻在了德鲁玛树林的一棵大树上。"

"该不是……阿芭萨吧？"

"是的。"

"我知道那棵树！那是丽娅的家。"我回想起树上那些奇怪的文字，不禁眉头紧锁，"可那简直就是天书！我一个字也不认识。"

"梅林，你必须再试一试。尽管希望很小，但这是救你母亲的……哗哗……唯一希望。"

我妈妈，被死亡阴影侵入的她正躺在沙丘下，呼吸变得越来越急促，而这都是我一手造成的。我必须让她好起来，不管冒多大风险。然而，一想到凯尔普瑞对一个真正魔法师的特质的描述，我就感到畏惧，因为我显然不具备那些特质。不管那七歌是什么东西，我都不可能掌握它们，至少在死亡阴影完成它的可怕使命之前那么短的时间内绝不可能。

"太难了。"我心灰意冷地说，"我不是什么魔法师。即使我有办法掌握七歌，我也不可能在四个月相之内找到灵界井，躲过巴洛，进入黛格达的领地。"

"我压根儿就……哗哗……不应该帮你。"

我想起昨天晚上看见的那一牙新月。它只有一抹银光，淡得我的第三只眼几乎都找不到。也就是说我必须在月亮周期结束以前找到黛格达的不死仙丹，多一天也不行。月亮消失的那天，我的母亲也会消失。

月圆时，我的时间就过了一半。月亏时，我剩下的时间就不多了。等到月亮没了，我的希望也没了。

"我祝你在芬凯拉……哗哗……交好运，"贝壳说道，"你需要好运……哗哗……还有更多。"

9

迷迭香

因为母亲虚弱得走不动路，我和丽娅从沙丘上找了一些藤蔓，一头扎在我的手杖上，另一头扎在一根山楂树的枯枝上，做成了一个粗糙的担架。我们一起编织着藤蔓，我向丽娅解释从贝壳那里了解到的情况，请求她带我们穿过森林去阿芭萨。仅仅是提到那棵大树的名字，就已经让我对回到那里有一种强烈的不祥之感，但我说不出是什么原因。

丽娅则正好相反，在得知阿芭萨的墙上刻着我寻找灵界井所需的秘密后，她显得既不担心也不惊讶，也许是因为她早就习惯了阿芭萨为许多问题提供答案。她只是点点头，手上继续把藤蔓绑紧。我们终于扎好了担架，把妈妈放了上去。我把手放到她的额头上，感觉到她比之前烧得更厉害了。她的情况越来越糟，却极力忍着不抱怨。

邦拜威可不是这样，他抬着担架的尾端，我们刚一起步，他就开始模仿会说话的贝壳。等他发现听众们并不觉得有趣时，又改口描述他挂满铃铛的帽子是如何复杂精细，好像那是一顶王冠。这一招也不灵之后，他就开始抱怨担架太重，会扭伤他娇贵的背，影响他当小丑的能力。我没有搭理他，但我真想把他的帽子塞进他的嘴里，让他和他那叮当乱响的铃铛都出不了声。

丽娅在前面领路，花琴挂在她裹着藤叶的肩上。我抬着担架的前部，但我的负疚感似乎比任何担子都更加沉重。仅仅是翻过沙丘和走过那朵铃铛形的花就好像是一次艰苦的长途跋涉。

快到德鲁玛树林时，我们穿过了一片青翠的草地。草地上小溪纵横交错，绿草像海面上起伏的波浪，水波荡漾的小河给岸边的植物镶上了一道道晶莹的丝带。如果不是眼下的处境，我一定会觉得这个地方美不胜收。它的美不是由一把魔琴或者一个伟大的魔法师造就的，而是浑然天成的。

终于，我们踩着脚下噼啪作响的树枝和针叶，走进了这片古老的森林。明媚的草原消失了，四周一片昏暗。空气里充满了强烈的树脂味，时而辛辣，时而甘甜。头顶上的树杈或轻声细语，或喋喋不休。树丛后面像是有影子在沉默地晃来晃去。

我再一次感觉到了这座森林的诡异。它不光聚居了各种各样的生灵，而且它本身就是一个生命体。它曾经给过我铁杉手杖，而我十分确定它此刻正在用猜疑的目光观察着我。

我的脚趾撞在一块树根上，我痛得往后一缩，但仍然紧紧抓住手上的担架。与上次来这里相比，我的第三只眼已经改善了很多，但微弱的光线还是限制了我的视力。阳光只能照到密林的顶层，仅有为数不多的光束一直照进森林地面。但我不想慢下脚步来弄清自己的方位，我没有时间，妈妈也没有时间了。

我们抬着藤担架，跟随丽娅闯进了森林深处。每走一步，我都感觉得到树在注视着我们的每个举动，这种奇怪的感觉越来越强烈。我们从树下走过时，噼啪作响的树枝听上去显得烦躁不安，其他生灵似乎也觉察到了我们的存在。我不时会瞥到一条毛茸茸的尾巴或者一双黄色的眼睛。黑黝黝的树杈间尖叫声和嘈叫声此起彼伏。有一次我听到从某一个很近的地方传来长而刺耳的刮擦声，像是锋利的爪子在撕扯树皮或者是毛皮。

我的胳膊和肩膀都很痛，但妈妈越来越响的呻吟声更让我心痛。邦拜威似乎对她的痛苦生出恻隐之心而不再发牢骚，只是他的铃铛还在叮当乱响。丽娅风一般轻松自如地在林中穿行着，但也不时担心地回头看看担架。

我们在覆盖着青苔和蕨类的黑黝黝的地面上一连走了几个小时，我的肩膀抽痛得像要爆裂了一般，手也麻得快要抓不住了。难道就没有更近的路？丽娅会不会是迷路了？我清了清干渴的嗓子，准备叫她。

就在这时，我看到一缕光束从树杈间照射进来。我们蹚过了一片绞缠的蕨丛，蕨荆沾在我们的脚踝和腿上。光线变得更亮了，树干间的距离也更宽了。一阵带着新鲜薄荷香气的凉风对着我汗津津的额头吹来。

我们走进一片长满草的空地，空地中间一棵高大伟岸、盘根错节的橡树拔地而起。阿芭萨，它老得不能再老，高过我们见过的任何一棵树，巨大的树干比五六棵树合抱在一起还要粗。它在我身高几倍的地方才开始分权，然后一直向上，高耸入云。

丽娅的空中小屋由粗树枝搭成，坐落在较低的树杈间。树杈被弯曲成小屋的墙、地板和屋顶。绿叶做的窗帘发着微光，挂在每一个窗口上。我记得第一次看见这小屋时是在晚上，小屋里亮着光，像一颗爆炸的星星一样闪闪发亮。

丽娅把双臂像伸展的树枝一样举起："阿芭萨。"

大树抖了抖，把露水洒到我们身上。我猛然想起在黑山岭时我曾经笨拙地试图让一棵山毛榉树对我弯下身来，心里不由得一阵痛楚。那一天，丽娅说我做了件蠢事。不管她是否有理，当我轻轻把妈妈的担架放到草地上的时候，我清楚地意识到自己今日所为比那一天还要愚蠢得多。

"迷迭香，"爱伦的声音因为呻吟而变得沙哑，她指着空地旁边一丛长着细梗的植物，"请给我摘一点。"

丽娅马上摘下一小枝递给她："给。它很香，让我想起阳光下的松针。你管它叫什么？"

"迷迭香。"妈妈把它放在手掌之间搓了搓，一股清香在空气中弥漫开来。她把搓碎的叶子凑近脸，深吸了一口气。

她的脸放松了一些，放下手来："希腊人称它是地上的星光。多么美好的名字！"

丽娅点点头，卷发在肩上跳跃着："它能治风湿，对不对？"

爱伦惊讶地凝视着她："你怎么会知道这个？"

"我的朋友西纹从前用它来治手。"丽娅的脸阴沉下来，"只能说她曾经是我的朋友。"

"她和精灵做了笔交易，"我解释道，"差点让我们因此送了命。她是一个树……丽娅，你叫她什么来着？"

"树人，半树半人。她是仅存的树人。"丽娅听了听我们头顶正在低语的橡树叶，"我是一个弃婴，她在森林里捡到我以后就一直照料我。"

我妈妈满脸痛苦，但她的眼睛还是定定地看着丽娅："孩子，你……你想你的亲人吗？"

丽娅轻轻摇了摇手："不想，一点也不想。我的亲人就是树，尤其是阿芭萨。"

树枝又抖了抖，把露水洒到我们身上。尽管丽娅的回答显得满不在乎，但我还是注意到她蓝灰色的眼睛里流露出了伤痛，而且比我看到过的任何时候都更深。

邦拜威皱着他的眉毛、嘴巴和下巴，在担架边弯下身来，摸了摸我妈妈的额头。"你很烫，"他一脸严肃地说，"比之前更烫了。现在正是用得着我的铃铛谜语的时候。这是我最好笑的谜语……尤其是我不会别的谜语。要我讲吗？"

"不要。"我粗暴地把他推到一边，"你的谜语和歌只会让她更难受。"

他噘起嘴，一层层下巴在斗篷扣上抖着。"一点不错，一点不错，一点不错。"然后，他把背挺直了一点，"但是，记住我的话：总有一天我会把人逗笑的。"

"你真这么认为？"

"对。那个人没准儿就是你。"

"好吧！你把我逗笑那天，我就把我的靴子吃下去。"我绷着脸对他说，"现在你走开！你比诅咒、瘟疫和台风加在一起还糟糕。"

爱伦呻吟起来，在担架上动来动去，她的蓝眼睛睁得大大的，目光充满了焦虑。她要对丽娅说什么，却不知为何又打住了。她转过身来问我："能不能给我弄点柠檬膏？它能帮我减轻头痛。你知道哪里长着柠檬吗？"

"我不清楚。丽娅可能知道。"

丽娅点点头，她的眼神仍然黯淡。

"孩子，如果能找到的话，再弄一些春黄菊。它们常常长在松树附近，旁边会有一朵梗上长着红毛的小白蘑菇。"

"树会带我找到的。"丽娅抬头看了看阿芭萨巨大的树枝，"我们先把你安顿到屋里。"

她剥下树皮做的包着脚的鞋子，走进树根里的一个小洞。然后，她用橡树语唰唰地说了个长句子。树根在她的脚上合拢起来，让她看上去像是阿芭萨身边的一棵树苗。她张开双臂拥抱着粗大的树干，而一根长满叶子的树枝也低垂下来搭在她的背上。紧接着，树枝抬了起来，树根分开，树干上出现了一道缝，随后打开，露出了一个包着一圈树皮的小门。丽娅走了进去，做手势让我们跟着她。

我弯身去抬担架的前端，同时看了一眼母亲。她的脸上和额头上挂着汗珠，显得痛苦不堪。看见她这个样子，我心如刀绞。但我还是感觉她今日所有的痛苦并不全都是我造成的。

邦拜威自言自语地嘟囔着，抬起了担架的后头。我俩跌跌撞撞，踩着盘根错节的树根向门口走去。走到离门两步开外的地方，树皮门开始关闭，就像我上次来阿芭萨这里时一样！这棵树再次将我拒之门外。

丽娅尖叫起来，她挥着手，嘴里唰唰地发出一声严厉的斥责。树颤抖了一下，充满敌意的树门停止合拢，然后又慢慢打开。丽娅表情严肃地瞥了我一眼，然后转身沿着树干里长满节疤的旋转楼梯往上爬。我跟在她身后，低下头进了门。一股浓郁而潮湿的气息扑面而来，闻上去就像秋天雨后的树叶。另一个让我感到意外的是树干里巨大的空间，阿芭萨的内部似乎比从外面看还要大。尽管如此，我仍然要在昏暗的光线里全神贯注，避免让担架撞到墙或是角度太斜以至于让妈妈从担架里滑出来。

我们小心翼翼地沿着活树的楼梯向上爬，蜘蛛网一般交错复杂的奇文异字从上到下盖满了整个楼梯的墙壁，像以前一样让人无从解读。我的希望变得更加渺茫了。

最后，我们来到了一张厚厚的树叶帘子跟前，这是丽娅的小屋的入口。我们推帘而入，踏上树枝编成的宽大的地板，周围是直接从交错的树枝上延伸出来的木头家具。我认出了炉边的矮桌、两把结实的椅子和镶着一圈绿树叶的金黄色柜子。

"哦！"爱伦微微转动了一下身体以便看得更清楚。"太美了。"她轻声叹道。

我对邦拜威点点头，我们俩把担架轻轻地放了下来。他僵硬地直起身子，紧皱的眉头似乎略微放松了一些。他东张西望，兴趣盎然地打量着小屋的内部，而我则一心惦记着下面的楼梯。

丽娅像是看透了我的心思，她碰了碰我的胳膊。"我去给你妈妈采些草药。"她取下肩上的花琴，把它靠在担架边的墙上，"而你，如果你还希望救她的话，可有好多事要做呢。"

10

阿芭萨的秘密

我在阿芭萨里面焦头烂额地忙着，用尽一切办法想找到解读墙上铭文的线索。我一遍又一遍地沿着楼梯爬上爬下，寻找正确的起点。我站在远处浏览着墙壁，想发现某种规律。我凑到跟前，前额顶着冰凉的木头，审视每一个符号，但都一无所获。

一连几个小时，我细心研究着墙上神秘的文字，这些文字可能会指点我找到救爱伦的解药。那精雕细刻的文字似乎满含深意，但对我而言如同一纸空文。

夕阳西下，楼梯上昏暗的光线渐渐消失了。有好一阵子我勉强用第三只眼去看，但它在黑暗中比平时更指望不上。最后，丽娅给我拿来了一个特别的火炬，那是一个和我的拳头一般大小的蜂蜡做的圆球，虽然很薄但非常坚硬。里面有十几只甲虫在爬来爬去，甲虫身上发出稳定的、琥珀色的光，足以照亮墙上铭文的一小部分。

我接下火炬，一声没吭，尽管心里充满了感激。过了一会儿，我又同样一声不响地收下了邦拜威递给我的两只碗，一只里面是水，另一只里面是大大的绿色坚果。他在楼梯上绊了一跤，把半碗水洒到了我的脖子上，但我几乎没有注意到他，只是专注于我正在做着的事情和内心深处的负疚。尽管我把注意力全部集中在那些神秘的符号上，但我无法摆脱躺在楼上的女人一阵又一阵的叹息和呻吟。是我把她带到了芬凯拉。

我知道，外面一弯苍白的新月正在德鲁玛树林上空升起，给阿芭萨的树枝涂上了一层淡淡的银辉。现在，我只有一个月差一天的时间找到解药。这项任务本身就难以完成，但我还要等到破解了铭文以后才能开始行动，而且那铭文没有显示出任何对我揭秘的迹象。

我疲惫地把手放到木墙上。突然，我感觉到上面的符号在发热，但只有短暂的一瞬，还没有传到我的手掌就消失了。然而它让我从骨子里感觉到，这些文字的的确确是伟大的魔法师图阿萨刻下的。他知不知道多年之后的某一天，他的孙子会费尽心机来读懂这些神秘的文字？他知不知道这些文字是找到另一个世界的入口和黛格达的不死仙丹的唯一希望？他有没有想到，那个不死仙丹是用来挽救爱伦——那个他曾预言将生出一个比他自己魔力更高的魔法师的女人的？

而我算什么魔法师？！在我没有魔琴的时候，我的魔法做成了什么？除了让我自己和别人吃尽苦头之外一无所成。我害得自己失去了眼睛，还差点害得妈妈失去了性命。

我跟跟跄跄地走下楼梯，心灰意懒地贴近了墙，伸手用指尖摸了摸第一个符号。它看去像一个长着乱蓬蓬的长胡须的方形向日葵。我的手沿着它的曲线和皱褶慢慢移动，想再尝试着去感受哪怕是一丁点儿模糊的意思。

什么也没有。

我垂下手来。也许这需要信心，还有信念。难道我不是命里注定要成为魔法师吗？这是图阿萨亲口说的。我是他的孙子、他的传人。

我又摸了摸第一个符号。

还是毫无感觉。

符号，对我开口！我命令你！仍然什么也没有。我一拳打到了墙上。听着！对我开口！这是我的命令！

楼梯口又传来一声痛苦的呻吟，我的心揪成了一团。我慢慢地颤抖着吸了口气。如果不为了我，那就为了她吧！我如果不能发现你的秘密，她就会死去。一滴眼泪沿着我的脸滑落下来。求求你，为了她，为了爱伦，为了……妈妈。

一阵奇怪的刺痛传过我的手指。我隐隐约约捕捉到了什么，但不是一种感觉。

我用手指压住那个符号，注意力更加集中。我想到孤身一人躺在树杈编成的地板上的爱伦，我想到我对她的爱。木墙似乎在我的指尖下变得更加温热了。请帮帮她，她给了我那么多。

我恍然大悟。那第一个符号用一个我从未听过却又一直很熟悉的低沉而洪亮的声音直接对着我的内心说："要带着爱读这些字，否则就不要读。"

紧接着，其余的字就像奔泻的河水般在我身上流淌，将我带走——魔法七歌在墙上，一首旋律反复唱。另一世界它引领，尽管希望太渺茫。

我激动万分，一字一字地读，一级一级台阶地上。我时不时停下来，重复一遍后再往上走。当我终于到达楼梯顶端时，第一缕阳光正透过楼梯照进来，在那些神秘的符号上跳动。这个夜晚，魔法七歌就像当初被刻在阿芭萨墙上一样刻入了我的心之墙。

一首旋律反复唱

　　我爬上最后一级台阶，掀起树叶织成的帘子走进屋里。我妈妈还躺在地板上，但已经不在担架上。听见我进来，她动了动银灰色蛾丝薄毯下的身体，用力抬起头来。丽娅盘腿坐在她身边，一脸担忧。邦拜威靠在对面的墙上，阴郁地看着我。

　　"我读懂了那些字，"我没有丝毫沾沾自喜地宣布，"现在我得按照上面说的去做了。"

　　"你能告诉我们上面说了些什么吗？"爱伦低声问道，粉色的晨曦洒进窗户，抚摸着她苍白的脸颊，"开头是怎么说的？"

　　我沉重地在她身边跪下，端详着她痛苦而慈爱的脸。我念道：

魔法七歌在墙上
一首旋律反复唱
另一世界它引领
尽管希望太渺茫

"尽管希望太渺茫，"邦拜威呆呆地盯着自己的帽子重复道，"一点不错，一点不错，一点不错。"

我瞪了他一眼。丽娅伸手去够一个有松香味的小枕头："'一首旋律反复唱'是什么意思？"

"我不太懂。"我看着她把枕头塞到我母亲的脑袋下面，"但它接着又说七歌的每一首歌都是所谓'星光灿烂之歌'的一部分，所以可能和这个有什么关系。"

"儿子，是有关系。"爱伦注视了我一会儿，"上面还说了些什么？"

"说了很多，"我叹了口气，"但大部分我都不懂。说到了树苗、周期和魔法的秘源，还说到好魔法和坏魔法的唯一差别就在于魔法施用者的意图。"

我握住她的手："接着我就读到了那七首歌，开头是一个警告。"

歌中真理先领悟
然后你才能上路
真理就像参天树
没有种子不成木

我停顿了一下，想起就连巨树阿芭萨也是从一颗种子长大的，而我们现在就坐在它的怀抱里。但这并没有给我多大鼓舞，尤其想到接下来的一段。

七歌循序来追寻

　　　　整体来自每部分
　　　　行动之前先找到
　　　　每首歌中的灵魂

　　"每首歌中的灵魂，"丽娅重复道，"你觉得这是什么意思？"

　　我摸了摸树杈编成的地板："我不懂，一点也不懂。"

　　我妈妈有气无力地捏了捏我的手："告诉我们那七首歌是什么吧。"

　　我一边思考着丽娅的问题，一边念道：

　　　　改变之训是第一
　　　　树人对它最熟悉
　　　　连接力量是第二
　　　　脸湖可以来解疑
　　　　保护技能是第三
　　　　好比矮人把洞钻
　　　　命名艺术是第四
　　　　斯兰陀人嘴巴严
　　　　跳跃能力是第五
　　　　瓦里高城藏杀机
　　　　消灭本领是第六
　　　　睡龙巢穴见高低
　　　　看见天赋在最后
　　　　遗忘岛上有魔咒

现在动身去寻找

另一世界的井口

要想尝试那口井

完成七歌是前提

危险步步紧相随

独眼巴洛属第一

屋里一片沉默，连邦拜威的铃铛也没有发出一点动静。终于，我压低声音说道："我担心即使我有可能完成歌里要求的事情，但赶回来时……"

"我已经死了。"爱伦举起手来摸了摸我的脸。"儿子，我有什么办法说服你不要去？"她的胳膊又垂到了地上，"那样我们至少在最后一刻能在一起。"

"不行！是我把你弄成现在这个样子。哪怕只有万分之一的可能，我也要想办法找到解药。"

她苍白的脸变得惨白："即使这意味着你和我都会死掉？"

丽娅同情地碰了碰我的肩膀。突然，一对翅膀掀动了我的记忆，我想到了我已经失去的伙伴，那只在隐堡之战中牺牲的勇敢的小鹰。我们给它起名叫"麻烦"，实在没有比这更贴切的名字了，而它的行动比它愤怒的叫声更加响亮。我想知道它的灵魂是否还活在另一个世界里。如果我此行失败，我和妈妈是否会与它在那里相会。

又一阵疼痛传遍爱伦的全身，她绷直身体，攥紧了拳头。丽娅端起一只碗，里面的黄色药汁闻上去像是浓浓的牛肉汤。她小心地喂了母亲几口，有几滴洒在了地板上。然后，丽娅举起碗来，用舌头发出响亮的吱吱声。

一只长着棕色大眼睛的松鼠突然从柜子顶上一跃而下，跑到她身边。它晃着粗尾巴，把一只爪子放在她腿上。没等丽娅发出另一个指令，松鼠已经从她手里把碗接了过去。它吱吱尖叫了一声作为回答，用牙齿叼着碗跳走了。

"那是依克特马，"丽娅对我母亲解释道，"有一次，我在附近的林子里发现了它，它断了一条腿，疼得直叫，我给它接好了骨头。从那以后，它常来串门，能帮多少忙就帮多少忙。我叫它多切一点春黄菊，再给你装一碗。"

尽管状态极差，母亲还是差点就笑出了声："你真是一个了不起的姑娘。"她的脸又变得严肃起来，树叶的影子在她的金发上晃动："我要是有更多的时间来了解你该有多好。"

"你会的，"丽娅肯定地说，"等我们拿回解药就好了。"

"我们？"我吃惊地看着她，"谁说了你也要去的？"

"我说的。"她两臂交叉在胸前，平静地回答，"我已经打定了主意，你说什么都没用。"

"不行！丽娅，你可能会死的！"

"无论怎样我都非去不可。"

阿芭萨左右摇晃起来，小屋的地板和墙都在嘎吱作响。我不能确定是不是外面突然刮起了风，吹动了树杈，但我怀疑这阵风是来自树的内部。

"你到底为什么要去？"我质问道。

丽娅奇怪地看着我："你太容易迷路了。"

"别这样好不好？我妈妈怎么办？得有人……"

"有依克特马呢。我们一切都安排好了。"

我咬着嘴唇，气急败坏地转身问爱伦："是不是所有的女孩都这么固执？"

"不，只有那些有很强的直觉的女孩才这样。"她把目光转向了丽娅，"孩子，你让我想起了我自己。"

丽娅脸红了。"你也让我想起了……"她的声音变小了，"等我们回来我再告诉你。"

邦拜威清了清嗓子："我要留下来。"

我跳了起来："你说什么？"

"我说我要留下来，在她极其痛苦地死去时陪伴着她。我敢肯定她会受罪，受很大的罪，但我也许能让她受一点。我要拿出我最欢乐的曲子和最好笑的故事，这对一个被死亡折磨的人来说再合适不过了。"

"你不许这么做！"我一拳砸在木头地板上，"你……跟我们走吧。"

邦拜威睁大了黑眼睛："你想要我去？"

"不想，但你还是去吧。"

"梅林，不行！"丽娅挥动着裹着树叶的双臂，"不要让他去！"

我阴沉着脸摇了摇头："我不想让他跟我们去，但我想让他离她远点。他所谓的幽默会让她在一个星期而不是一个月之内送命。"

爱伦伸出一只颤抖的手，轻轻抚摸着我疤痕累累的脸："如果你一定要去，我有几句话要对你说。"

她蓝宝石般的眼睛凝视着我，让我感觉她的目光几乎可以刺穿我的皮肤。"最重要的是，我要你知道即使我在你回来之前就死了，能够再见到你已经什么都值了。"

我把脸转开了。

"儿子，还有一件事。我这辈子学到的只有那么宝贵的一点点，但我知道，我们所有人的内心——包括我自己——都既有蛇蝎的狠毒又有鸽子的善良。"

我拨开额前的头发："我敢肯定我有蛇蝎！但我决不相信你也这样。决不相信。"

她深深地叹了口气，目光在围起这间屋子的树枝上移动着："我换一种说法。你一直喜欢听我讲古希腊的故事。你记不记得那个叫普赛克的女孩的故事？"

我不解地点了点头。

她的蓝眼睛又在仔细地端详我："希腊文里普赛克有两种意思。有时它指的是蝴蝶，有时它指的是灵魂。"

"我不明白。"

"你看，蝴蝶是变形大师，可以从一条虫子变成一只最美丽的生灵。儿子，灵魂也能做到。"

我喉咙发紧："妈妈，对不起。"

"儿子，不要说对不起。我爱你。我爱你们大家。"

我弯下身，吻了吻她发烫的额头。她虚弱地对我笑了笑，把头转向丽娅："孩子，我有一样东西要给你。"她从深蓝色长袍的口袋里掏出一个护身符，是用红线绑在一起的小树枝："拿着。这是一个用橡木、桦木和山楂木做成的护身符。你看这生机盎然的新芽，它们就像你一样含苞待放。把它带在身边，它会给你勇气，提醒你相信自己的直觉。听从你的直觉，因为那其实是我们大家的母亲——大自然的声音。”

丽娅眼里闪着泪光，她接过礼物，灵巧地把它系在藤蔓织成的衣服上：“我保证我会好好听的。”

“我相信你已经在听了。”

“没错。”我大声说道，“她甚至还提醒别人要信任莓子呢。”

丽娅红了脸，手里摆弄着用橡木、桦木和山楂木做成的护身符。

“不用说，”邦拜威嘟囔着，“你没有东西给我。”

我怒视着他：“她为什么要给你？”

“噢，我有的。”爱伦虚弱地说，“我有一个祝福。”

“一个祝福？”瘦高个子走上前来，跪在树枝编成的地板上，“是给我的？”

“我希望有一天你能把别人逗笑。”

邦拜威鞠了一躬：“谢谢你，夫人。”

“梅林，”我母亲轻声说，“也许你的七歌就像是海格立斯的七项任务。你还记得它们是什么吗？人们都以为完成那些任务是不可能的事情，可他不仅全都完成了，而且还活了下来。”

我点了点头，但并没感觉好一些。海格立斯最艰巨的任务是一人担起了整个世界的重量，而我肩上的担子并不比他的轻松。

第二部

12

图阿萨

镶着树皮的门嘎吱一响，我走出了阿芭萨。在离开昏暗的楼梯前，我又吸了一口木墙那湿润的香气，看了一眼图阿萨多年前刻下的字符。我重读着那段最让我困扰的文字：

> 七歌循序来追寻
> 整体来自每部分
> 行动之前先找到
> 每首歌中的灵魂

最后那一句是什么意思？每首歌中的灵魂。要弄懂七歌已经很困难，而要掌握每首歌的灵魂则近乎不可能，我甚至不知道该从哪儿入手。

丽娅从开着的门走到外面的草地上。一束阳光穿过阿芭萨的树枝，照到她的棕色卷发上。她弯下身，轻轻揉了揉大树的一个树根，然后站起身来，看着我的眼睛。

"你真的想去？"我问道。

她点点头，又拍拍树根："这件事肯定不会容易，但我们得试一试。"

听到邦拜威叮叮当当地走下楼梯，我摇了摇头："有了他就更难了。"

丽娅对着门口歪歪脑袋："我宁可整天听一个破琴，也不想听他的铃铛声……那声音就像从山上滚下来的一把铁壶。"

我回想起陪伴了我几个星期的美妙的音乐。为了避免花琴受损，我决定把它留下，安放在丽娅的炉边，阿芭萨会好好保护它的。但我知道我会想念它悠扬的旋律，还有更多。

我凝视着丽娅，她的神情和我的一样凄凉。"我真不应该放下我在黑山岭的工作。我给整个芬凯拉带来了危险，现在又让母亲陷入绝境。"我把手杖尖拧进草里，叹了口气，"事实上，我从来就不配携带花琴。你看我像个魔法师似的背着它到处走，可是丽娅，我压根儿不是什么魔法师。我既没有多大魔力，也没有多少智慧。"

她微微扬起眉毛："我觉得你已经变得比以前聪明了。"

"但还是不足以掌握七歌的灵魂！我甚至不知道从哪儿开始。"

我们头上巨大的树杈突然动了起来，树枝摇摆着彼此碰撞，让树叶和小树枝落得满地都是。阿芭萨周围小一点的树都纹丝不动，只有大橡树好像被狂风吹得左右摇晃。

我突然感到一阵恐惧，一把抓住丽娅的胳膊："快走，别让树枝砸着。"

"别瞎说，"她挣脱开来，"阿芭萨才不会这么做呢。你好好听着。"

我抖掉头上的树叶，这才意识到噼啪作响的树枝确实在发出另外一个声音，一个不断重复的声音。图图图阿阿阿萨萨萨……图图图阿阿阿萨萨萨……树慢慢不摇晃了，树枝安静了下来。这棵巨大的树像以前一样在我们的头顶高耸着，不过有了一个变化。我仍然不了解七首歌的灵魂，但我现在大概知道去哪里找了。

"图阿萨的墓，"我宣布，"我们从那里开始。"

丽娅咬咬嘴唇："如果阿芭萨相信去那里有用，我也相信。但我不喜欢这个主意，一点也不喜欢。"

这时候，邦拜威从树干的门口探出了一个头，脸上的表情比平时显得更加痛苦。他双手捂着肚子，跌跌撞撞地走到草地上："这场风暴太厉害了，我这娇气的胃被弄得翻江倒海的。"

瘦高个子直起身，推了推帽子上的铃铛："但是不要害怕，不要害怕。我走到哪儿这种天气就跟到哪儿，我早就习惯了。"

我和丽娅交换了一下担心的目光。

"我还是会去的。"他边说边揉着他的腰，"不过有了这个新伤，我一路上就更难为你们提供娱乐了，但是一个小丑总得尽力而为！"他用斗篷蒙住了头，在阿芭萨的树根上跳来跳去，他的铃铛发出一阵阵闷响。

我皱起了眉头："你来娱乐我们总比去娱乐我妈妈强。"

邦拜威从头上摘下斗篷。"哦，别为她担心，"他漫不经心地说，"她的时间还多得很，她要连续不断地痛上一个月才会死。"他若有所思地看了看丽娅的空中小屋："你要是乐意的话，我们动身之前我可以上去逗她笑一笑。"

我举起手杖，做出要揍他的样子："你这个笨蛋！你搞笑的本事比一具僵尸好不到哪儿去。"

他哭丧着脸，几层下巴皱成了一团："你等着瞧，总有一天我会把人逗笑的，我一定会！"

我放下手杖，讽刺地说："我已经尝到我靴子的味道了。"

阿芭萨粗大的树干嘎吱嘎吱响着，门关上了。我仰望着树干，目光随着它向上移动，直到它消失在我们头顶重重叠叠的树枝里。我专注地看着那些树枝，它们就好像一幅活挂毯上的线一样编织在一起。树叶在阳光下闪闪发光，每一根大树杈下面都长出了皮毛般的青苔。

"你觉得，"我问丽娅，"阿芭萨有一天会不会主动甚至高兴地为我打开家门？"

听到我的话，整棵树都颤抖起来，把更多的树叶和碎树皮撒到我们身上。

丽娅眯起眼睛："阿芭萨只是想保护我而已。"

我盯着她蓝灰色的眼睛："你并不是非去不可。"

"我知道。"她沉思地嘟起嘴，"你真的想去图阿萨的墓？"

邦拜威倒吸了一口气，两只手绞在一起："大魔法师的墓？没人去那里。我是说去的人没有活着回来的。那个地方闹鬼，很可怕。一点不错，一点不错，一点不错。"

"我们就是要去那儿。"我没好气地说。

"但是我带不了路，"丽娅提出了异议，"我连它在哪儿都不清楚。"

"我知道。我去过那里一次，也可能是两次，但我要再去一次才能确定。"我抚摩着手杖的顶部，空气里顿时弥漫起铁杉树的香味，"你只要把我们带到雾岭下面的大沼泽地，到了那儿我就可以领路了。"

她怀疑地摇了摇一头的卷发："我们那样做会失去宝贵的时间。"

邦拜威晃了晃叮当乱响的脑袋："我们会失去的不仅是时间。"

"那也只能这样了。"我用手杖在草地上顿了顿，"我们走吧。"

丽娅恋恋不舍地看了一眼阿芭萨，转身大步跨过草地，消失在树的间隙里。我跟了上去，邦拜威走在最后，边走边自言自语地叨咕着闹鬼的坟墓和爱报复的魔法师。

我们沿着一条弯弯曲曲的小径走了一阵子，路上能看见狐狸、熊、狼和其他我认不出来的动物的脚印。然后，小径不见了，接下来是一大片被暴风雨吹倒的树。我们费了好大劲儿才带着满腿的伤痕和血迹走回到了松树和杉树林立的地方。丽娅把我们领到一片高一点的地带，那里针叶树之间的距离变宽了，更多的阳光照到地面上。这对我的第三只眼很有帮助，我至少不会再被树根绊倒，也不会再被树枝捅到。

但是，我们还是很难跟上丽娅的步子。她像我一样对我们的任务有一种紧迫感，同时可能还想在林子里甩掉邦拜威。但他靠着一双又细又长的腿，一步也没落下，而且还一直唠叨个不停。相比之下，丽娅则像一头鹿一样姿态优美地大步向前，时不时还飞快地跑上一个山坡。她让我想起希腊传说里善跑的女孩阿塔兰特。这样的比较让我忍不住发笑，但一想到给我讲这个故事的女人，愁云又回到了我的脸上。

我咬着牙让自己跟上，汗水刺痛了我失明的眼睛。太阳越升越高，地上却越来越湿。每一棵树上都长满了青苔，细细的水流咕嘟咕嘟冒出地面，我们的靴子上沾满了泥巴。黑色的死水潭越来越多。我没有认出这里的地貌，但闻出了它的气息。那潮湿、腐烂、充满不祥之感的味道像抠进皮肉的利爪一样扎进我的记忆。

"走这边。"我一边说，一边掉头向东走去。

丽娅转过身来跟着我，她步履轻盈地走在泥地上，跟在后面的邦拜威却深一脚浅一脚地一个劲儿打滑。我把他们带到杉树林间一片幽暗的空地。森林里的各种声音都消失了，代之以一片诡异的沉寂，就连甲虫扑扇翅膀也变得无声无息。

我在空地边停下来，回头看了一眼，示意他们俩站在原地不要动。丽娅刚要开口，我抬起手让她别出声，然后小心翼翼地独自往前移动。

突然，一阵风刮过，掀动了杉树的树枝，但树枝并没有像平常那样噼啪作响，而是奇怪地颤动起来，像在低声吟唱一首关于失去、渴望和死亡的悲伤的挽歌。林间空地变得更加幽暗，地上撒满了松针，我几乎辨认不出我靴子的形状。树枝的哀叫声包围着我，而且越来越响。终于，我走进一块小空地，我知道四周环绕的古杉就是图阿萨坟墓的标志。

空地极其缓慢地亮了起来，但那亮光并非来自太阳，而是来自那些古杉树上晃动的树枝，它们正散发出一种不祥的蓝光。风中的树枝像老人的胡须一样飘动着。我猜想，也许这些树都有图阿萨徒弟们的灵魂附身，它们命里注定将永远守护着他的坟墓，时时刻刻为他哀悼。

我现在确定我曾经来过这里两次，一次是不久以前，另一次还是我小的时候，骑着爸爸的黑马伊昂被带来参加图阿萨的葬礼。关于葬礼我已经忘得差不多了，只记得弥漫在林中空地的哀伤。

我的目光落在空地中央那个狭长的土堆上。十二块光滑溜圆的石头将土堆围成一圈，发出蓝冰般的光。我走上前去，土堆的长度让我十分惊讶。图阿萨要么是戴着帽子下葬，要么就绝对是个高个子。

"你这个小冒失鬼，两者都没错。"

我的耳畔响起一个低沉的声音，它和我在读阿芭萨墙上的铭文时听到的是同一个声音。我从骨子里知道，这就是图阿萨本人的声音。但在惊恐之外，我还感觉到一种奇怪的渴望。我试着把意念集中在坟堆上，说出我心中所想。

"伟大的魔法师，我真希望曾经认识你。"

蓝石子变得更亮了，直到光芒盖过了周围的古杉树。石子里像是有蜡烛在燃烧，而那火苗正是来自图阿萨的灵魂。

"你是说你真希望我阻止了你做的蠢事。"

我不安地动了动，用手杖尖刮着地："可以这么说。但我也希望曾经和你在一起，向你学习。"

"我们的这个机会已经被偷去了。"那个声音恨恨地说道，"你知道是什么原因吗？"

"因为你被恶魔巴洛打败了？"

"不对！"图阿萨的咆哮声让石子像火炬一样发着光，"你回答了是怎么发生的，但没有回答是为什么。"

我被噎住了："我……我不知道为什么。"

"那就好好想想！难道你的头盖骨和你父亲的一样薄？"

我被这番羞辱弄得满脸通红，但我竭力不让我的怒气流露出来。我蹙着眉头，绞尽脑汁寻找着答案。突然，我想起了凯尔普瑞在吟游诗人之乡的门口给我的警告。

"是不是……休布里斯？"

"是的！"图阿萨的魂灵大吼着，"那是我最大的缺点，也是你最大的缺点。"

我低下头来，深知他说得一点不错："伟大的魔法师，我不配得到你的帮助，但是爱伦应该得到你的帮助。如果我有一线希望能救她，我就必须知道一件事。"

石子闪烁着不祥的光："你扔下黑山岭让芮塔·高尔肆意践踏，我怎么知道你不会把她也扔下不管？"

我全身抖了一下："我向你保证。"

"你也向代表大会保证过。"

"我不会扔下她不管！"我的目光扫过那一圈杉树，它们像是不以为然地摇晃着树枝。我用低得几乎听不见的声音说："她就是我的一切。"

良久，除了树枝的叹息声以外我什么都听不到。终于，蓝石子又发亮了。

"那好吧，刚长毛的小雏儿，你想知道什么？"

我小心翼翼地走近了一些："我必须知道找到一首歌的灵魂是什么意思？"

石子倏地亮了起来："哦，一首歌的灵魂。说来很小，但意义很大！小家伙，你要知道，你读到的七首歌看上去很短，但它们透露了七项基本魔法的秘密源泉。每一首歌都仅仅是一个开端，一个起点，它们将把你引向超出你想象的智慧和魔力……远远超出你的想象！而且，每首歌都有很多句，你花几个世纪的时间才不过能读懂几句而已。"

"但一首歌的灵魂是什么？"

"耐心点，你这嘴上没毛的小子！"石子像是要燃烧起来，"一首歌的灵魂是它的本质，也是第一要旨。要找到它就像隔着一个大湖捕捉对岸一朵野花的香气一样难。你看不见它，也摸不到它，但你必须知道它是什么。"

我摇摇头："这听上去对一个魔法师来说都很难，更别说是一个男孩了。"

树枝摇晃得更厉害了，图阿萨的声音又响了起来："小家伙，你还是有可能成为魔法师的，如果你活下来的话。但要记住一点。你的时间不多，所以你会忍不住想跳过几首歌。别干这种傻事！在找到所有歌的灵魂之前不要去找灵界井。听我的话。只找到五六首歌的灵魂就像一首也没找到一样。没有七首歌的灵魂，不仅你的寻找将一无所获，你还会丢掉自己的性命。"

我犹豫不定地吸了口气："伟大的魔法师，我怎么才知道？我怎么才知道我找到了每首歌的灵魂？"

就在这时，石子里蹿出一柱蓝色的火焰，在空中噼里啪啦地响着，然后像一道蓝色的闪电击中了我手杖的顶部。我浑身一抖，但没有让手杖从手里掉下来，只是手指微微有一点烧伤的感觉。

我的耳畔又响起了那个低沉的声音："你会知道的。"

我抚摸着手杖，没有感觉与之前有什么不同，但我隐约知道已经不一样了。

"小家伙，你得走了。记住我对你说的话。"石子上的光开始暗了下来，"希望你能活着再看到我的坟。"

我恳求道："请再告诉我一件事。有个预言说，只有一个有人类血统的孩子才能打败芮塔·高尔或是他的仆人巴洛。这个预言准确吗？"

石子没有再发光，我听到的只有树枝的哀叹："请告诉我。"

终于，石子发出了微光："那个预言可能是真的，也可能是假的。但即使是真的，那真相也通常有不止一面。走吧！等到你的智慧超过你的年龄再回来见我。"

13

奇怪的伙伴

我从林间空地出来时，那些树又恢复了诡异的沉寂。我握紧手杖，心里明白它和我一样都与图阿萨的灵魂接触过。而且，它和我一样，再也不是从前的自己。

我一走出杉树林，丽娅和邦拜威便向我走来，两人尽管肩并着肩，彼此间的反差却大到了极点。一个披着森林的绿衣，动起来像小狐狸一样灵巧；另一个穿着棕色的厚长袍，当然还戴着一顶坠着铃铛的帽子，看起来像一个僵硬、阴郁的树桩。但两人至少现在都是我的同伴。

丽娅伸出手来，用她的食指钩住了我的食指。"你了解到了些什么？"

我捏了捏她的手指："一点点，一点点而已。"

"那可不够，"邦拜威说道，"了解得再多也不够。"

"我们现在去哪儿？"丽娅边问边扫了一眼我身后黑黝黝的树丛。

我咬着嘴唇，琢磨着七歌的第一首歌。"嗯，我必须想法子找到改变术的灵魂，要找到改变术的灵魂，我首先必须找到一个树人。改变之训是第一，树人对它最熟悉。"我停了一下，"你不是说过西纹是最后一个树人？"

她脸色凝重地点了点头。我看得出来，西纹的背叛至今还刺痛着她。"她确实是最后一个树人，而且很可能已经不在了。被精灵砍下胳膊之后，她有可能因为流血过多死了。"

我转动着手杖多节的顶部："那我该怎样才能找到那首歌的灵魂？那是一首和树人有关的歌。"

丽娅把两只手插进自己的卷发："梅林，你专门喜欢挑战！你唯一的希望是去树人的老家法洛·拉纳，但我觉得你未必会在那儿找到什么。"

"路有多远？"

"很远，一直到芬凯拉的西南角。我们必须穿过整个德鲁玛森林，这样会花去我们更多的时间。节省时间的唯一途径就是穿过雾岭到海边，再往南走，不过那就意味着要经过活石的地盘，所以也不是一个好办法。"

邦拜威叮叮当当地点头表示同意："姑娘，明智的忠告啊！那些活石对行人有一种奇特的兴趣。"他咽了一下口水，晃着他的多层下巴："我听说对小丑尤其如此。"

"它们的胃一定特别好。"我嘲讽地补了一句。我向丽娅问道："大伊鲁莎就住在那一带，对吗？"

邦拜威打起抖来："又是一条应该避开那个地方的好理由！就连活石也怕那只大蜘蛛。她的胃口比起它们的可是要大得多。"

我深吸了一口充满树的气息的空气："丽娅，没什么差别。我想让你带我们走穿过雾岭的那条近路。"

女孩和小丑都吃了一惊，就连沉默的杉树也掀动起树枝，好像倒吸了一口凉气。

丽娅凑近了我："你是当真的？"

"百分之百。"我撩开额前的头发，"哪怕我们能省一天甚至是一个小时的时间，可能就能换我妈妈的一条命。"

邦拜威的脸上布满了愁云，他抓住我短外套的袖口："你不能这么做，那些山会要人命的。"

我挣脱开来："如果你宁可在这里陪图阿萨，请便。"他的眼睛睁得大大地看着我，我用手杖往落满松针的地上杵了一下："咱们走吧。"

我们离开了幽暗的林间空地，进入了沼泽地。沉默无言的行进中，只有邦拜威的铃铛发出有规律的叮当声。我心情沉重地想，这至少能让大伊鲁莎听到我们来了。但是我们能听到她的动静吗？她会不会在胃口大开前想起曾经在水晶洞里接待过我和丽娅？想到她淌着口水的下巴，我的腿肚子直发软。

我们跋涉在泥沼里，脚下发出嘎吱嘎吱的声音。树变得稀疏起来，我注意到了更多的地标：一块形状像椅子、上面长着一片片黄色地衣的奇石，一棵死树扭曲的残骸，一丛鲜艳的橙色苔藓，一个三角形的怪坑。暮色越来越重，更多的水渗进了泥土和我们的靴子里。不久我就听到了远处的蛙鸣，水鸟也加入了合唱，发出各种诡异的叫声。潮湿的腐臭味变得更加强烈了，我们眼前很快出现了大片的蒿草、死树和黑色的流沙层——沼泽地到了。

邦拜威甩着两个溅满泥点的袖子，抗议道："我们不会现在穿过沼泽地吧？天已经快黑了。"

"我们可以在这儿露营，"我回答道，"或者在山里找一个干一点的地方。丽娅，你觉得呢？"

她从一株矮树上摘下一捧紫色的莓子，放进嘴里："唔，还是甜的。"

"丽娅？"

"找干一点的地方，"她终于回答了，"不过这里的莓子非常好吃。"

一只暗影里的苍鹭鸣叫着，声音在沼泽里久久萦绕。邦拜威摇了摇头："一个多么美妙的选择，要么在沼泽地过夜时被毒蛇勒死，要么在大伊鲁莎的门口给她当早餐。"

"你自己选吧。"我纵身跳过一根朽木，落在一个水坑里，水花四溅。几秒钟后，我听到身后响起两次溅水声，中间夹杂着铃铛声和抱怨声。

我们沿着一条干硬的泥巴路走了一阵子。路像一根手指，伸进沼泽地里，但不久就消失了。我们不得不直接从草塘蹚过去，有的地方水一直漫到我的大腿。水下变黑了的长树枝勾缠着我的短外套，烂泥渗进我的靴子，水深处时不时有什么东西动上一动。

天越来越暗，厚厚的云层遮住了天幕，今天晚上不会有月亮了。这样也好，我心想，看到月亮只会提醒我时间和希望都越来越少。

我们在近乎黑暗中继续前行。又一个小时的水中跋涉之后，四周已经看不见一丝光线。我的脚边有一条蛇在发出咝咝的声音，我开始担心我们走岔了路。黑暗仿佛没有尽头，我的两腿越来越沉重。这时，脚下的地一点点变硬了。起初我没有注意到任何变化，但不久以后我就感觉到我们渐渐爬上了岩石地。死水洼不见了，腐臭气也消失了，身后的蛙鸣鸟叫越来越远。

我们走出了沼泽地。

我们筋疲力尽、跌跌撞撞地走到一处平坦的空地上，四周是巨大的石头。我宣布今晚就在这里露营，然后三个人一齐倒在了长满青苔的地上。我把冰冷的双手交叉伸到短外套的袖子里捂着，闭上眼睛，很快就睡着了。

一大颗雨珠落到我的鼻子上，把我弄醒。接着又有两颗雨珠先后掉了下来。地平线上的一块云突然发光，山梁上响起隆隆雷声。暴雨挟着狂风不停地砸在我们身上，夜空更加黑暗，云层仿佛被压缩成了一块块巨大的石板。雨水倾盆而降，即使我变成了一条鱼，身上也不会变得更湿，我现在就缺一副鱼鳃了。

我冻得浑身发抖，赶紧挪到一块大石头边上，希望能多少躲一点雨。就在这时，我意识到石头在向我靠近。

"活石！"丽娅喊道，"我们得赶紧……"

"啊……呀！"邦拜威尖叫起来，"它要吃掉我啦！"

我试图从大石头下面滚出来，但是我短外套的肩被压住了，让我动弹不得。我用力往外拉还是挣脱不出来。雨水顺着我的脸往下淌，我举起拳头冲着石头砸了下去。

我的拳头落在湿湿的石头上，马上被粘住了，一动也不能动！紧接着，我惊恐地发现，石头开始从我的拳头周围向中间合拢，想要吞掉我整只手。我尖叫起来，但声音被一声响雷淹没了。四周漆黑一片、水流如注，我使尽全身力气试图挣脱出来。

没过一会儿，那块石头就吞噬了我的手，然后是我的手腕、我的前臂、我的胳膊肘。我又踢又扭，但就是脱不了身。我的手指和手还有知觉，但是压力不断增大，用不了多久我的骨头就会在一块活石的嘴里被碾得粉碎。

突然，一道闪电照亮了整个山梁。同时，一个比那些巨石还要庞大沉重的身影出现在空地上。它的声音盖过了雷鸣，在暴风雨中响起。

"饿饿饿，"巨兽嗥叫着，"我我我饿饿饿。"

"大伊鲁莎！"丽娅喊道。

邦拜威再次像一个死到临头的人一样尖叫起来。

大伊鲁莎一步就跳到了我身边，八只脚把泥土溅得到处都是。尽管下着雨，天又黑，我的第三只眼还是能看得见她张开的巨口。我扫了一眼里面看不到头的一排排参差不齐的牙齿，越发用力地想要挣脱，但她的嘴巴合上了。

不过不是冲着我！咔嚓一声巨响，大伊鲁莎咬了活石一大口。石头剧烈地颤抖着，松开了我的胳膊。我向后一滚倒在泥地上。还没等我回过神来，一道白色的强光扫过山梁，一个身影扑到了我身上。

14

水晶洞

成千上万璀璨夺目、光滑如冰的棱面，每一面都晶莹闪烁，发出自己独特的光芒。水晶洞！我第一次来这里就知道这是我见到过的最美丽的地方，现在我又有同样的感觉。

听到身后咔嚓一声响，我急忙扭过头来，和大伊鲁莎打了个照面，她庞大的身躯几乎塞满了整个亮晶晶的山洞，她刚刚咬了一口好像是野猪的后腿，一边嚼着，一边用水晶般的巨眼打量着我。吞下最后一点肉之后，她竟然十分优雅地舔净了胳膊。

"欢欢欢迎迎迎来来来到到到我我我的的的山山山洞洞洞。"她大吼道。

邦拜威浑身发抖，他的铃铛也跟着叮当乱响。他惊恐地抓紧我的袖口："下面该……该我们啦？"

"绝不会的，"丽娅斥责道，她湿湿的卷发像周围的水晶一样闪闪发光，"她把我们带到这里是为了让我们躲开活石。"

"这……这样她就可……可以自……自己来吃掉我们？"小丑结结巴巴地说。

"闭闭闭嘴嘴嘴。"大蜘蛛挠了挠背上的白鼓包，"我我我已已已经经经不不不饿饿饿了了了。算算算你你你们们们走走走运运运。活活活石石石不不不好好好消消消化化化。野野野猪猪猪不不不过过过是是是甜甜甜点点点。"

我用短外套的袖口擦了擦脸上的雨珠："谢谢。你怎么这么快就把我们带到了这里？"

"跳跳跳跃跃跃。"大伊鲁莎身子往前移了移，我在她眼睛里的棱面上看到十几个自己，"将将将来来来有有有一一一天天天你你你会会会学学学会会会这这这个个个本本本领领领的的的。"

"跳跃是我要掌握的七歌之一！别告诉我，我得学会你刚做的事情。这一件事情就够我学一辈子的。"

"几几几辈辈辈子子子。"白色大蜘蛛继续审视着我，"尤尤尤其其其是是是一一一个个个半半半途途途而而而废废废的的的人人人。你你你把把把花花花琴琴琴放放放哪哪哪儿儿儿啦啦啦？"

我的额头冒出汗来："它在阿芭萨那儿，很安全，但我现在不能回黑山岭，我得先解决另一个问题。"

"一一一个个个你你你制制制造造造出出出来来来的的的问问问题题题。"

我低下头："是的。"

"一一一个个个你你你还还还能能能解解解决决决的的的问问问题题题。"大蜘蛛发出雷鸣般的声音。

我慢慢抬起头来："你是说我真的还有机会救她？"

她用一只巨足在水晶地板上敲了敲："再再再小小小的的的机机机会会会也也也是是是机机机会会会。"

丽娅向我靠近了一点："所以爱伦还可能活下来？"

"有有有可可可能能能，她她她儿儿儿子子子也也也有有有可可可能能能。"大伊鲁莎清了清嗓子，轰隆隆的声音在起伏的水晶墙上回响，"但但但是是是他他他要要要先先先挺挺挺过过过这这这——次次次，还还还有有有更更更多多多次次次探探探险险险，然然然后后后有有有——天天天才才才可可可能能能发发发现现现他他他自自自己己己的的的水水水晶晶晶洞洞洞。"

"我自己的水晶洞？"我一下子来了精神，"真的吗？"

"——切切切皆皆皆有有有可可可能能能。"

大蜘蛛将她庞大的身躯挪到一边，露出一排亮闪闪的物件。芬凯拉的宝藏！我认出了火球，它橙色的球体像水晶一样发着光。我知道那弧线优美的号角是召梦者。那柄宝剑叫深刃，一面可以刺入灵魂，另一面可以治愈伤口。在它们后面我还看到了洪对他儿子描述过的那张可以自动耕地的犁，它旁边是其余的智慧七器……除了遗失的那件以外。

"有有有——天天天你你你甚甚甚至至至可可可能能能有有有足足足够够够的的的智智智慧慧慧用用用其其其中中中——件件件宝宝宝物物物去去去创创创造造造而而而不不不是是是毁毁毁坏坏坏。"

我被噎得说不出话来。

"跟跟跟我我我说说说说说七七七歌歌歌。"她的话震耳欲聋，不是要求，而是命令。

我犹豫了一下，深吸一口气，开始念道：

七歌循序来追寻

整体来自每部分

行动之前先找到

每首歌中的灵魂

……

缩在洞的另一角的邦拜威惨兮兮地摇了摇头，弄得铃铛一阵乱响。大蜘蛛的一只大眼睛看了他一眼，他立刻没声音了。

在水晶的光芒里，我继续背诵着循序掌握七歌的告诫。当我说到已经铭刻在我心中的那句"每首歌中的灵魂"时，丽娅明亮的眼睛像水晶一样闪烁着。接着我又依次背完了七首歌。当最后一句提到巴洛的眼睛时，大伊鲁莎在棱面的地板上不安地动了一下。

一时间大家都陷入了沉默。最后，大伊鲁莎的大嗓门又响了起来。

"你你你害害害怕怕怕了了了？"

"是的，"我低声说，"我怕我在一个月里做不到这一切。"

"就就就因因因为为为这这这个个个？"

我在水晶地板上紧张地摸来摸去，感觉着上面的棱边："我最怕的是第七首歌'看清'，但我也不知道为什么。"

"你你你走走走到到到那那那一一一步步步的的的时时时候候候就就就知知知道道道了了了。"

她用三只胳膊挠了挠毛茸茸的背："你你你还还还还会会会学学学到到到一一一点点点魔魔魔术术术。可可可惜惜惜你你你学学学不不不到到到任任任何何何有有有用用用的的的东东东西西西，比比比如如如怎怎怎么么么织织织网网网，或或或者者者怎怎怎么么么嚼嚼嚼石石石头头头。”

丽娅咯咯笑出了声，但马上又绷起了脸："巴洛的眼睛是怎么回事？"

大蜘蛛的白毛竖了起来："那那那个个个恶恶恶魔魔魔只只只有有有——只只只眼眼眼睛睛睛。谁谁谁要要要是是是看看看了了了那那那只只只眼眼眼，哪哪哪怕怕怕就就就——下下下，它它它就就就要要要谁谁谁的的的命命命。"

丽娅凑近我："图阿萨一定就是那样死的。"

"——点点点不不不错错错。"大伊鲁莎说道，"你你你要要要是是是不不不当当当心心心，也也也会会会那那那样样样死死死的的的。"

我皱起了眉头："其实我可能第一首歌都过不了。你看到我们时，我们正在去法洛·拉纳的路上，希望能了解到什么有用的东西。但是树人已经一个都不剩了，所以根本就算不上是什么希望。"

"这这这是是是你你你唯唯唯——的的的希希希望望望。"

"法洛·拉纳离这里太远了，"丽娅绝望地说，"即使我们不再遇到别的麻烦，也得走上整整一个星期。"

"一个星期？"我痛苦地叫道，"我们没有那么多时间。"

突然，水晶洞里白光四射，宛如爆炸一般。

15

改变

　　我们发现自己坐在悬崖边的一片草地上，悬崖下面就是大海。我朝下望去，看到一群群在绝壁上筑巢的海鸥和长着银白色翅膀的海燕，它们有的啾啾鸣叫，有的在照料着幼鸟。一阵凉风迎面吹来，空气里是咸咸的海水气息。悬崖底部，一道白浪融入了一片湛蓝，然后是一片玉石般的深绿。在宽阔的海峡那一头，我依稀看得出一个小岛的轮廓，幽暗而又神秘。在它背后翻滚着的便是笼罩整个芬凯拉的迷雾。

　　我转身面向丽娅和邦拜威，同时查看着这个新的环境。难以想象的是，几秒钟前，我们还在大伊鲁莎的水晶洞里！不管我们现在在哪里，都已经远离了那个水晶洞。能这样把人搬来搬去真是一个绝技，她甚至没有落下我的手杖。我在心里提醒自己：要对第五条训诫"跳跃"多加注意，如果我能走到那一步的话。

　　丽娅跳了起来。"看那边，"她指着那个小岛喊道，"看见了吗？"

　　我站了起来，身体倚在手杖上："那个岛吗？看见了。它看上去是不是有点不真实？"

丽娅还在盯着那个岛："那是因为它的确不太真实。我可以肯定那就是遗忘岛。"

我的脊背一阵发冷。"第七首歌！那是我要学会'看见'的地方。"我瞥了她一眼，又转过头来看着那氤氲笼罩的小岛，"你以前看见过它吗？"

"没有。"

"那你怎么能肯定这就是遗忘岛？"

"当然是从阿芭萨的故事里听来的。整个芬凯拉只有这一块土地不与主岛相连。这么多年来，据说没有人——甚至包括黛格达本人——去过岛上。除了住在海湾里的人鱼以外，没人知道如何穿过有无数旋涡的激流和比激流更厉害的魔法。"

我低头躲过一股迎面吹来的强风，但目光仍然离不开那个岛。"看来，无论是什么原因，"我的胃不安地翻腾起来，"任何人都不应该去岛上。"

她叹了口气，眼睛也在望着那个岛："有些人认为很久以前芬凯拉人失去翅膀就和这个岛有关系。"

"一点不错，一点不错，一点不错。"邦拜威朗诵般念道。他垂头丧气地朝我们走来，每走一步铃铛都跟着一响："那是我们悲哀的历史中最可悲的一刻。"

难道这个阴沉着脸的小丑知道翅膀是怎么失去的？我突然觉得有了希望："你知道是怎么回事吗？"

他的脸猛地冲我转过来："没人知道是怎么回事，没人知道。"

我皱起眉头。风妹妹艾拉知道，但她不想告诉我。我真想再问她一次，但那是不可能的，就像不可能抓住风一样。她现在很可能已经吹到格温内斯了。

丽娅终于把头转了过来："想知道我们现在站在什么地方吗？"

我推了她一下："你说这话像一个导游。"

"你还是需要一个导游。"她微微一笑，"我们在树人当年的家园法洛·拉纳。"

我一边听着崖下汹涌的浪涛，一边扫视着这块高地。乳色的峭壁从三面围住我们，整块高地长满了草，只有几堆碎石可能是墙壁和炉灶留下的唯一痕迹。往北有一条远远的深绿色的线，标志着森林的边缘。更远处，地平线在一片紫霭中升起，也许那就是我们能看到的雾岭的全部了。

一只脏兮兮的棕色蝴蝶从草丛里飞了出来，停在我的手腕上。它的腿弄得我痒痒的，我挥了挥手。蝴蝶飞起，又停到了我手杖多节的顶部。它的翅膀一动不动，和手杖深棕色的木头混为一体。

我扬起胳膊，指着这片长草的高地说："我不知道我们怎么才能学会树人的改变术。他们即便在这里住过，也几乎没有留下什么。"

"这是他们的生活方式。"丽娅捡起一颗白色的鹅卵石，把它扔下悬崖，"树人是漫游族，他们总是在寻找更好的地方居住，寻找可以像真正的树一样扎根安家的地方。他们唯一的固定住处就是这悬崖边。不过你从那几堆碎石也看得出来，这个住处很简陋，只够用来保护老人幼儿。这里没有图书馆、市场和会议厅。大多数树人一生都在芬凯拉四处流浪，只有当他们想寻找配偶或是临死前才回到这里。"

"后来到底发生了什么事？"

"他们太执着于到处寻觅，回家的人越来越少，最后就再也没人回来了。因为没人照管，他们的住处要么倒塌了，要么被风吹垮了，树人也一个个死掉了。"

我踢了踢脚下的一簇草："我不觉得他们这样漫游有什么不好。我骨子里也喜欢到处游荡。但是听上去他们无论在哪儿都没有家的感觉。"

丽娅沉思地端详着我，水上刮来的风吹动着她身上藤叶做的衣服："那你骨子里有没有你所谓的家的感觉？"

"我希望有，但我不确定。你呢？"

她有些不自在："阿芭萨就是我的家、我的家人、我有过的所有家人。"

"不算西纹。"

她咬了咬嘴唇："她曾经是我的家人，但现在不是了。为了换取精灵的许诺，她放弃了做我的家人。"

蝴蝶飞离了我的手杖，向邦拜威飞了过去。他还在阴沉着脸凝视着海峡对岸的遗忘岛。蝴蝶落下之前显然又改变了主意，掉头飞回到多节的铁杉手杖上。它无精打采的棕色翅膀一张一合慢慢地扑扇着，有一只翅膀伤得非常厉害。

我转头看着丽娅，坚定地说："我们必须找到她。"

"谁？"

"西纹。她也许能告诉我那几堆石头不能告诉我的东西。"

丽娅做了个怪脸，仿佛吃了一把酸莓子。"那咱们可就没指望了。即使她断了胳膊以后没死，咱们也甭想找到她。就算是找到了她，咱们也没法信任她。"她咬牙切齿地补充道，"她是一个彻头彻尾的叛徒。"

一个巨浪砸到了我们脚下的绝壁上，浪花让海鸥和海燕发出一声声尖叫。"即便如此我也要试一试！她离开后肯定有人见过她。既然树人现在已不常见，她的出现难道不会引人注意吗？"

她摇摇头："你不懂。树人们不仅不满足于待在一个地方，也不满足于待在一个身体里。"

"难道你的意思是……"

"没错！他们知道如何变形！你知道，大部分树秋天时都会变颜色，到了春天又换上一身新衣。树人的变化要大得多。他们总是从树变成熊，或者老鹰，或者青蛙。这就是为什么'改变'那首歌中提到了他们。他们在这方面非常擅长。"

我的希望本来就像停在我手杖上的蝴蝶一样脆弱，现在更是消失得无影无踪。"也就是说如果西纹还活着，她可能看上去像任何一样东西。"

"任何东西都可能。"

邦拜威感觉到了我的绝望，插了进来："你要是喜欢，我可以给你唱一首歌，一首轻松愉快的歌。"

因为我没力气阻止他，他便摇着挂着铃铛的帽子，和着歌的节拍唱了起来：

> 生活总是诅咒：
> 苦难没有尽头！
> 但我充满欢乐，

没人有我快活。

空中弥漫死亡，

我却没有绝望。

苦难没有尽头：

生活总是诅咒。

开心点！要知道，

生活可能更糟。

糟到什么程度，

我也无可奉告。

"住嘴！"丽娅大叫一声，"如果你真这样想，为什么不从这个悬崖上跳下去？那样你就不用受苦了。"

邦拜威的眉眼加倍皱了起来。"你没有在听吗？这是一首欢乐的歌，是我最喜欢的一首歌。"他叹了口气，"天哪，我一定是唱砸了，就像平时一样。好吧，我再唱一遍。"

"不要！"一个声音大叫。

但那不是丽娅的声音，也不是我的声音，而是那只蝴蝶的声音。

那个小小的生灵紧张地一扇翅膀，腾身飞到空中，然后旋转着落下来。刚要触到草地时，只听"啪"的一声，蝴蝶不见了。

站在同一个地方的是一个纤细扭曲的身影，一半是树，一半是女人。她的头发好像乱蓬蓬的稻草，搭在她树皮一样的脸上，衬托着两只状如泪珠的黑眼睛。一件棕色袍子包裹着她全身，一直盖到她树根般宽大多节的双脚。她只有一只胳膊伸到长袍外面，六根手指里最小的那个指头上戴了一个银戒指。一股苹果花的香味紧紧环绕着她，与她哭丧的脸形成了鲜明的对比。

丽娅一动不动，呆若木鸡："西纹？"

"是的，"树人低声说道，声音像干草一样沙沙作响，"我是西纹，那个你小时候照看过你，你生病时照料过你的西纹。"

"那个把我出卖给精灵的人！"

西纹用她唯一的手捋了捋乱糟糟的头发："我没想那样做。他们答应了不伤害你的。"

"你应该知道他们会撒谎的。没人会信任一个战斗精灵。"她看着眼前这个扭曲的身体，"现在也没人会信任你了。"

"这个我懂，你难道看不出来吗？"

一只海鸥飞到旁边的草地上，用喙去啄草。尽管它拼命用力，却一根也拉不动。"看着。"西纹边说边走近了一小步。她轻柔地问道："好鸟儿，你肯让我帮你筑巢吗？"

海鸥尖叫一声，对她愤怒地扇动着翅膀，过了好一阵子才平静下来，接着啄草，不过一只眼睛还在警惕地看着西纹。

树人难过地转身看着丽娅："看见了吧？这就是对我的惩罚。"

"你活该。"

"我很可怜，太可怜了！我觉得自己已经惨得不能再惨了，可你又突然出现了。"她用一根多节的手指头指着邦拜威，"带着……晦气的声音。"

小丑满怀希望地抬起头来："也许你更想听谜语？我有一个很棒的铃铛谜语。"

"不要！"树人尖叫道，"求求你，丽娅，我后悔极了，你能原谅我吗？"

丽娅把裹着树叶的两臂交叉抱在胸前："绝不可能。"

我突然感到一阵奇怪的痛苦。"绝不可能"这四个字响在我的耳朵里就像一扇沉重的门被砰的一声撞上、锁死。让我意外的是，我心中涌起一份同情。西纹确实做了可恨的、让她后悔的事情，可我不也做过让自己追悔不已的事情吗？

我走到丽娅跟前，低声对她说："我知道做起来很不容易，但你还是应该原谅她。"

她冷冷地盯着我："我怎么能做到？"

"就像我妈妈宽恕了我对她的所作所为一样。"这时，我仿佛又听见了爱伦临别时的话："蝴蝶是变形大师，可以从一条虫子变成一只最美丽的生灵。儿子，灵魂也能做到。"我咬了咬嘴唇："丽娅，西纹确实做了一件可恨的事，但应该再给她一个机会。"

"为什么？"

"因为她可以改变。我们所有人，所有的生命，都有改变的潜能。"

突然，我的手杖闪出一道明亮的蓝光。木柄吱吱作响，像是燃烧了起来。转眼之间，蓝光和声音都消失了。我转动着手里的手杖，看到刻在上面的一道印记，颜色是黄昏时天空的蓝色，形状就像一只蝴蝶。我瞬间意识到，图阿萨的灵魂还是触碰了我的手杖，而且我也找到了"改变"之歌的灵魂。

丽娅犹疑不决地把手伸给了树人。西纹细长的眼睛发着光，握住了丽娅的手。她俩就那么一言不发地互相看着。

终于，树人转过头来看着我："我该怎么谢你？"

"看见你们俩这样就足够了。"

"你确定我不能为你做点什么？"

"除非你会'跳跃'的魔力。"我回答道，"我们现在得去远在北边的脸湖。"

"要走十天，"邦拜威唉声叹气地说道，"不对，得要十二天。不对，要十四天。"

西纹泪珠状的眼睛审视着我："我不会'跳跃'的本领，但是'改变'的本领可能会对你有用。"

丽娅深吸一口气："西纹，要是我们能像鱼一样游泳……"

"那你们就可以节省好几天的时间。"

我跳了起来："真有这个可能？"

西纹歪嘴一笑，用瘦骨嶙峋的手指头对邦拜威晃了晃："你，晦气的声音，你先来。"

"不，"他一边恳求，一边朝后退，"你不会这么做。你不能这么做。"

"翻一翻、滑一滑、转一转，"西纹一字一句地念道，"小鱼栽进大海里。"

突然，邦拜威停了下来，发现自己几乎已经退到了悬崖边。他望着身下撞得粉碎的海浪，吓得睁大了眼睛，他的袖子在风中摆动着。他回头看看西纹，眼睛睁得更大了。

"求……求你，"他结结巴巴地说，"我讨厌……鱼！那么……滑，那么……湿！那么……"

啪……嗒。

那是一条难看的鱼，长着一对巨大的眼睛，耷拉的嘴巴下面有好几层下巴。它无助地在草地上扑腾了几下，终于一头扎下了悬崖。但我笑不出来，因为我知道接下来就该轮到我了。

16

水里的刺激

我突然喘不上气来了。

风呼啸而过。我在往下坠落，不停地坠落。我用力呼吸，但没用。狂风吹打着我，我却不能像以前一样把空气吸进肺里。这时，我啪的一声跌进了冷水里。我的鳃张得大大的。是鳃！我终于又能呼吸了。水在我周围流动，也从我身体里流过。

我没了胳膊，也没了腿。我的下半身变成了一条流线型的尾巴，两侧的上下两端都长出了柔韧的鳍。其中一个鳍上还缠着一截小棍，我猜那应该就是我的手杖。至于我的挎包、靴子和短外套的去向，我就不得而知了。

过了一会儿我才找到了平衡，因为我的鳍一动，我的身体就会翻向一侧。又过了好一会儿，我的第三只眼才适应了水下昏暗而分散的光线。除了靠近水面的一层之外，水下基本上没有任何光线，只有不同程度的黑暗。

经过好几分钟的挣扎之后，我开始有了信心。我发现与人类的游泳方式相比，我现在的游泳动作完全不同。我既不能划水，也不能蹬腿，至少不能按照以前的方式去蹬腿。我必须像一条甩开的响鞭一样，全身左右摇摆，从鳃到尾尖的每一片鳞都跟着一起动。不久，我就发现自己已经能够破浪前进，而且上下左右都进退自如。

一条体态轻盈的鱼游了过来，身上长着斑驳的绿褐色花纹。我立刻知道这是丽娅，因为她的动作和水流一样优美，尽管她在水下的时间一点不比我长。我们晃了晃各自的鳍，算是打了招呼。她发出了一声咳嗽般的声音，我意识到她是在笑我的微缩手杖。

就在这时，邦拜威向我们慢慢游了过来，尾巴上还拖着一条破海藻。虽然他没戴铃铛，但一眼就能让人认出来。从正面看，他松垂的下巴让他看上去活像一条穿着褶边领口衣服的鳗鱼。这是他目前为止最接近搞笑的状态，而他自己却浑然不知。

我们的首要任务是学会不游散。我和丽娅轮流打头阵，邦拜威则总是最后一个。不久，我和丽娅变得越来越协调。慢慢地，我们有了那种把整个鱼群聚在一起的第六感。游了一整天之后，我们俩的动作就几乎一模一样了。

当我们游过大片摇曳的海藻丛，或者在起伏的海浪中跳跃穿行时，一种流动的刺激在我内心静静流淌。我能品尝到水流的味道和感情，我也能感受到海豚的合家欢乐、海龟在迁徙中的孤独与挣扎，还有刚出生的海葵的饥饿。但我从没有忘记自己探险的重任。即使在享受成为海洋中一员的同时，我也深知这一切都是为了节约时间，为了挽救爱伦。不过我向自己保证，如果我此行大难不死，并且有一天真的成了一位魔法师，甚至成了一位年轻国王或者王后的导师，我会记住把我的学生变成鱼的种种好处。

好处之一是会发现海洋提供的大量食物。大海真是一个流动的大餐！我每天吃昆虫、鱼卵和虫子吃到肚胀，丽娅则很擅长抓可口的小螯虾，邦拜威不肯碰虫子，但也尝到了海里许多奇异的美味。

同时，我们还要小心，以免成为其他生物的美味。有一次，我穿过一条鲜艳的黄珊瑚筑成的隧道，却发现一条饥肠辘辘的大鱼在另一头等着我。要不是一个更大的家伙的突然出现吓跑了它，我逃得再快也会被它抓住的。我只匆匆瞥了一眼那个帮了我的家伙，它似乎长着鱼的尾巴和人的上身。

我们连续六天五夜不停地往北游。通常在天黑之后，一弯泛着白光的半月便会在海浪上起舞。对月亮的美丽我视而不见，我在月亮的脸上看到的只有另一个人的脸，我害怕会永远失去那个人。只剩下不到三个星期的时间了。

终于，丽娅改变方向朝岸边游去。她把我们领到一个小小的三角洲，一条淡水溪从这里流入大海。在海水咸涩的气息里，我感受得到冰雪消融的纯净、海獭的顽皮，还有古老的云杉林不屈不挠的耐心。我们以最快的速度在溪水里逆流而上。然后，我集中意念，重复了一遍西纹教给我的指令。

突然，我在一处齐膝深的小瀑布里站了起来，一只手握着手杖，另一只手抓着丽娅的胳膊。下游一点的地方，邦拜威扑倒在湿漉漉的岸上，边咳边吐水。他似乎已经忘记了人在水下呼吸并不容易。

我和丽娅抖了抖衣服上和身上的水，等着邦拜威缓过劲儿来。她告诉我她认为这条小溪的源头就是脸湖。接着，我们仨就沿着布满石子的河堤往高处走去。紧贴着岸边有一大片密密麻麻的赤杨和桦树，所以走起来很困难。每次邦拜威试图摆脱钩住他斗篷的树枝时，他那浸了水的铃铛就会一阵乱响。

爬了一段坡之后，我停下来喘着粗气。看到一棵桦树的树根之间长了一个顶部有毛的蘑菇，我便把它摘了下来。"说来奇怪，"我尝了一口蘑菇，说道，"我还挺想那些白虫子的。"

丽娅擦了擦额头，对我咧嘴一笑，她也摘了一个蘑菇。"你在脸湖可能会找到更多的虫子。"

"它怎么会有这样一个名字？你知道吗？"

她若有所思地咀嚼着："有人说是它的形状像一张人脸，也有人说它的名字来自水的魔力。"

"什么魔力？"

"传说，如果你看着水里，你会看到你一生中的一个重要真相，哪怕那是一个你宁愿不知道的真相。"

17

连接

我们沿着布满石子的河岸，继续在赤杨林里穿行。尽管树根绊着脚，荆棘刮破了衣裳，我们却一点没有放慢速度。几个小时之后，我们的小腿上伤痕累累，小溪终于流进了一个小河谷，四周是陡峭的、长满树木的山岗。松树浓烈的香气迎面飘来，树木间裸露在外的白石英在下午的阳光里熠熠生辉。

但河谷里寂静得有几分诡谲，这里听不见鸟儿的啁啾、松鼠的吱吱尖叫和蜜蜂的嗡嗡声。我仔细聆听着，希望能听到什么活物的动静。丽娅看出了我的想法，会心地点了点头："动物和鸟都离这里远远的。没人知道这是为什么。"

"它们比人类聪明。"邦拜威说。他的铃铛还在往下滴水。

我看着丽娅向河谷中央的湖岸走去，湖水接近黑色，湖面静止不动，没有一丝涟漪。从这个角度看，湖的轮廓貌似一个男人的侧影，倔强的下巴往外翘着，很像我父亲。想到他，我的身体变得有些僵直。我真希望他的行动和外表一样强悍，能够抓住时机勇敢地面对芮塔·高尔，并且在他的妻子爱伦需要他的时候给她援助。

一声尖叫打断了我的思绪。

丽娅站在湖边，正凝视着黑色的湖水。她的双手防范地放在胸前，背因为恐惧而弓着。像是湖里的什么东西吓到了她，但她没有挪动或者逃走。她两眼直勾勾地盯着水里，一动也不动。

我朝她跑了过去，邦拜威跟在我身后，不时被自己撕破的斗篷或是岸边勾缠的藤蔓绊到。我刚一到她身边，她就转过身来，平时鲜艳如花的脸变成了死灰色。看见我，她倒吸了一口气，像是突然受到了惊吓。她浑身颤抖着抓住我的胳膊来支撑自己。

我站稳脚跟扶住了她："你还好吧？"

"不好。"她虚弱地回答道。

"你是不是在湖里看见什么了？"

"是……是的。"她又晃了晃，松开了我的胳膊，"你……你最好别看。"

"好，"邦拜威紧张地瞥了一眼黑色的湖水，大声说道，"咱们走吧。"

"等等。"我走到湖的边沿，凝视着静静的湖面，我看见了我自己的倒影。它是那么清晰，让我有一瞬间以为我的双胞胎兄弟在水中与我对视。我在想：如此完美的倒影有什么可怕的？我看见我那两只没用的眼睛像两个煤块一样长在眉毛下面，还有我疤痕累累的脸颊，让我至今还能感觉到火焰在燃烧。我摸着脸上的伤疤，希望有一天我会长出一脸弯曲的白胡子把它们都遮住，就像我想象中的图阿萨那样。

我惊跳起来。湖里的男孩突然长出了胡子，一开始是黑的，然后变灰，最后又变成了和山坡上的石英一样的白色。胡子越长越长，越长越乱，遮住了男孩的大半张脸，而且还在继续长，很快就垂到了膝盖。这怎么可能？难道脸湖是在告诉我，有一天我也会像我爷爷一样留胡子？有一天我也会像他一样成为一位魔法师？

我微笑着，愈发自信地注视着静止的黑色湖水。丽娅看见的东西显然已经离开了。我往前凑了凑，湖水里的男孩已经没有了胡子，他慢慢转过身，朝什么东西——不对，是什么人——奔了过去。一个身躯庞大、肌肉发达的武士从深水里走了出来，他的额上绑了一根红带子。等他走近一点，我发现他只长了一只眼睛，一只巨大的、愤怒的眼睛。是巴洛！

我惊恐地看着这个恶魔轻松地闪过男孩，一把抓住他的脖子，将他高高地举了起来。目睹男孩被一双有力的大手勒着，我自己的喉头也阵阵发紧。我竭力想转过身去，眼睛却离不开这可怕的一幕。男孩拼命地挣扎着，试图不去看恶魔那索命的眼睛，但最终敌不过那只独眼的魔力，只能任其摆布。男孩最后蹬了一下腿，然后软绵绵地挂在恶魔的手上。

我跌坐在地上，大口地喘着气。我头晕目眩，脖子抽痛，每呼吸一下都咳个不停。

丽娅和邦拜威伸手来扶我，她攥紧我的手，他同情地拍了拍我的额头。我慢慢停止了咳嗽。我们中还没人来得及开口，一个声音就从湖的另一头对我们喊了过来。

"喂，"一个呼哧呼哧的声音快活地叫道，"你们是不是觉得湖的预言难以下咽？"然后是一串尽情的、呼哧带喘的笑声："或者你们只是激动得噎着了？"

我定了定神，扫视着黑色的湖面。在脸的侧影靠近鼻子的地方，我看见一只巨大的、毛茸茸的水獭。他一身银色，只有脸部是白色的。他肚皮朝上悠闲地浮在水面上，毫不费力地踢着水，不溅起一丝涟漪。

我指了指："看，那儿有一只水獭。"

丽娅难以置信地摇摇头："我本来以为没人住这儿的。"

"我在哪里，哪里就有我。"他开心地回答，从两个门牙中间喷出一道水柱，"想不想和我一起游泳？"

"没门儿，"邦拜威断然回绝，他像摆动鱼鳍一样挥舞着他的长袖子，铃铛上的水溅了他一脸，"我已经把这一辈子的泳都游完了。"

"要么我来为你们唱一首我的水歌？"水獭懒洋洋地向我们游了过来，两只爪子拍打着自己的肚皮，"我的声音可以说是流畅吧。"他呼哧带喘的笑声又一次在湖面上回荡着。

我用手杖撑着地站起身来。"谢谢你，不必了。我们只对一首歌感兴趣，但它与水无关。"我突然灵机一动，问道，"你懂不懂一点连接的魔法？"

丽娅皱起了眉头。"梅林，"她警告道，"你对他一无所知！他可能是……"

"一个连接方面的专家。"水獭轻松地说，"那是我最喜欢的消遣，当然浮在水上看云除外。"

"听见没有？"我对她耳语道，"他能告诉我们我们需要的东西。我看不出这周围还有谁能帮助我们。"

"我不信任他。"

"为什么？"

她的舌尖顶着腮："我也说不上来，就是一种感觉，一种直觉。"

"得了，少提你的直觉！我们没有时间了！"我的眼睛沿着岸边搜寻能助我们一臂之力的其他生物，但没有看到一丝线索，"他为什么要对我们撒谎？我们没有理由不相信他。"

"但是……"

我不耐烦地吼道："还有什么？"

她像蛇一样对我咝咝叫着："还有……算了吧，梅林，我没法用语言来形容。"

"那我就按照我想的，而不是你感觉的去做。我想任何一个在这个魔湖里独自生活的生灵都应该掌握一些特殊的知识，甚至具有特殊的魔力。"我转身看着水獭，他已经游了过来。"我需要找到连接术的灵魂——它的第一要旨。好水獭，你能帮我吗？"

他把头侧向岸边，对我喷出一条水柱："我为什么要帮你？"

"因为我开口问了你。"

他向水里吹着泡泡。"噢，真动听。"他又吹出更多的泡泡，"你得给我一个更好的理由。"

我用力把手杖插进地里："因为我妈妈的生命危在旦夕。"

"嗯，"他懒洋洋地说，"你妈妈？我自己也有过妈妈，她游泳游得太慢。好吧，我帮你，不过只能帮些最基本的。"

我的心怦怦直跳："这正是我所需要的。"

"那先拔几根藤蔓吧。"他游得离岸更近了些，"就在你的脚边。"

"藤蔓？"

"一点不错。"水獭回答道，慢慢地兜着圈子踢水，"要学习连接，你得把什么东西连起来。小伙子，别磨蹭了！我不能把整个下午搭进去。让你笑眯眯的朋友们来帮你。"

我看看丽娅，她仍然双眉紧锁。我又看看邦拜威，他的眉头从来就没有舒展过。"你们能不能帮我一把？"

他俩不情愿地同意了。藤蔓虽然柔软，却又粗又沉，上面还有一排排的小刺，既不好抓，也不好提。拔出来已经十分费力，把缠在一起的藤蔓解开更是难上加难。

最后，我们总算大功告成。我的脚边躺着几截长度是我身高三四倍的藤蔓。筋疲力尽的邦拜威背对着湖水咣当一声坐到了地上。丽娅站在我身边，警觉地看着水獭。

我直起背来，感到肩胛骨间痛得厉害。显然刚才一通又拉又拽伤到了什么地方。"藤蔓有了，接下来干吗？"

水獭又兜着圈子游了起来："接下来，用一根藤蔓捆住你的两条腿，越紧越好。"

"梅林！"丽娅发出警告。她摸了摸挂在她的藤叶衫上爱伦送给她的橡木、桦木和山楂木做成的护身符。

我没有理睬她，坐到地上，用一根藤蔓绑住了我的脚踝、小腿和大腿。虽然藤蔓上有刺，我还是打了个三重结。

"不错，"水獭打了个呵欠，"现在，把你的胳膊也捆起来。"

"我的胳膊？"

"你到底想不想学会连接？"

我转身看着丽娅："帮我一下，好吗？"

"我不帮。"

"求你了。时间宝贵。"

她耸了耸肩："好吧，但我还是觉得整个事情都不对劲儿。"

毛皮发亮的水獭看着丽娅捆住我的两只手，又把它们绑在胸前，他的嘴里发出满意的啧啧声："不错，就要好了。"

"希望如此，"我没好气地回答，"这些刺可扎着我的肉呢。"

"再来最后一根藤蔓，然后你肯定会非常满意。"

水獭用一只爪子往邦拜威身上撩水："你这个懒汉，把他的全身都绑起来，连他的头在内，一个地方也不要漏掉。这个魔法可是件细致活儿，一点差错都不能有。"

邦拜威看着我："我应该做吗？"

我咬咬牙："来吧。"

邦拜威沉着脸，把我结结实实捆成了一个茧。他捆好之后，只有我的嘴巴和半个耳朵还露在外面。我侧身躺在地上，一动也不能动。终于可以学习连接的魔法了。

我的下巴动不了，只好咬字不清地问："接下来呢？"

水獭呼哧一笑："既然你已经全神贯注，我就把你想了解的情况说给你听。"

"快点，"一根藤蔓扎进了我的屁股，我想翻个身，却一点也动弹不得，"求你了。"

"连接的第一要旨，和任何事情的第一要旨一样，就是……"他喷出一个大水柱，"千万不要信任一个骗子。"

"什么？"

水獭乐不可支，捂着大肚子在浅水里不停地打滚。"所以他们才叫我'江湖骗子'。"他边笑边懒洋洋地游向湖对岸，"希望我没有让你，怎么说呢？耗得太久。"

我气得尖声大叫，却又无可奈何。把我捆起来就费了不少时间，给我解开似乎又多花了一倍的工夫。等我站起身来，气急败坏地在岸边走来走去时，太阳几乎要落山了。

"我浪费了一整天。"我抱怨着，手上、屁股上和额头上的划伤火辣辣地疼，"一整天！我居然相信了他。"

丽娅一言不发，但我十分清楚她在想什么。

我转身看着她："你不应该跟我来的！你应该留在阿芭萨，起码在那里你很安全。"

她蓝灰色的眼睛端详着我："我不要安全，我要和你在一起。"

我踩断了脚下的一根藤蔓："有必要吗？"

"因为……我愿意。"她忧伤地看了一眼黑色的湖水，"尽管湖水对我说了那样的话。"

"它对你说了什么？"

她深深叹了口气："我不想说。"

想起在水里看到的巴洛的独眼，我点了点头："好吧。但我还是不明白你为什么要留下不走。"

天上有什么东西吸引了丽娅的注意力，她仰起头朝上看着。我顺着她的目光望去，只见远远地有两个影子在地平线上移动。虽然我看不清楚，但我马上知道那是什么。那是两只鹰在乘风翱翔。它们上下翻腾，动作整齐划一，就像我和丽娅变成鱼在水里游的时候那样。

"多可爱！"她的眼睛追随着两只鹰，"如果它们和德鲁玛的鹰一样，它们就不光在一起飞，还会在一起筑巢，然后一辈子住在一起。"

我顿时明白了，连接两只鹰的，还有连接我和丽娅的，不是藤蔓，不是绳索，也不是任何形式的链条。

我转身看着她："丽娅，我猜想，最牢固的纽带是无形的。也许……最强的纽带是心心相连。"

一道蓝光闪过，我的手杖被点燃了。火焰消失之后，我发现手杖柄上离蝴蝶不远处多出了一个新的烙印。那是一对并肩翱翔的鹰。

18

轻鸟

手杖上的蓝光刚刚消失，我就已经在想第三首歌——保护之歌了。平滑的湖面发出幽暗的光，我把目光从湖上转到了我们周围树木林立的河谷。翻过险峻陡峭、丛林密布的山脊只不过是第一步，因为第三首歌还要求走一段长路。"保护技能是第三，好比矮人把洞钻。"

要去矮人国了！丽娅解释说，矮人国很少有人造访，而且去的人都不是自愿的。矮人们虽然与邻为善，却不欢迎不速之客。人们也只知道他们地下世界的进口离不息河的源头不远，在雾岭北面的高原上。这一次，我们要想到达目的地，除了步行之外别无选择。

我们夜以继日地赶路，但还是花了将近一个星期的时间才翻过了那一座座山。我们的食物主要是野苹果、月牙形的坚果和丽娅发现的一种甜甜的藤蔓，偶尔还能从戒备不严的松鸡窝里掏到一两个蛋。虽然我们避开了活石，但这一路仍然走得很艰难。水汽永远在四周缭绕，我们被裹在一层薄雾中，即使走到高处，也还是什么都看不见。过沼泽地时，丽娅在一个流沙坑里弄丢了一只鞋，那天我们大半个下午都在找花楸树，好让她用结实的树皮织出一只新鞋。两天之后，我们头顶满月、脚踩冰雪，连夜翻过了一座高高的关隘。

终于，我们蓬头垢面、精疲力竭地走到了河源头的高地，高地上开满了无数星状的黄花，空中弥漫着刺鼻的香气。最后，我们来到奔腾的不息河边，看见两头乳白色的独角兽在岸边吃草。我们沿着河边蜿蜒曲折的小径一路北上，爬过一片又一片宽阔碧绿、宛如天梯的高山草原。

踏上其中一片草原时，丽娅停下脚步，指着远处的一排雪山说道："梅林，你看，那些山峰后面就是巨人之城瓦里高。我一直想看看那座城，哪怕它现在已经成了一片废墟。阿芭萨说它是芬凯拉岛上最古老的居住地。"

"可惜我们的目标是矮人而不是巨人。"我弯下身来，拔起一把松软的草，"巨人要等到第五首歌才出现，那里面提到了瓦里高，只是不知道我们能不能走到那一步。"

太阳下山后我们继续赶路。月亮从云层后面露出了亮晶晶的脸，但边上少了一块，它已经开始由圆变缺了。我加快了脚步，几乎在绿草如茵的河岸上飞跑起来，因为我知道我剩下的时间已经不到一半，而我只破解了两首神秘的歌。在不到两周的时间里，我怎么可能完成其余的五首歌，抵达另一个世界，拿到不死仙丹，再回到爱伦身边？即使一个真正的魔法师也无法做到。

借着月光，我们又爬上了一个陡坡，一路上紧抓着树根和矮树丛才没滚下山去。不息河变成了一条水花四溅的小溪，从我们身边流下山坡，溪间的小瀑布和小水洼银光闪闪。我们终于爬到了山顶，眼前是一片被月光照亮的大草原，闪亮的河流将它一分为二。

邦拜威丁零当啷地一头倒在河边："我走不动了，得歇一会儿，吃点东西。小丑需要力量。"

我倚着手杖，在深夜的空气里喘息着："是你的听众需要力量。"

"一点不错，一点不错，一点不错。"他用厚厚的斗篷一角擦了擦额头，"最惨的是，我简直要被捂死了！这件斗篷在太阳落山后都让我冒汗。这几天天气这么热，实在是活受罪。"

我疑惑不解地摇了摇头："那你为什么还穿着它？"

"因为不穿着它我就会冻僵，冻成一块冰！再说了，这天儿说下雪就下雪，说不定此时此刻就会下起来。"

我和丽娅交换了一个忍俊不禁的眼神。她弯下身子，闻了闻星状的黄花，然后笑着摘下几枝花茎，把它们揉成一个黄色的小球递给我。

"尝一尝，"她恳求道，"长途跋涉者就用这种星星花充饥。据说迷路的旅人可以一连几个星期靠它维生。"

我咬了一口花团，它有一种甜而刺激的味道，有点像烧焦了的蜂蜜。"啧啧，你知道谁会喜欢——我们的老朋友席姆。"

"没错，"丽娅回答道，"或者就像他的口头禅说的那样：一定的，必须的，绝对的。"她又把一团花递给四仰八叉躺在溪边的邦拜威。"席姆和我一样喜欢蜂蜜！在没变成巨人以前他吃起蜂蜜来就已经和巨人差不多了。"她叹了口气，又说道，"不知道我们还能不能再见到他。"

我跪下来，把两只手放进波光粼粼的小溪里，掬起一捧水。就在我把水贴近脸时，手中却出现了月亮摇曳的倒影。我往后一仰，水洒在了短外套上。

"你看见什么了？"丽娅关切地端详着我。

"我只是想起了我造成的破坏。"

她又仔细看了我一会儿，然后用轻得几乎被水花声淹没的声音说道："你仍然有一颗魔法师的心。"

我用手拍打着水面，水花溅到了我们两人身上。"那我宁愿只要一颗小男孩的单纯的心！丽娅，我每次去碰一碰那些……渴望，那些魔力，那些法术，我都会做出可怕的事情！因为我，我的妈妈躺在死亡的边缘。因为我，黑山岭仍然是一片废土，徒然等着芮塔·高尔和他的战斗精灵杀回来。也是因为我，我的眼睛才变得又瞎又没用。"

邦拜威用一只胳膊肘支起身子，他的铃铛跟着一阵乱响："孩子，太悲观了！我能否助你一臂之力？请允许我给你猜个谜语，一个有关……"

"不要！"我摆手对他大声喝道。我转身看着丽娅："多姆努是个盗贼一样的老巫婆，但她是对的，我可能是芬凯拉最大的灾难。"

丽娅一声不吭，弯下身喝了一口溪水。她抬起头来，擦了擦下巴上的水。"不，"她终于开口道，"我不这么想。我也说不清楚，就像……那些莓子一样。花琴的确为你效劳过，起码有那么一段时间如此。会说话的贝壳也曾听从你的指令。"

"我不过是找对了贝壳。它用自身的魔力把她带了过来。"

"就算你说得没错，可是图阿萨呢？如果你压根儿没有可能掌握七歌并且到达另一个世界，他是不会让你读到七歌的。"

我低下头："图阿萨是一个伟大的魔法师，一个真正的魔法师。他也的确说过有一天我也可能会像他一样。但是魔法师也会犯错误！我只有死了才能到另一个世界，而那时候我妈妈也已经死了。"

她用被溪水弄湿的手指头钩住我的手指："梅林，还有那个预言。只有一个有人类血统的孩子才能战胜芮塔·高尔和他的奴仆。"

我转过脸去，凝视着溪流对岸宽阔的草原。有一部分草在月光下发出微光，但一大半草原都被阴影笼罩着。我知道矮人国就在阴影中的某个地方，而在某个更远的地方便是神灵世界的入口处，由恶魔巴洛把守着。

我把手抽了出来。"丽娅，那个预言和它所指的人一样毫无价值。再说，我只想救我自己的妈妈，不想和芮塔·高尔的士兵打仗。"我捡起一块石子，扔进银色的溪水里，"而且我连自己是不是救得了妈妈都不知道。"

"啊，真可怜。"邦拜威朗诵般念道，他的脸和草原一样被阴影笼罩着，"你终于领悟出我一直以来对你说的话中的智慧了。"

我气得头发直立："你对我说的话没有一句和智慧沾边。"

"请别生气。我只不过想告诉你，你还能做一件事，就是放弃。"

我两颊发烧，一把抓起手杖站了起来："你这个徒有其名的小丑，我不会放弃。我很可能会在这次冒险中失败，但绝不会是因为胆怯。那样做太对不起我妈妈了。"我看了一眼前方被月光照亮的草原，对丽娅说："去不去由你。矮人国离这里不会太远了。"

她长吸了一口气："没错，但是现在去找它不是一个明智之举。我们需要休息几个小时。而且，梅林，那片草原……充满了危险，我能感觉到。除此之外，矮人的地道肯定不是被魔法就是被地面隐蔽着，即使在白天也很难找到它们。"

"放弃吧。"邦拜威不死心地说，一边又摘了些星状的花朵。

"决不！"我咆哮道。我一戳手杖，转身迈开了腿。

"梅林，别这样！"丽娅向我伸出双臂，"别理他。等到天亮再上路，否则你会很容易迷路的。"

我恨不得嘴里能够喷出火来："你等到天亮，我会管好我自己的。"

我迈开大步走进了草原，高高的草摩擦着我的短外套发出沙沙的响声。月光像发光的爪印划过草地，但大部分地方仍然笼罩在阴影中。这时，我的第三只眼在几步之外看到一片不同寻常的黑影。附近没有岩石和树，所以不应该有影子。我觉得它可能是一个地道，至少是一个坑。我可不会傻乎乎地一脚踩进去，所以我拐到了它的左边。

突然，我脚下的地塌陷了，我一头栽了进去，还没来得及喊出声来，就被黑暗吞没了。

我醒过来时，发现自己蜷缩成一团，身上盖着一块有刺鼻烟味的厚毯子。一个家伙背着我，嘴里还不停地嘟囔着，但我弄不清楚这是个什么怪物，也不知道他要把我带到哪去。我的胳膊和腿都被粗绳子绑住了，嘴里还塞了一块布。除了我身子底下含糊不清的嘟囔声以外，我唯一能听见的就是自己的心跳。我就像一袋粮食一样被推来搡去，只觉得头昏脑涨、浑身是伤。这种折磨大概持续了几个小时。

终于，推搡戛然而止。我被扔到了又光又硬的石板地上，脸朝下趴着，感到头晕目眩。有人掀去了我身上的毯子，我费力地翻了个身。

一群个头只到我腰部的矮人用火红的眼睛盯着我，他们大都留着蓬乱的胡子，所有人的腰上都佩戴着镶了宝石的短剑。他们站在一排燃烧的火把下面，粗壮的双臂交叉抱在胸前，两脚生根，看上去就像四周的石墙一般无法移动。一个长着灰白胡子的矮人僵硬地挺直了背，我猜测他就是一路嘟囔着把我运到这里的矮人之一。

"给他松绑。"一个尖厉的声音命令道。

几只强壮的手立刻把我翻了个身，割断了绳子。有人把布从我嘴里抽了出来。我活动着僵硬的胳膊和干燥的舌头，勉强坐起身来。

看见我的手杖就在身边的地上，我便伸手去捡。一个矮人抬起沉重的靴子，一脚踩在我的手腕上。我痛得大叫起来，喊声在石墙间回响。

"慢着。"还是同一个尖厉的声音，但这次我找到了它的来处：架在石地板上的一个镶着宝石的翡翠御座上坐着一个粗壮的矮人。她皮肤苍白，长了一头乱蓬蓬的红发，戴着贝壳做的耳环。只要她动一动，那对垂挂的耳环就会叮当作响。她巨大的鼻子几乎和席姆变成巨人以前的鼻子一般大。她穿了件黑袍子，上面用亮晶晶的金线绣着各种符号和几何图案。除此之外，她还戴了一顶和袍子相配的尖帽子。她一只手握着手杖，那根手杖的长度和我的手杖不相上下。

我刚要站起身来，这个矮人抬起了她空着的那只手："不许站起来！你得低下身子，得比我低。不许再去拿你的手杖。"

她把身子向我凑过来，白色的贝壳耳环叮当一响："你知道，手杖是很危险的，即使是在你这样一个刚刚起家的魔法师手里，梅林。"

我倒吸了一口气："你怎么知道我的名字？"

她挠了挠自己的大鼻子："没人知道你的真名，你自己也不知道，这很清楚。"

"你刚才管我叫梅林。"

"是的，"她哼着鼻子笑了一声，似乎把洞里的火把弄得更亮了，"你可以叫我俄纳尔达，但这也不是我的真名。"

我不解地皱着眉头，又追问道："那你怎么知道该叫我梅林？"

"嗯，"她点点头，白色贝壳跟着叮当直响，"这个问题问得好一点。"她抬起一根短粗的指头摸了摸耳环："贝壳告诉我的，就像某个贝壳也告诉了你一些事情一样。但你太固执，有些话你不肯听。"

我在坚硬的石板地上移动了一下。

"不仅如此，你还是一个不速之客。"俄纳尔达挥了挥双臂，它们的影子飞快地从墙上闪过，"我最讨厌不速之客。"

一听这话，几个矮人伸手去拔他们镶了宝石的短剑。一个额头上长了锯齿状疤痕的矮人哈哈大笑起来，笑声在地下室里回荡着。

俄纳尔达抚着她的手杖，细细打量了我好一会儿："即便如此，我可能还是会选择帮你。"

"真的？"我瞥了矮人们一眼，他们发出了一片不满的声音。我回想起和湖上骗子打过的交道，突然起了疑心："你为什么要帮我？"

她哼哼鼻子，回答道："因为有一天你成功了的话，你也许会戴一顶我这样的帽子。"

我不懂她的意思，便仔细观察了一下她的尖帽子。帽尖耷拉在一边，往下一点的地方有十几个小洞，俄纳尔达的红头发因而得以穿洞而出。它是我见过的最荒唐的帽子，还好上面有银线绣的符号，尽管要是绣了星星和行星会更好看一些。我干吗想要这样一顶帽子？

矮人眯起眼睛，像是读懂了我在想什么。她压低声音说道："这是一顶巫师帽。"

我退缩了一下："我没想侮辱你。"

"撒谎。"

"好吧。我很抱歉我侮辱了你。"

"这才是真话。"

"你能帮我吗？我请求你。"

俄纳尔达沉思地敲着她的手杖，终于吐出了一个字："能。"

站在她御座边的一个长着黑胡子的矮人气呼呼地嘟哝了几句。她猛地转过身，举起手来像是要打他。他吓呆了，僵在那里，一动不动。她慢慢放下手来，他的胡子也同时从脸上掉了下来。他尖叫一声，急忙用双手捂住自己光光的脸。其他矮人纷纷指着掉到地上的胡子，发出一片嘘声和哄笑。

"肃静！"俄纳尔达愤怒地摇摆着身体，贝壳耳环和架子上的御座都跟着晃动起来，"这就是怀疑我的决定所得到的教训。"

她转身看着我："我会帮助你，因为你有可能侥幸生存，甚至也会成为一个魔法师。"她狡黠地朝我眨了眨眼："如果我现在帮你，说不定哪一天你能帮上我。"

"我会的，我保证我会的。"

火把吱吱作响，左右摇曳，让石墙也仿佛跟着摇晃起来。俄纳尔达把身子凑上前来，她的影子在身后凹凸不平的墙面上变大了："做保证可不是闹着玩的。"

"我知道。"我严肃地直视着她，"如果你帮助我找到了保护之歌的灵魂，我不会忘记的。"

俄纳尔达打了个响指："给我拿一只轻鸟，一块石坯，还有锤子和凿子来。"

我还是担心其中有诈，又问道："什么是轻鸟？"

"别动。"

地洞里一片寂静，只有火把发出吱吱的声音。有好几分钟的时间所有人都一动不动。随后，地下室里响起了沉重的靴子声，两个矮人向御座走来。其中一个被一块巨大的黑石头压弯了腰，那石头可能比他要重一倍，石头的表面和洞里的墙壁一样凹凸不平。俄纳尔达点了点头，他弯下腰，把石头砰的一声放到了地上。

第二个矮人一只手拿着锤子和凿子，另一只手拿着一个发亮的小玩意儿，像是一只透明水晶做成的杯子，倒放在他的掌心里，水晶里有一道光在抖动着。俄纳尔达点了点头，他便把工具放在石头旁边，又小心翼翼把杯子放到了地上，然后飞快地抽出手来，不让里面的东西跑掉。

俄纳尔达哼着鼻子笑了笑，火把燃烧得更亮了。"水晶杯里有一只轻鸟，是芬凯拉最稀有的生灵之一。"她对我狡黠地咧嘴一笑，我很不喜欢她那个样子，"你的下一首歌不是保护之歌吗？你要想掌握这首歌，就必须想尽办法不让轻鸟受到伤害。"

我打量着那锤子和凿子，不禁张口结舌："你是说，用那块大石头……凿出一个笼子？"

她挠了挠鼻子，显得若有所思："如果这是保护这个弱小生灵的最佳办法，那你就只能这么做。"

"可这得花上几天甚至几个星期的时间。"

"矮人们用了很多年才凿出矮人国的隧道和走廊。"

"可我没有那么多时间。"

"闭嘴。"她用手杖指了指天花板上的一个洞，洞里透出一丝微光，"这个隧道和你掉下来的隧道一样，为我们提供了空气和光。我们有几百条这样的隧道，每条隧道都凿得和你坐着的地板一样光滑，每条隧道的表面都有魔法屏蔽。这就是为什么矮人们一直被保护得这么好，这也是为什么你来这里学习这首歌的灵魂。"

"你确定没有别的办法了？"我还不甘心。

她的耳环从一边甩到了另一边："没有别的办法能让你学会这首歌。你的任务是保护好这个小生灵，不让它受到伤害。现在开始吧。"

随着耳环叮当的响声，俄纳尔达在随从们的簇拥下离开了房间。我凝视着墙上吱吱作响的火把，看着她的御座的影子由长变短，又由短变长。那个御座和墙一样都是用坚硬的石头凿成的。几百年来，矮人们就是用这种石头打造出了整个矮人国。

现在轮到我来凿石头了。

19

保护

锤子和凿子在火把摇曳的火焰中闪着寒光。我抓起工具，站起身来，走到黑色的巨石旁。那石块几乎高及我的腰部。我举起锤子敲了第一下，我的手、胳膊和整个胸部都震动起来。锤声尚未消失，我又敲了第二下、第三下。

时间在我的劳作中流过，但少了以往的节奏。在俄纳尔达的地下御室里，只有从我头顶天花板上的气孔里才能看得出是白天还是夜晚。在夜间，那圆孔闪烁着银色的月光，而在白天则闪耀着金色的阳光。

但是白天夜晚对我而言没有区别。墙上的火把不停地吱吱作响，而我则不停地敲打着凿子的平顶和黑色的石头，偶尔也敲到我肿起的可怜的大拇指上。锤声和我自己的呼吸声彼此呼应。小石粒飞到空中，有时也飞到我脸上。但我继续敲打着，只停下来喝一点矮人们提供的烟熏味的稠粥，或是在毯子上假寐片刻。

三个留胡子的矮人寸步不离地守在我身边。一个矮人站在石板地上我的手杖上方，粗壮的胳膊交叉抱在胸前。除了短剑，他的腰带上还挂了一把双刃斧头。另外两个矮人手执长矛站在隧道入口处的两端，矛锋由血红色的石头制成。三个人表情同样冷酷，每当俄纳尔达走进来，他们的脸色就变得更加阴沉。

她坐在架起的御座上一连几个小时看着我工作。尽管锤子在我起了水泡的手里不断发出敲打声，她却陷入了沉思，或许是在探究我内心深处的想法。我不知道也不在乎。我只知道我不会像邦拜威说的那样放弃。我一想到他的话或者我妈妈的状况，石块上便火花四溅。但我越来越意识到我时间有限，我凿石的能力也有限。

轻鸟的微光摇曳不定，在我手下的黑石上跳来跳去。石屑被一点点凿了下来，我总算凿出了一道浅槽。如果我的拇指和酸痛的胳膊能够坚持下去，我就可以把它凿宽，变成一个大得翻过来足以罩住轻鸟的凹坑。我不知道还要花多少时间。从头顶气孔变换的光线来判断，已经过去了两天两夜。

我埋头苦干的时候，心里一直想着俄纳尔达最后的指令："你的任务是保护好这个小生灵，不让它受到伤害。"在不停的敲打中，我有时会猜想那句话里是否藏着什么线索。是否还有别的办法来保证轻鸟的安全？我是否遗漏了什么？

我对自己说，这不可能。俄纳尔达亲口说是石头隧道保证了矮人们的安全。尽管石头不会永远存在，但它比别的东西都结实。她的意思很清楚：像矮人们建造了这座地下王国一样，我必须造出一个石头笼子，别无选择。

我边敲边撬，试图沿着石头上的裂缝把它劈开，但我又希望有个更简单的办法。我在隐堡一仗中并没有用手挥舞深刃，而是用某种隐藏的意志力让宝剑飞到了空中。在那一刻，我不知怎么用上了跳跃的魔法，就像大伊鲁莎把我们送到树人荒废的住地一样。我能不能重施旧法？我能不能让锤子凿子替我工作来免去我的臂酸背痛、拇指长泡？

"梅林，别犯傻。"

"你这话什么意思？"我从石头上抬起头来，坐在翡翠御座上的俄纳尔达正看着我。

"我说别犯傻！如果你真让深刃飞向你，那也不是靠你，而是靠别的什么东西。那把剑是芬凯拉的一件宝物，它自身就具有魔力。"她从翡翠御座上探出身来，耳环跟着叮当作响，"你没有舞剑，是剑在舞你。"

我把锤子咣的一声扔到石板地上："你怎么能这么说？就是我干的！是我在舞剑！我用的是我自己的魔力，就像我——"

俄纳尔达冷笑一声："把话说完。"

我的声音低了下去："就像我用花琴一样。"

"一点不错。"火把摇晃起来。她一边审视我，一边挠着她的大圆鼻子："你学得很慢，不过还有希望。"

"我觉得你说的不光是我凿石头的技能。"

她哼了一声，把帽子拉直："当然，我说的是你'看见'的能力。难怪在七歌里你最怕的就是那首歌。"

我的脸都白了。

我还没来得及开口，她又说道："你在凿石头上也学得很慢。你绝不会像一个矮人在隧道里那么成功！所以我很怀疑那个预言能否成真。"

"什么预言？"

"说你有一天将重建一个巨石阵。"

我像一个火把一样噼噼啪啪地直冒火星："我？造那么大一个东西？太有可能了！就像我能把巨石阵的石头一块块地抬起来，搬到大海对面的格温内斯一样。"

她的红眼睛奇诡地发着光："嗯，的确有个预言说你能做到。不过不是搬到格温内斯，而是搬到它旁边一个叫作洛格里斯，也被有些人叫作格拉马耶的地方。但是这个预言比另一个预言更不可能实现。"

"够了，"我断然说道。我吹了吹长了泡的手掌，又伸手去拿锤子："我得回去干我实打实的活儿了。我得按照你的指令凿出一个石笼子。"

"胡说。"

我把锤子举到了半空，又停住了："胡说？为什么？"

她的耳环轻柔地响着，影子在房间里跳来跳去："梅林，我是给了你指令，但那不是我的指令。"

"你给了我这块石头。"

"没错。"

"你告诉我要保护轻鸟不受伤害。"

"没错。"

"那就是说要凿出一个比那只水晶杯更结实的东西。"

"那是你的决定，不是我的。"

我慢慢地、犹犹豫豫地把锤子放到凿子旁边，走近水晶杯。杯子里的生灵像一束小火苗一样颤抖着。

"俄纳尔达，我能问你一个关于轻鸟的问题吗？"

"问吧。"

我注视着水晶杯摇曳的光："你说它是芬凯拉最稀有的生灵之一。它是怎样……生存的？怎样才能安全？"

火把照亮了俄纳尔达的脸，她露出一丝狡黠的笑容："白天，它要在明亮的阳光里漫游才安全，因为那样它才能隐身；到了晚上，它要在月光和水交接的地方跳舞才安全。"

"也就是说……它自由的时候才安全。"

贝壳耳环发出轻柔的响动，但她没有吭声。

我伸手触摸着水晶杯，把张开的手指放到它发光的表面。我感觉得到关在里面的那个生灵的体温。我的手腕猛地一抖，把杯子翻转了过来。

一个苹果籽大小的光点飘到了大厅的空中。它从我头顶上飘过时我只听见了一声轻轻的哼唱。轻鸟很快飞到了天花板上，钻进气孔飞走了。

俄纳尔达用拳头敲打着御座的扶手。守卫在入口处的两个矮人立刻把矛尖朝下对准了我。她又敲了敲扶手："告诉我，你为什么这么做？"

我长吸了一口气："因为即使一个石头做的笼子也迟早会破碎。保护一样东西最好的办法是给它自由。"

就在这时，我的手杖射出一道蓝色的火焰。站在手杖上方的矮人惨叫一声跳到了空中。还没等他落地，我已经分辨出了手杖上新刻出的蓝色印记——一块裂缝的石头。

20

冷河与暖河

　　我找到他们俩时，我们已经分别整整三天了。他们的营地就在河的源头，离我当初离开他们的地方不远。草原被抹上了深浅不一的绿色，在微风中起伏着。丽娅一看到我就跑着迎了上来。她看见了我手杖上的第三个印记，担忧的神情一下子变得轻松了。

　　她碰了碰我的手："梅林，我好担心。"

　　我喉头一阵发紧："你担心得有道理。你说我会迷路的，我果真就迷路了。"

　　"但你找回来了。"

　　"是的，"我回答说，"但我花了太多的时间，现在只剩下十天了。"

　　邦拜威也走了过来，跳过飞溅的小溪时差点被他的斗篷绊倒。尽管他还像平常一样哭丧着脸，但看见我他好像真的很高兴。他抓住我的手用力摇着，铃铛在我耳边一通乱响。我看出他又要讲他著名的铃铛谜语，便转身快步走开了。他和丽娅同时跟了上来。不一会儿，我们已经把矮人国甩在了身后，但我们前面的路还很长。

这是因为第四首歌和斯兰陀人有关。这个神秘的族群住在芬凯拉东北部的最顶端。我们虽然不需要再攀爬被冰封雪埋的山口，但我们必须穿过整个锈原，这要花去好几天的时间。然后我们必须马上找到翻越老鹰峡悬崖的路径，更何况还要经过黑山岭的北面。我知道这些地方处处都隐藏着危险，但最让我不安的还是黑山岭。

横穿锈原时，我们每天黎明即起，清晨最早的鸟儿和夜里最晚的青蛙正在齐声合唱。我们偶尔停下来摘些果子和根茎。有一次，多亏丽娅会说嗡嗡叫的蜂语，我们还吃到了一点滴着糖浆的蜂巢。丽娅也知道在哪里能找到水，会把我们领到隐蔽的泉眼和静谧的水潭边。她似乎能轻而易举地了解一个地方的隐秘，就像她能轻而易举地了解我的隐秘一样。月光皎洁，亮得足以让我们在深夜穿过宽阔的平原。但是月亮和我们的时间一样，也在飞快地消逝。

漫长的三天之后，我们终于走到了老鹰峡。坐在岩石密布的悬崖边上，我们眺望着崖壁上大片大片的红色、棕色、栗色和粉红色，还有对面崖壁上突兀而起的银光闪闪的雪峰。幽深的谷底，一条浅浅的河流沿着悬崖底部蜿蜒而行。

尽管我很累，但一想到峡谷老鹰宣告芬凯拉代表大会开始的那鼓舞人心的叫声，身上就涌起一股力量。我真恨不得像老鹰一样展翅高飞！那我就可以风一般飞过这个五彩缤纷的峡谷，一如以前我在麻烦背上飞翔一样。那似乎已经是很久以前的事情了。

但我不是一只鹰。我像丽娅和邦拜威一样，不得不步行到谷底，再找路从另一边爬上来。我用我的第三只眼扫视着那一排悬崖，寻找可以走过去的路。我们的位置比较靠北，翻越峭壁还有可能。而南端的峭壁有一道巨大的裂缝，把黑山岭从中一分为二。

丽娅在前面领路，她是我们三人中走得最稳健的一个。她很快就在悬崖峭壁上发现了一连串纵横交叉的窄窄的凸起。我们从一个凸起挪到下面的另一个凸起，有时躺着往下滑，有时爬过松动的岩石堆，就这样慢慢向峡谷底部移动。等我们到达谷底时，浑身已经被汗水湿透了。

河水很浑浊，但比我们的身体要凉得多。捂在厚斗篷里的邦拜威热得浑身冒汗，一头就扎进了河里。我和丽娅也跟着跳了下去，跪在河底的圆石上面。我似乎听见了头顶的悬崖上远远传来一声老鹰的尖叫。

我们终于觉得恢复了体力，于是又开始沿着崖壁艰难地往上爬。没过多久，我就不得不把手杖插进腰带里，两手并用。坡越来越陡，邦拜威的牢骚也越来越多，但他仍然挣扎着不掉队。他紧跟在丽娅后面，用手抓住丽娅的脚刚刚挪开的地方。

爬上一块特别陡峭的岩壁时，我的肩膀因为长时间用力而酸痛起来。我双手抓紧，壮着胆子尽量朝后仰，想看看崖壁的顶端在哪里，看到的却是高高在上的一层又一层栗色和棕色的悬崖。往下看去，谷底浑浊的河水就好像是一道涓涓细流。我哆嗦着，把岩石抓得更紧了。我不想往上爬，但我更不想摔下去。

丽娅在我的左边，她突然叫道："看！那块粉色的岩石上有一只沙猫。"

我小心地保持着身体的平衡，转过脸来，只见一只长得像猫的浅棕色动物正在晒太阳。它像猫一样蜷成一小团，发出轻轻的呼噜声。和猫不一样的是，它长了一个尖尖的鼻子和柔软的胡须，背上有一对轻薄如纸的翅膀。它每叫一声，那纤巧的翅膀都跟着颤动一下。

"不觉得它可爱吗？"丽娅抓着石壁问道，"只有在这种长了岩石的高处才能见到沙猫。我以前看到过一只，但是离得很远。它们很害羞的。"

听见她的声音，沙猫睁开了蓝眼睛。它全身绷紧，专注地看着她，然后它似乎放松了一点，又发出了呼噜声。丽娅慢慢移动着脚的位置，一只手抓住松动的崖壁，另一只手向那个小生灵伸了过去。

"当心，"我警告她，"你会掉下去的。"

"嘘，你会吓着它的。"

沙猫轻轻移动了一下，把毛茸茸的爪子放到岩石上，像是要站起来。它的每个爪子上都有四个小脚指头。丽娅的手靠近它的脸时，它的呼噜声更响了。

就在这时，我注意到它的爪子有些异样。一开始我说不上哪里不对，但那几个爪子看上去就是有些……别扭。

突然，我知道了。它的脚趾间长着蹼。一个高高的岩石峡谷里的生灵为什么脚上会长蹼？我恍然大悟。

"丽娅，别动！它是个变形幽灵！"

我的喊声刚刚出口，沙猫已经开始变形，快得就像闪电一样。翅膀不见了，蓝眼睛变红了，毛变成了鳞片，猫身变作一条长着短剑般利齿的蛇。伴随着噼噼啪啪的响声，它像蛇一样蜕下一层透明脆薄的壳。这一切就发生在一眨眼之间。就在这蛇一般的怪物张牙舞爪地向丽娅的脸扑过来时，她听到我的喊叫，及时闪开了。那家伙狂叫一声，从她的头顶飞了过去，一头栽进深深的峡谷里。

尽管变形幽灵没有咬到丽娅，但尾巴扫到了她的脸。她脚下一松，失去了平衡。有那么一刹那，她只有一只手抓住了峭壁，身子危险地晃来晃去。接着，她手里抓着的石头碎了，她掉了下去，正落在邦拜威身上。

瘦高的小丑被砸得大叫一声。他贴紧岩石表面，抓着石头的手指失去了血色，然而他居然没有松手，并且接住了丽娅。她倒挂在他背上，挣扎着想转过身来。

"邦拜威，别松手！"我低头看着他们，大叫道。

"我竭尽全力了，"他呻吟道，"不过都是白费劲儿。"

突然，支撑着他双手的石块裂开了，碎片噼里啪啦滚下悬崖。他们俩齐声叫了起来，抢胳膊蹬腿地贴着崖壁往下滑，直到落在一条窄窄的突出的岩石上，那儿离谷底还有好长一段距离。

我像一只笨手笨脚的蜘蛛一样沿着悬崖往下爬，手杖在我的腰带上荡来荡去。丽娅和邦拜威瘫倒在下面的岩石上，发出痛苦的呻吟声。小丑身边是他的铃铛帽子，上面沾满了红色的灰尘。丽娅试图坐起身来，却又倒了下去，右胳膊耷拉在一边。

我小心地在岩石上移动着，总算挪到了她身边。扶她坐起来时，我的手碰到了她扭着的胳膊，她痛得倒吸了一口气。她注视着我的脸，目光充满了痛苦："多亏你及时……警告了我。"

"要是再早几秒钟就好了。"突然，一阵风刮来，崖壁上的尘土吹了我们一身。风停了之后，我从袋子里拿出一撮草药，轻轻敷在她划破的脸上。

"你怎么知道那是个幽灵？"

"蹼趾。记不记得我们在森林里看见的那只阿莱雅鸟？你告诉我变形幽灵身上都有某种异样之处。"我指了指自己，"我想人也差不多。"

丽娅试着抬起胳膊，却痛得直皱眉头："大多数人没那么危险。"

我在岩石上小心移动着，转到了她的另一侧，以便看清楚她受伤的胳膊："骨头好像断了。"

"让我们都忘了可怜的老邦拜威吧。"小丑哭丧着脸说，"我一点忙都没帮上，一点都没有。"

丽娅尽管痛得厉害，却差点咧嘴笑了："邦拜威，你很棒。要不是我的胳膊快要掉下来了，我一定会拥抱你一下。"

哭丧着脸的小丑总算停止了哀叫，他的脸上甚至浮现出一丝红晕。但一看见她受伤的胳膊，他的脑门、脸颊和下巴又纠结在一起了："看来情况很不好。你会终身残疾，再也吃不好睡不好了。"

"不会的。"我轻轻地把丽娅的胳膊平放在她的腿上，想摸到骨折的地方。

她的脸痛得变了形："你能做什么？这里没有任何……嗷，痛死我了……可以当夹板用的东西。没有两只……嗷……胳膊，我是不可能爬上去的。"

"不可能。"邦拜威附和道。

我摇摇头，头发里的几颗小石子掉了下来："什么都有可能。"

"邦拜威说得对，"丽娅反驳道，"你治不好我的胳膊。嗷！就连那个草药袋子……也不管用。梅林，你应该把我留在这里。走吧……别管我。"

我咬紧牙关："决不！我学连接可不是白学的。你和我就像那两只乘风飞翔的鹰，不能分开。"

一丝微光在她的眼中闪烁："怎么才能做到？我没有胳膊……就没法爬上去。"

我抻了抻酸痛的肩膀，深吸一口气："我希望能治好你的胳膊。"

"别异想天开了。"邦拜威挪近了一些，"要治好她的胳膊你得有一副夹板、一副担架和整队的郎中。要我说这是不可能的。"

我摸到了骨折的地方，把双手轻轻地放在上面。尽管对我的第三只眼来说毫无区别，我还是闭上了眼睛让意念更加集中。我调动了所有的魔力去想象光明、温暖和愈合同时凝聚在我的胸腔里。等到我心里充满了光，我就让它流向我的胳膊和手指。那光好像看不见的温暖的河流，流出我的身体，流进了丽娅的身体。

"哇，"她吁了口气，"真舒服。你在做什么？"

"我只是在做一个睿智的朋友曾经让我做过的事情——聆听伤口的语言。"

她微微一笑，把身体倚在岩石上。

"别犯傻。"邦拜威警告道，"你现在感觉好点，是因为你接下来感觉要糟糕十倍。"

"我不在乎。你真烦人！我的胳膊已经感觉有力气多了。"她开始抬她的胳膊。

"别动，"我命令道，"还没好。"

温暖的光继续从我的指尖流出，我把意念集中在她皮肤下面的骨头和肌肉上。我耐心而小心地用意念去感觉每一个纤维组织，用轻柔的触摸引导它们重新变得健全和强壮。我让一根根筋腱沐浴着光，将它们抚平、理顺、放好。终于，我拿开了双手。

丽娅抬了抬手臂，活动了一下指头，然后紧紧搂住了我的脖子，力气大得像头熊。

"你是怎么做到的？"她松开手，问道。

"我真不知道。"我拍拍手杖多节的顶部，"但我觉得它可能是连接之歌的另一段。"

她放开了我："你的的确确找到了那首歌的灵魂。你那专门为人治伤的妈妈肯定会为你感到骄傲的。"

她的话让我全身一震："走吧！我们只剩下不到一个星期了。我想明天上午就到达斯兰陀人的村子。"

21

尖叫

等到我们终于爬到峡谷边缘，太阳刚好下了山。峭壁被阴影覆盖着，耸立在我们面前的黑山岭几乎漆黑一片。我眺望着黑山岭，一只峡谷老鹰孤独的啼声在不远处回荡，让我想起了宣告芬凯拉代表大会开幕的那一声老鹰的鸣叫，也让我想起了我得到花琴后许下的诺言。如果我遵守了那个诺言，这片山岭应该早已恢复生机了。

我们三人在越来越浓重的暮色里跋涉。脚下平坦的岩石很快变成了一层层的干土，我知道这就是黑山岭特有的土质。除了枯树上的叶子偶尔发出沙沙声外，我们听到的只有靴子的咔嚓声、邦拜威的铃铛声，还有我的手杖在地上有节奏的敲击声。

天越来越黑。我知道，那些在隐堡倒塌后回到这片山岭的勇敢的动物们应该已经找到了天黑后的藏身之地。因为只有在夜里，战斗精灵、变形幽灵以及各种生活在地下的生灵才会从它们的石洞或者石缝里露面。想到至少有一个这样的生灵胆敢在光天化日之下出现，我不禁打了个寒战。不可思议的是，丽娅永远知道我在想什么，她轻轻捏了一下我的胳膊。

夜深了，我们还在沿着黑山岭往上爬。歪歪斜斜的树好像骷髅一样立在那里，枝杈在风中噼啪作响。我们一直朝着东北方向走，但厚厚的云遮住了大部分星星和残留的月亮，让我们的行程变得越发艰难。邦拜威没有大声抱怨，但从他的嘟囔里可以听出他越来越害怕了，而我的两条腿也累得不时绊在石头和死树根上。照这样下去，我们迷路的可能性比受到攻击的可能性还要大。

终于，丽娅指了指一条顺坡而下的窄水沟。山顶上浪花飞溅的溪流，到这已经干涸了。我同意丽娅的想法，在这里休息到天明是一个明智的选择。几分钟之后，我们三人在沟里硬邦邦的地上躺了下来，丽娅找到了一块磨圆了的石头当枕头。邦拜威蜷起身子，大声宣布："火山爆发也休想把我弄醒。"考虑到我们的危险处境，我尽量让自己醒着，但不久就和他们两人一样睡熟了。

一声尖叫传来。我和丽娅坐起身，完全醒了过来。我们屏息聆听，但除了邦拜威的鼾声以外听不见任何声音。云层后面的一抹微光为我们指出了月亮的位置，月光在四周的山岭上涂上了极薄的一层亮光。

又一声尖叫传来，声音恐怖万分，在空中久久不散。我抓起手杖，跌跌撞撞地爬出水沟。丽娅想拦却没拦住我，也跟着我向黑乎乎的山坡上奔去。我竭力用第三只眼在远处的阴影中搜索，想看看有什么东西在动，但前方毫无动静，连一只蟋蟀也没有。

突然，我看见一个庞大的身影在我们下方的岩石上走过。即使没有看见那尖尖的头盔，我也马上知道那是什么——一个战斗精灵。他肌肉发达的肩膀上，有一只小动物在痛苦地挣扎着，显然已经奄奄一息了。

我想也没想，就向山坡下冲去。听见我的脚步声，战斗精灵猛地转过身来。他把肩上的猎物扔到一边，飞快地抽出他的宽剑。他眯起喷火的眼睛，把剑高举过头。

除了手杖，我没有任何武器。我站稳脚跟，朝他撞了过去。我的肩膀撞到了他戴着盔甲的胸口，他的身体朝后仰去。然后，我们一起滚下了石坡。

我停下来时只觉得天旋地转，战斗精灵却比我先回过神来。他站起身对我大声咆哮着，长了三根手指的手仍然握着剑。月亮破云而出，剑刃闪着寒光。他一剑劈下来，我翻身滚到了一边。剑砍进土里，劈断了一块老树根。战斗精灵气得嗷嗷乱叫，再次举起了剑。

我试着站起来，却被一根多节的木棍绊倒了。是我的手杖！精灵的剑又朝我刺来，情急之中我举起手杖挡在脸前。我知道这根棍子压根儿扛不住剑锋，但我没有别的选择。

剑刃砍在木棍上时，一声爆炸突然震动了整个山坡。一柱蓝色的火焰蹿上高空，精灵的剑像风中的树枝一样飞了起来。战斗精灵一边痛苦地狂叫着，一边跌跌撞撞地往后退，然后摔倒在山坡上。他喘了口气，想站起来，却又倒了下去，像块石头一样一动也不动了。

丽娅跑到我身边："梅林，你受伤了吗？"

"没有。"我擦了擦手杖柄，摸到剑砍在上面留下的一道轻微的凹痕，"多亏了这根手杖，还有图阿萨赋予它的秉性。"

丽娅跪下来，月光在她的卷发上结了一层霜："我觉得你和手杖都很棒。"

我看着战斗精灵一动不动的身体，摇了摇头："得啦，丽娅，你明白是怎么回事。"

"我明白。"她干脆地回答，"我想你不肯承认是因为你内心太希望我说的是事实。"

我吃了一惊，目不转睛地看着她："你能读懂我，就像我能读懂阿芭萨墙上的那些符号一样。"

她发出了银铃般的笑声："但有些事情我还是不懂，比如为什么你看见精灵不躲起来，反而直接冲了过去。"

我还没来得及回答，身后一个声音细声细气地说："你一定会魔法。"

我和丽娅连忙转过身去，只见一个圆圆脸的矮个子男孩蹲在地上。他看上去绝没有超过五岁。我顿时意识到把我们弄醒的那声尖叫就来自这个可怜的小人儿。他月亮般明亮的眼睛里充满了敬畏。

我瞥了丽娅一眼："原来如此。"我转身对男孩招了招手："过来，我不会伤害你的。"

他慢慢站起身，犹犹豫豫地走过来，又停住了："你会的是好魔法还是坏魔法？"

丽娅忍住没笑，用她裹着树叶的胳膊搂住了男孩："他会很好的魔法，除非他故意使坏。"

我开玩笑地对她吼了一声，男孩皱起眉头，被弄糊涂了。他挣脱了丽娅，往黑乎乎的山坡下走去。

"别听她的。我和你一样，是战斗精灵的敌人。"我拄着手杖站起来，"我叫梅林，这是从德鲁玛树林来的丽娅，你叫什么名字？"

男孩一边仔细打量着我，一边若有所思地拍拍自己的圆脸。"你用一根手杖就杀死了精灵，所以一定会好魔法。"他吸了口气，"我叫高尔威，我一辈子都住在同一个村子里。"

我歪了歪头："这附近唯一的村子是……"

"斯兰陀。"小家伙接过了我的话。

我的心狂跳起来。

高尔威不好意思地移开目光。"我本来没想天黑后还待在村外的。真的！只是小松鼠们都在玩，我就跟着它们。等我发觉已经这么晚了……"他瞪了一眼战斗精灵扭曲的尸体，"他想害我来着。"

我站到男孩身边："他再也不能害你了。"

他忽闪着明亮的眼睛，歪着头仰视着我："我觉得你真的会好魔法。"

22

仙果面包

　　我们回到水沟，发现邦拜威还在呼呼酣睡。虽说爆炸比不上火山爆发，但他的确如他自己预言的那样睡得死死的。高尔威已经累得站不住了，我和丽娅小心地用小丑斗篷的一角盖住他。我们自己也筋疲力尽，便也躺了下来。我紧握着手杖，很快就睡着了。

　　没过多久，清晨的第一道曙光开始抚弄着我的脸。我醒了过来，发现邦拜威正在竭尽所能向小高尔威展示他的小丑功夫。从小男孩圆脸上那严肃的表情可以看出，邦拜威的进步非常有限。

　　"这就是为什么，"这个哭丧着脸的家伙解释道，"大家都管我叫'欢乐邦拜威'。"

　　高尔威瞪着他，一副要哭的样子。

　　"我来给你表演我的另一个小丑才艺。"邦拜威用力晃了晃脑袋，帽子上的铃铛一阵叮当乱响。他把斗篷拉紧："现在我要让你猜一个著名的铃铛谜语。"

　　也在旁观的丽娅表示反对，但我举起了手："让我们听听这个讨厌的谜语到底是什么。关于它我们已经听了几个星期了。"

她嘲讽地笑笑："我想也是。如果我们当中有人被逗笑了，你准备吃自己的靴子吗？"

"准备吃。"我舔舔舌头，做出一副心满意足的样子，"运气好的话，我们会在斯兰陀村找到更好吃的东西。"

邦拜威清了清嗓子，耷拉着的下巴跟着抖了抖。"我准备好了。"他宣布。他充满期待地停顿了一下，仿佛不敢相信他终于被允许说这个谜语了。

"我们等着呢，"我大声说，"但不会等一整天。"

小丑的大嘴张开了又合上，又张开，又合上了。

我往前探了探身子："怎么回事？"

邦拜威惊恐地挑起了眉毛。他再次清了清嗓子，在干干的地面上跺了跺脚，铃铛又跟着响了起来，但他还是一声不吭。

"你还打算说这个谜语吗？"

小丑咬着嘴唇，沮丧地摇摇头。"时间……太久了。"他嘟囔着，"这么多年来，这么多人都阻止我说这个谜语。现在我可以说了，我却……想不起来了。"他叹了口气："一点不错，一点不错，一点不错。"

我和丽娅翻了翻眼睛。高尔威咧开嘴笑了，他转身对我说："你现在能送我回村里去吗？我和你在一起觉得安全。"

我拍了拍邦拜威耸起的肩膀："也许有一天你会想起来的。"

"就是想起来，"他回答说，"我可能也会说砸的。"

我们很快就朝着太阳升起的方向走去。和往常一样，我和丽娅走在前面，当然我现在背上背着高尔威。邦拜威跟在后面，他比以前更加愁眉苦脸。

幸好我们很快就开始下坡了，这是一长段起伏的山路。黑山岭干枯的山坡和阴暗的岩层被我们甩在了身后，但我总有一种不安的感觉，那就是我们遇到的精灵不过是跑到外面的芮塔·高尔士兵中的一个。而且我也不能忘记，我没有让这片土地变得更适宜其他生灵居住。

没过多久，我们就走进了一片宽阔的草原，听得见清脆的鸟啼和低沉的虫鸣，还看见越来越多的一簇簇长了手形叶子的树。狐狸一家竖着毛茸茸的尾巴从我们走着的小径穿过。柳树枝上坐着的大眼睛的松鼠让我想起了丽娅的朋友伊克特马，还有被他照顾的奄奄一息的女人。

最早出现的村庄的迹象是气味。

走在草原上，我们闻到了浓郁的烘焙粮食的香味。每走一步，那香味就更加强烈，提醒我上一次吃到一片新鲜烘烤出来的面包已经是很久以前的事情了。我几乎可以品味到不同谷物做的面包：小麦的、玉米的、大麦的。

还有其他味道也编织在这张香气扑鼻的网里。有的浓烈，就像很久以前我和丽娅在绍莫拉树下大快朵颐的鲜艳的果子；有的清冽，就像爱伦常常放进茶里的碾碎的薄荷；有的甘甜，就像蜜蜂用三叶草的花酿成的蜂蜜。还有更多更多的味道，辛辣的、强烈的、安神的。此外还时不时有一丝压根儿不能算味道的东西，它更像是一种感觉，一种态度，甚至……一个想法。

我们终于走进了斯兰陀人的河谷，他们低矮的棕色房子进入了我们的视线。此时，香味浓得让人陶醉。我一边咽着口水，一边想起曾经在凯尔普瑞的书房里品尝过一次斯兰陀人的面包。他管这种面包叫什么来着？仙果面包——给神仙吃的食物，希腊人一定会同意用这个名字。我记得咬一口面包的硬壳，一开始感觉硬得像块木头，用力嚼过一阵之后，面包迸发出一股又酸又甜的味道。营养瞬间传遍了全身，让我觉得自己长高了、变壮了。有一会儿工夫，我甚至忘记了我的肩胛骨间永久的伤痛。

然后，我又回忆起别的事情。凯尔普瑞嘴里嚼着一大片仙果面包，严肃地警告我：芬凯拉其他地方的人从来没有尝到过斯兰陀人的特殊面包，他们把配方看得比命还重。我心里骤然涌起一阵恐惧。如果斯兰陀人连配方都不肯给别人，我怎么可能让他们给我更宝贵的东西——命名之歌的灵魂？

看见远处村子的大门，高尔威发出一声欢呼，从我的背上跳了下来。他蹦蹦跳跳地跑到我们前面，两只胳膊像小鸟的翅膀一样拍打着。大门里面，烟从许多矮房子的壁炉里冒出来。那些房子尽管大小不一，但都是棕色的宽砖砌墙，黄色的灰浆勾缝。我差点笑了，因为我注意到那些房子本身就像抹了黄油的巨型面包。

整个上午都一言未发的邦拜威�咂了咂嘴："你们觉得他们有没有给客人面包片的习惯，还是会让客人饿着肚子离开？"

"我猜，"丽娅回答说，"他们压根儿就不习惯有客人。老鹰峡谷这一边仅有的居民都住在——"她突然打住，瞟了我一眼。

"监狱里。你想说他们都住在南面的山洞里。"我拨开垂到脸上的几根黑发，"比如曾经是我父亲的斯坦格马。"

丽娅同情地看着我："他仍然是你父亲。"

我加快步子朝大门走去："已经不是了。我现在没有父亲。"

她喉头一哽："我理解你的心情。我从来没见过我的父亲，也没有见过我的母亲。"

"但你至少有阿芭萨和德鲁玛树林。你以前说过，它们才是你真正的家人。"

她的嘴动了动，但什么也没说。

我们走到架在两棵巨大的杉树之间的木门前，一个门卫从树荫里走了出来。他甩了甩盖住耳朵的几绺稀疏的浅黄色头发，阴沉着脸把我们挨个儿看了一遍。他的剑虽在鞘里，但一只手却握着剑柄。和空气中弥漫着的烘焙气味相比，我现在更多闻到的是可能发生的麻烦。

他警惕地检查着我的手杖："这就是那根杀死了精灵的魔杖？"

我吃惊地眨了眨眼睛："你已经知道了？"

"村里现在已经有一半人知道了。"他哼了一声，"小主人高尔威见谁跟谁说。"

"那你会放我们进去？"

门卫又甩了甩头发。"我没这么说。"他指了指手杖，谨慎地看着它问道，"我怎么知道你不会用它来伤害村民？"

"我现在也没用手杖来伤害你。"

他绷起脸，有点紧张地拽了拽他的剑："这还不够。你可能是来偷窃我们秘密的奸细，或者是给精灵们打杂的跑腿。"

丽娅气呼呼地往前一站："那他昨天晚上为什么要杀死那个精灵？"

"叶子姑娘，那可以是一个诡计。"他用手梳了梳稀疏的头发。"那么告诉我，为什么一个男孩、一个女孩和一个……"他停下来打量了一下邦拜威，"和一个要饭的会大老远跑到斯兰陀来？

我敢打赌这不是赶巧了。"

"不是的。"我字斟句酌地回答道，"你们村的面包远近闻名，我和我的朋友们想学学面包师的手艺。"

他的眼睛像是看透了我："我猜你想学的不只这些吧？"

我想起了凯尔普瑞的警告，忍气吞声地说道："不是你们心甘情愿给的东西我是不会要的。"

门卫抬头看了看头顶的杉树枝，仿佛在向它们求教。他慢慢地长吸了一口气："好吧，我放你们进去。不过我告诉你，这不是因为你说的那些让我起疑的话，而是因为你们帮了小主人高尔威。"

他又甩了一下耷拉下来的头发，走到旁边的树荫里。我能感觉到他的眼睛还在警惕地注视着我，但我没有回头，另外两人也一样。

一走进村口，我就看见村子中央的广场上有一个高高的螺旋形建筑物。孩子们又叫又跳地在它四周玩耍，也有一溜大人在不停地走来走去。他们提着桶、拎着篮子、端着罐子，活像一群背负着整个社会负担的蚂蚁王国的蚁族。我还注意到建筑物那金色的表面上泛着奇怪的波纹，让它看上去仿佛在移动，就像活的一样。

除了少数几个人对我的手杖指指点点、偷偷地交头接耳以外，大多数村民都在忙自己的事情，压根儿就顾不上看我们。我走过一帮在玩一种棍子游戏的小孩，小心翼翼地靠近了那个建筑物。村里散发出的香味至少有一部分来自这个地方，而它的表面真的在移动。一股厚厚的金黄色液体从它最顶端的喷嘴慢慢流出来，经过下面几段螺旋形的槽，一直流到建筑物底部一个宽宽的池子里。人们从这个池子里吃力地舀出整桶金黄色的液体，又飞快地把桶子提进房子里。与此同时，其他人则把面粉、牛奶和别的材料倒进环绕建筑物底部的漏孔里。

"一个喷泉。"我目瞪口呆,"一个面包喷泉。"

"你是说一个面团喷泉。"丽娅弯下身看着搅拌池,"他们肯定是把这种金黄色的东西——看上去像蜜,但比蜜要稠——当面肥来给一些面包发面。"

"其实我们所有的面包都是这样发面的。"

我们飞快地转过身来,只见一个白头发、红脸膛的胖男人正在把喷泉里的液体装满两个大水壶。和所有芬凯拉人一样,他耳朵的顶部也有点尖,但他的声音和他的脸一样显得与众不同,既轻蔑又逗趣。我敢肯定是两者之一,但我吃不准究竟是哪一个。

等到水壶快要满出来时,他把它们从池子里提了出来,放到他的大肚子上。他打量了我们一会儿:"是访客吧?我们不喜欢访客。"

我不能确定他是不友好还是在逗着玩,便开口道:"我想学学烤面包,你能帮我吗?"

"我能。"他的口气有些生硬,抑或是调侃。"但我现在太忙,"他说着拔腿就走,"改天再说吧。"

"我没法改天!"我跑到他身边,紧跟着他朝一个房子走去,"你能不能给我露一露你的手艺?"

"不行,"他断然说道,"我跟你说了我……"

他脚下一绊,撞到了两个脏兮兮的男孩。他们和高尔威年龄相仿,正在抢一条带蓝点的面包。虽然只有一只水壶掉到了地上,但它被摔成了几十块碎片,上面沾满了来自喷泉的金黄色液体。

"看你惹的祸!"他大吼一声,口气十分严厉,显然不是在逗乐。他弯下腰去捡碎片,见我要帮他,又生气地冲我挥挥手:"站远点，小子！我不需要你来帮我。"

我垂头丧气地转过身来，慢吞吞地往面包喷泉走，几乎没有留意到喷泉里一如既往散发出的浓香。丽娅看到了刚才发生的一切，失望地摇摇头。我和她都知道，如果我们不能在斯兰陀找到我们需要的东西，我们就会前功尽弃。

我走过那两个正在争吵的男孩，他们像是一对双胞胎兄弟。我看得出来这场争执马上就要升级成一场恶战了。他们紧握拳头，高声咆哮着。一个男孩要去踩另一个男孩脚边的蓝点点面包，而另一个男孩则气得鼻孔冒烟，怒吼着向他的对手扑了过去。

我把手杖插进腰带里，走到他们俩中间，抓住一个男孩的衣领和另一个男孩的肩膀，竭力把他们分开。两个男孩同时对我大声嚷嚷起来，狠命踢着我的腿，试图从我手里挣脱。最后，我快要抓不住了，便松开手，飞快地从地上抢到了那条面包。

面包上的蓝色已经变成了脏兮兮的棕色。我举起了面包："你们就为这个打架？"

"是我的！"一个男孩叫道。

"不，是我的！"另一个男孩喊着。

两人同时扑了上来，我把面包举到空中，不让他们够着。男孩们愤怒地尖叫起来，我只当听不见，继续在他们的头上摇晃着面包。面包还是热的，散发出蜜糖的甜香。"听着，"我问，"你们想不想知道怎么样你们两人才能都吃到面包？"

一个男孩怀疑地歪着头问："你说怎么样？"

我偷偷摸摸地往身后瞧了瞧："我可以告诉你们，但你们得保密。"

两个男孩想了想，然后一齐点了点头。

我蹲下来，对他们咬了咬耳朵，他们睁大眼睛专心地听着。说完之后，我把面包交给了他们。他们就地坐了下来，一眨眼工夫两张嘴已经被面包塞得鼓鼓的。

"不赖呀。"

我抬起头来，只见那个胖男人正在盯着我："小伙子，告诉我，你是怎么让他们愿意分享的？"

我站起身，从腰带里抽出手杖。"其实很简单。我只是建议他们一人一口轮流吃。"我轻轻咧嘴一笑，"我还告诉他们，如果他们做不到，我就一个人把面包全吃了。"

男人的喉咙深处发出一个低沉的声音，像是在笑，又像是在哼哼。他的脸皱成了一团，似乎对我多了一份敬意，又似乎多了一份担心。我无法确定，直到他终于开口时，我心里才有了数。"小伙子，你要是想学烤面包，就跟我来吧。"

23

命名

男人朝广场最边上的一栋面包状房子走去。进屋之前，他把水壶的碎片扔进了门外的一个桶里，然后在棕褐色的短外套上擦了擦他的胖手。因为老在上面擦手，外套上早已污渍斑斑。他抚着门边的墙，感激地拍了拍上面棕色的砖块。

"你以前见过这种砖吗？"

"没有。它们是用特殊的泥巴制作出来的吧？"

他的表情变得气恼，抑或是开心。"其实它们是用一种特殊的面粉制成的，是里面的成分让砖变得异常坚硬。"他又拍了拍砖块，"小伙子，烤面包的首要原则就是要了解你的原料。"

他说"了解你的原料"时的那副样子，不知怎的让我觉得他的意思不仅仅是能辨别不同的谷物和香料。尽管我很想让他解释一下，但我还是忍住了，害怕显得自己太贪心。

"我们管这个，"他接着说道，"叫面包砖，烘烤了六次之后才达到超强的硬度。"他把他短粗的手指头顶在墙上："这些砖头的寿命比我的寿命要长一百年。"

丽娅跟在我们身后，用惊叹的目光看着这些砖："我以前也吃过硬面包，但都没有这么硬。"

胖男人向她转过身来，突然大笑起来，笑得肚子直抖，水壶里金黄色的液体也溅了出来："说得妙，森林女孩。"

她微笑着答道："你可以叫我丽娅。"

"我叫梅林。"

男人点了点头："我叫普鲁通。"

"普鲁通，"我重复道，"这是不是一个希腊名字？是不是从那个德墨忒尔和第一次收获玉米的故事里来的？"

"一点不错。小伙子，你怎么会知道希腊人的事儿？"

我的喉咙有点发干："我妈妈告诉我的。"

"其实我也是我妈妈给我讲的。每个在斯兰陀出生的孩子都要了解不同地方有关收获和烘焙的故事，从那些故事里给小孩找一个名字也很平常。"他的表情显得模棱两可，"当然这不是我的真名。"

我和丽娅交换了一下眼神。我想起了俄纳尔达说的关于真名的话，很想再多问问。尤其让我感到困惑的是，我看不出日常的面包烘焙技术和神奇的命名魔法之间有什么关系。但我忍住了没有多嘴。事情在朝好的方向发展，我不想节外生枝，还是等到有更好的机会再来了解命名也不迟。

普鲁通打开了门闩："进来吧，你们俩。"

刚要跟他进屋时，我突然想起了邦拜威。我扫了一眼那片人来人往的广场，马上看见了他。他还站在面包喷泉旁边，正贴着池子，眼巴巴地盯着里面金黄色的液体。孩子们可能是对他的铃铛帽子好奇，都聚拢到他的身边。他不像会遇到麻烦，我也不确定普鲁通到底有多好客，就决定让邦拜威待在那儿了。

我们走进屋里，一阵新的香味扑面而来。我闻得出烘大麦的香味、像盛开的玫瑰般香甜的花蜜味，还有其他几种我说不上来的香料的味道。中间的大房间像是一个繁忙的小旅店的厨房，炉灶上的锅里煮着东西，天花板上挂着风干的香草、根茎和树皮，架子上放着一袋袋谷物和面粉。屋子里有六七个人正忙忙碌碌地在搅、倒、切、拌、尝、烘。看他们的表情就知道他们很享受自己的工作，也很把工作当一回事。

阳光从一排排窄窗子照进屋里，但是炉灶实际上是主要的光源。它占据了整整一堵墙，由好几个石头烤炉和灶膛组成。炉灶里烧的不是木头，而是一种扁平的灰色块状物。毫无疑问，这又是斯兰陀人的一个秘方。

炉灶上方手够不到的地方高高悬挂着一把巨大的剑，剑柄被下面多年的烟火熏得乌黑，金属的剑鞘已生锈，皮带也已经残破不堪。这把旧剑引起了我的好奇，我想仔细端详一下，但屋子里乱哄哄的，我很快就把它忘了。

一个有着苹果脸和齐肩黑发的高个女孩走到普鲁通身边。她和我在村里见到的所有人都长得不太一样，一半是因为她的黑发，还有一半是因为她苗条的身材。她的眼睛和我的眼睛一样黑，目光里透出一股灵气。女孩正要伸手接过金黄色液体的水壶，看见站在旁边的我和丽娅，一下呆住了。

普鲁通朝我们摆摆手。"这是梅林和丽娅。他们是来学烤面包的。"他又指了指女孩，像是粗暴无礼又像是漫不经心地加了一句，"这是我的学徒薇薇安。我去南方时认识了她的父母，他们在一场可怕的水灾中去世以后她就来我们这里了。那是几年前的事儿了？"

"六年了，普鲁通师傅。"她接过水壶，用双手抱紧，好像母亲抱着一个新生儿。她仍然警惕地看着我们，问道："你就不担心他们吗？"

"担心？当然担心。"他用让人捉摸不透的眼神打量着她，"和我对你的担心差不多。"

她的表情有点僵硬，但没有说话。

"再说，"普鲁通又说道，"我在村口听说有个男孩只用自己的手杖就打败了一个巨大的战斗精灵，还救了我们的一个孩子。"他冲我歪歪脑袋："是你干的吧？"

我不好意思地点了点头。

他对我的手杖挥了挥他的胖手："这就是你的武器？"

我又点了点头。

"用这个来对付精灵可不够，"他漫不经心地说道，"除非它是一根魔杖。"

一听这话，薇薇安倒吸了一口气，乌黑的双眼紧盯着我的手杖。我下意识地转了一下杖柄，把前几首歌留下的印记转到另一面。

一个男人托着盘子从我们身边走过，普鲁通从盘子里拿起一块热气腾腾、烤得焦黄的面包。他把面包从中掰开，使劲儿闻了闻刚出炉的面包的香气，然后递给我和丽娅一人一半。"吃吧，"他像是建议又像是命令地说，"你们需要力气。"

我们俩毫不迟疑地咬了一口。热面包嚼劲十足，一入口就能尝出玉米、黄油、莳萝和许多其他的味道。我和丽娅的目光相遇，她的眼睛就像日出时海上的天空一样闪闪发亮。

普鲁通转身对薇薇安说道："让他们干最简单的活——搅、拌和切。没有配方。"

他拎起两只沾满面粉的木桶，把它们交给丽娅："你把这两只桶装满，一只装大麦，一只装小麦，就在那边的口袋里。然后把它们送到高架子后面那间屋里的磨轮边。你可以在那里学学磨面和筛粉。"

他掸了掸短外套上的面粉："你呢，小伙子，你可以剁馅，就在准备心灵面包的案板那儿。"

薇薇安似乎吃了一惊："师傅，当真吗？"

"没错。"普鲁通肯定地说，"他可以剁种子。"他没有理会她吃惊的表情，转身对我说："小伙子，你要是干得好，我会教你更多的东西，说不定还会让你尝尝心灵面包。它不但能填饱你的肚子，还能让你的心灵充满勇气。"

我吞下最后一口面包，说道："谢谢，你给我的面包就已经够了。面包很好吃。"

他的圆脸放着光。"我说过，最重要的是了解你的原料。"他的嘴角闪过一丝诡秘的微笑，"你需要一把刀来剁种子，但我们现在刀不太够用。啊，很好，那边桌上还有一把。薇薇安，你领他过去，给他示范一下该怎么剁。我一会儿过来看。"

听到这话，女孩脸上露出了笑容。她轻盈地走到我和丽娅中间，用比刚才要温柔得多的声音轻声说道："大部分人管我叫薇薇安，但我的朋友们叫我妮姆。"她的苹果脸上漾起温暖的微笑："很高兴能帮助你，我会尽力的。"

"嗯，谢谢你，薇——妮姆。"我含糊地答道。难道我只是被她的关注弄得有些飘飘然？还是这个女孩身上有什么别的东西让我心跳加快？

丽娅的目光黯淡下来，她把妮姆推到一边："你先给他拿一把刀。"她用眼睛狠狠地警告了我一下。

她的介入让我有些不快。对我有什么好警告的？她又把我当成小孩了。

"来。"妮姆从丽娅旁边擦过。她轻轻抓起我的手，手指慢慢滑过我的前臂，让我浑身充满了一种不曾有过的温暖。她把我领到一个桌子旁边，桌上放满了蔬菜、种子、根茎和花草。一个上了年纪的女人坐在桌子的一头，灵巧地把原料分堆放好。桌子另一头站着一个留着稀疏胡子的年轻人，正在给一颗长得像大橡子的巨型坚果削皮。

"我们从这儿开始。"妮姆把我领到桌子的中间。她把一个装着一堆方形绿色蔬菜的碗拉了过来，刚煮好的蔬菜还在冒着热气。她从桌上的一块木头上拿起一把旧刀，熟练地把蔬菜切开，取出里面一颗扁扁的、发出暗红色光泽的菜籽。然后，她把她温热的手放在我手上，向我示范如何用快速旋转的动作把菜籽剁成小碎粒。

"瞧！"她亲切地说道，她的手仍然放在我的手上，"你要知道你真的很幸运。心灵面包是普鲁通师傅最拿手的，他很少让外人来做准备工作，更甭提来剁这些重要的种子了。"她又露出了她那特别可爱的笑容："他一定在你身上看到了什么特别之处。"

她轻轻捏了一下我的手才把手拿开。"我过一会儿来检查你的活儿。"她正要走开，又指了指我靠在桌边的手杖，"你的手杖要倒下来了。要不要我帮你把它放到一个安全的地方？"

不知为什么，我微微打了个冷战。不过，她无非是想帮我。"不必了，谢谢你。"我回答道，"它放在这儿挺好的。"

"哦，可我不想它被弄坏了。它非常……帅。"

她伸手要去碰它。就在这时，那个上了年纪的女人的膝盖碰巧撞到了桌子上。手杖往旁边一滑，倒在我的胯上。我抓住手杖柄，把它插到我外套的腰带里。

"看，"我对妮姆说，"这样就安全了。"

她的眼里似乎闪过一丝怒意，但我不是很确定，因为一转眼她又是和颜悦色的了。她飞快地转身走开，走了几步后又回过头热情地笑了笑。

我不由自主地也对她报以一笑，然后转过身来，从桌上拿起一棵紫色的菜。菜还在冒着热气，所以很容易就切开了。我小心地取出发亮的菜籽，刚要开始剁，那把旧刀突然裂成了碎片。真倒霉！我把没用的刀扔到了一边。

我得把活儿干好，不能弄砸了！我敢肯定普鲁通是在考验我，否则他怎么会交给我这么不寻常的任务？他甚至答应了，只要我干得好，他就会教我更多的东西。但我要是干不好，我就不能得到他的信任。我着急地用我的第三只眼四处张望着，想找到一把能用的刀。

没有。房间里所有的刀都在被人用着。我站起身，手杖仍然挂在我的腰带上。我又扫了一眼架子上、炉灶边和桌子下面。

什么也没有。

什么样的刀也没有。

这时，我的目光落到了挂在炉灶上方的那把生锈的剑上。它用起来不会太顺手，而且抓在手里脏兮兮的，但至少算是一把刀。

不行，我暗自思忖着，这个想法太荒唐了。我从来没有见过有人用剑当刀来切东西的。我咬着嘴唇，又在屋里搜寻起来，但还是一把刀也找不到，而且时间也白白浪费了，普鲁通马上就会来检查我的进度。我又把目光转向了那把脏兮兮的剑。

我看见最高的架子上靠着一架小梯子，便把它放到炉灶旁边。我爬到梯子最高一级，手也举到了最高，可还是够不到剑柄。我往四周看了看，想找一个比我高的人帮个忙，但屋里所有人都在专心致志地忙着自己的活。

我踮起脚尖，又试了试。快够着了！我又往上挺了挺。眼看就够着了……不行，就是差那么点儿。

我瞪着那把剑，心里暗自咒骂。为什么要把它挂得这么高？它应该被放在让人拿得到的地方才能派上用场，而我现在也正用得着它。不光是剁心灵面包的菜籽，而且还要靠它做更重要的事情。如果我不能赢得普鲁通的信任，我就无法救爱伦。

我把意念集中在旧剑上，试图找到什么办法来拿到它。如果我能让它像从前的深刃那样向我飞过来就好了。但俄纳尔达告诉过我，深刃能飞是靠它自身的魔法。

就在这时，我注意到剑柄上有几道浅浅的划痕，那可能只是些随意的印记……但也可能是别的什么东西，比如符号、字母之类。这把剑会不会像深刃一样也有具某种魔力？尽管想到了这一点，但我知道这种可能性很小。一把魔剑何以会出现在一个专门做面包的偏远小村里，平白无故地挂着生锈？

但是那些符号像是在召唤我。也许它们述说了剑的来龙去脉。

如果它真是一把魔剑，也许那些符号说的就是如何使用它，还有怎样让它向我飞过来。

我努力用我的第三只眼去读那些划痕，想捉摸出它们的含义。在一层层的灰尘和煤烟下面我分辨得出一种节奏、一种规律。那些印记有直线、曲线和拐角。我循着一个个隐藏的凹痕，把自己所有的力量都倾注了进去。

第一个字母变得清晰了。我读了出来！然后是第二个、第三个、第四个、第五个……一直到那个字的最后一个字母。剑柄上只有一个字，一个罕见的字。

我在心里默念着那个字，缓慢而小心地发音，细细地咀嚼它丰富的含义。作为回应，那把剑也对我开了口。它讲述了它辉煌的历史和更加辉煌的未来：我是过去和今天的光明之剑，我是以往和未来的国王之剑。

突然，剑脱离了墙。与此同时，剑柄上的污渍也消失了，露出了闪亮的银色。剑鞘和皮带焕然一新，变作锃亮的金属和结实的皮子，上面还镶嵌着紫色的宝石。剑像一片被风托起的树叶，翩然飞过灶台，落到我手里。

直到这时我才发现整个房间已经变得一片寂静。没有人动，没有人说话，所有的眼睛都在盯着我。

我的心往下一沉。我敢确定我会被当成一个奸细，我和丽娅会被赶出去，甚至更糟。

普鲁通看上去像是愤怒又像是震惊。他走上前来，两手叉在宽宽的胯上，审视了我一会儿。"显然，我一开始没把你当一回事。"

"对……对不起，你这把剑……"

他没理我，接着说他的想法："小伙子，你就像一块面团，已经发起来了，真是没想到。你只是需要足够的时间而已。"

"你是说……我可以用这把剑？"

"你可以留下它！"普鲁通高声宣布，"这把剑归你了。"

我眨眨眼睛，想弄明白刚发生的一切。我看见丽娅正骄傲地看着我。妮姆双手叉腰，但脸上是另一种表情，看上去更像是嫉妒。

"但我只不过是念出了它的名字。它叫……"

"小伙子，住嘴！"普鲁通举起了手，"不到万不得已，一个真名不该被说出来。你因为念出了剑的真名而让它从此服从你，你现在必须忠实地保护那个名字。"

我扫视了一眼这个房间，它被炉灶的光照得满屋通明，而且弥漫着新磨好的面粉、正在烘烤的面包和成百上千种香料散发出的香味。"我想我懂了。"我终于说道，"在这个村子里，人们在使用每一种原料之前要先了解它们的真名，只有这样才能掌握它们的魔力，并把它们的魔力放入面包里。这就是为什么你们的面包那么神奇。"

普鲁通缓慢地点了点头："很久以前，一群被施了魔法的天鹅把这把剑带到了这个地方。根据预言，有一天将有一个人读出它的真名，而这把剑会像一只天鹅一样主动飞入他的手中。因为在芬凯拉的所有居民当中，我们最看重真名的力量，所以这把剑一直由我们保管。但从今天开始，这把剑要托付给你了。"

他迅速把剑带系到我的腰上，调整好了剑鞘的位置："好好地用这把剑，把它保管好。因为还有一个预言说，这把剑有一天会属于一个伟大而有悲剧色彩的国王。他无边的魔力能够让他从一个石鞘里将这把剑拔出来。"

我直视着普鲁通的脸："那么他也会知道它的真名。因为真名里才有真正的魔力。"

就在这时，我的手杖吱吱响着，射出一道蓝光。一个新的印记出现了，是一把剑的形状，而这把剑的名字我已铭刻在心。

24

没有翅膀，没有希望

我和丽娅品尝了九种不同的面包，包括味道比我记忆中还要好的仙果面包之后，才恋恋不舍地离开了普鲁通的厨房。然后，面包大师又在我的挎包里塞了一些新鲜出炉的心灵面包，才送我们上路。我们走出门，一来到熙熙攘攘的广场上，就看见邦拜威正东倒西歪地靠在大面包喷泉的底座上。

瘦高个的小丑正捧着胀鼓鼓的肚子痛苦地呻吟着。他脸色发绿，脸一直耷拉到最下面一层的下巴上。金黄色的面团弄脏了他带帽的斗篷，也粘在他的头发、耳朵，甚至眉毛上面。他的三角帽被面团塞住了，顶在他头上发不出一点声音。

"噢，"他唉声叹气地说道，"撑死我了！这是多么痛苦的终结。"

我差点笑了起来，但一想起自己有关靴子的诺言，又忍住没笑出来。

邦拜威一边呻吟，一边断断续续地向我们解释：他本来是站在面包喷泉旁边，边看边闻从喷嘴里流出来的香浓的液体，然后又忍不住凑到了池边，大口大口地吸着香气。最后他终于伸出两只手，从池子里舀起那妙不可言的面团，直接放进了嘴里。他觉得味道不错，于是又吃了更多。等他意识到面才刚刚开始发酵时，已经太迟了。面果然发了起来——在他的胃里，结果是他的肚子痛到连他自己都无法形容。

我把手杖靠在喷泉边，在他身旁坐了下来。丽娅也和我们坐在了一起，她双手抱膝，看上去活像一捆棕绿色的藤蔓。斯兰陀的村民们在我们眼前跑来跑去忙着自己的事，他们像军队一样动作迅速，目标明确。

我叹了口气。我知道我们虽然有目标，却没有速度，而且我们前面的路还长着呢。

丽娅向我伸出一只裹着藤叶的手臂。"你是不是担心时间来不及？月亮消失得很快。"她犹豫了一下，"梅林，只剩下五天了。"

"我知道，我知道。要得到跳跃之歌我们必须原路回到瓦里高，再翻一次老鹰峡，而且在黑山岭可能又会遇到麻烦。"我用手指抚摸着挂在腰上的剑鞘，"甚至是更大的麻烦，大得连魔杖和魔剑也对付不了。"

丽娅对邦拜威摆了摆头："还有他怎么办？他连坐都坐不起来，更别提走了。"

我打量了一下那个唉声叹气、浑身粘满了面团的人："我这么说你可能会感到意外，可我觉得不应该甩下他，他在悬崖上真的是为你豁出去了。"

她伤感地笑了笑："我一点也不感到意外。"

"那我们该怎么办？"我挺了挺酸痛的肩膀，"我们要是能飞就好了。"

丽娅咽下了一小片仙果面包："就像那些失去翅膀之前的老一辈芬凯拉人一样。"

"我需要的不仅仅是翅膀,"邦拜威说道,他身子动了动,侧到了一边,"我需要一个全新的身体。"

我凝视着靠在喷泉边的手杖。手杖上幽暗的印记是一只蝴蝶、一对翱翔的鹰、一块裂了缝的石头,现在又多了一把剑。我们走了这么远,成就了这么多,但如果在期限之内找不到其他歌曲的灵魂,所有这些努力就全都白费了。

我默诵着剩下来的几首歌,想从中找到一线希望:

跳跃能力是第五
瓦里高城藏杀机

消灭本领是第六
睡龙巢穴见高低

看见天赋在最后
遗忘岛上有魔咒

现在动身去寻找
另一世界的井口

我计算着这些歌曲要求的路程,心不由得沉了下去。就算长了翅膀，我也不可能完成这么远的距离，何况我还要面临各种挑战：找到灵界井，躲开独眼巴洛，到达黛格达的住地，拿到宝贵的不死仙丹。我要在……短短五天之内做到这一切。

我要是有压缩的本领就好了：跳过一首歌，或是直接去神灵的国度。但是想归想，我仍然牢记着图阿萨曾经警告过要避免这种愚蠢的错误。

我用拳头捶打着地面："丽娅，我们怎么才能做到？"

她正要回答，四个男人抬着一口其重无比的大黑锅，摇摇晃晃地朝喷泉走来。他们不管前面是否有人，只一个劲儿跌跌撞撞地往前冲。从我和丽娅中间走过时，他们差点踩到了可怜的邦拜威，小丑哼哼唧唧地滚到了一边。他们把大锅斜靠在池沿上，把一种丁香味的棕色糊糊咕嘟咕嘟地倒进了池子里。

他们抬着空锅正要离开，一个圆脸蛋的小男孩向我跑了过来。他激动地抓住了我的外套。

"高尔威！"我大声叫道。看见他焦虑的表情，我愣住了。

"她拿走了，"他上气不接下气地说，"我看见她拿走了。"

"拿走了什么？"

"杀妖棒！她拿走了。"

我疑惑不解地抓住他圆滚滚的小肩膀："杀妖棒？什么杀……"

我猛地看了一眼喷泉。我的手杖不见了！

"谁拿的？"

"那个高个子女孩。"高尔威指了指村子的大门，"她朝那个方向跑了。"

妮姆！我跳起身，一把推开喷泉边的村民，跳过一条正在睡觉的狗，飞快地跑出木门。我站在其中一棵大铁杉树下，扫视着门外的草原，然而一层浓雾遮住了远方的景物。

没有妮姆的踪影，也没有我的手杖。

"就要走了？"

我转身一看，是那个门卫。他站在树荫下面看着我，手仍然握着剑柄。"我的手杖！"我大声说道，"你有没有看见一个拿着我手杖的女孩？"

他慢慢点了点头："那个叫薇薇安又叫妮姆的女孩。"

"就是她！她去哪了？"

门卫扯了扯垂在耳边的头发，又指了指起伏的浓雾。"那边什么地方，雾的另一端。她可能去了海边，也可能去了山那头。我也不清楚。我只注意进来的人，不注意出去的人。"

我跺着脚问道："你难道没看见她拿着我的手杖吗？"

"看见了。你的手杖很醒目。不过这已经不是我第一次看见她说服别人和他们的宝贝分手，所以我也没把它太当回事。"

我眯起眼睛："她没有说服我！她是偷走的！"

他会意地咧嘴一笑："这种事我也听说过几回。"

我厌恶地转过身去，看着乌云密布的草原。我竭尽全力用我的第三只眼去寻找那个小偷的踪影，但看见的除了雾还是雾，在不停地飘来飘去。我的手杖，我宝贵的手杖！它充满了德鲁玛森林的活力，它被图阿萨的手触摸过，它有七歌的魔力刻下的印记。现在它不见了！没有它告诉我是否找到了每首歌的灵魂，我就毫无希望。

我耷拉着脑袋，脚步沉重地穿过大门，走回广场。一个捧着一摞面包的男人撞到我身上，几条面包掉到了地上，但我几乎没有注意到，我的脑子里只有我的手杖。我回到喷泉边，一头倒在丽娅身旁。

她盯着我的脸，用她的食指钩住我的食指："手杖没了？"

"什么都没了。"

"一点不错，一点不错，一点不错。"邦拜威揉着他胀鼓鼓的肚子，唉声叹气地说道。

丽娅拿起我的挎包打开来，拿出普鲁通的心灵面包，撕下一小块，放进我手里。空气里立刻充满了一股像烤鹿肉一样浓郁的香味。

"拿着。普鲁通说它会让你的心灵充满勇气。"

"要救我妈妈光靠勇气还不够。"我小声说，咬了一小口面包。

我嚼着面包，只觉得种子的颗粒在我的嘴里迸裂，释放出一股浓烈的香味，还有更多。我挺起背，深吸一口气，感觉到我的肢体里产生了一股新的力量。我又咬了一口面包，但我还是不能忘记一个事实：我失去了手杖，也就失去了探寻的使命。没有手杖，没有时间，没有飞到芬凯拉另一头的翅膀，我还能干什么呢？

眼泪涌上了我失明的眼睛："丽娅，我干不了，我干不了了。"

她掸开几块干硬的面团，朝我坐近了一点。她轻轻地摸着爱伦给她的用橡木、桦木和山楂木做的护身符："只要我们还有希望，我们就有机会。"

"你算是说到点子上了！"我挥舞着拳头，差点碰到了面包喷泉的底座，"我们没有希望。"

就在这时，一个暖暖的东西拂过我的脸颊，是比抚摸、比空气还轻的轻轻一触。"艾姆里斯·梅林，你还有希望。"一个熟悉的声音在我耳边低语着，"你还有希望。"

"艾拉！"我跳起来，向空中伸出手臂，"是你。"

"看见了吧？"邦拜威悲切地说，"这个可怜的孩子压力太大了。他疯了，在对空气说话。"

"不是空气，是风。"

丽娅的眼睛一亮："你指的是……风妹妹？"

"是的，丽娅楠。"一个轻柔的笑声从空中飘来，"我来这里带你们三人去瓦里高。"

"啊，艾拉！"我高声说道，"你带我们去那里之前能不能带我们先去另一个地方？"

"艾姆里斯·梅林，去找你的手杖？"

"你怎么知道？"

风妹妹的话从空中落下，就像一股从地下冒出的泉水浇在泥土上。"没有什么能够一直躲过风的眼睛。一个偷偷摸摸的女孩躲不过，她用来藏宝贝的秘密洞穴躲不过，就连她想有一天靠魔法来操纵大权的欲望也躲不过。"

我气得血往上涌："我们还能在她赶到她的山洞以前追上她吗？"

突然，一阵狂风卷过广场。帽子、斗篷、围裙被吹到了空中，像秋天的落叶一样翻转着。一转眼，我的靴子也离开了地面。丽娅、邦拜威和我飞了起来。

嘈杂的声音

当我们从村子的广场升到空中时，站在喷泉附近的几个人吓得尖叫起来，但谁也没有可怜的邦拜威叫得响。而我则在空中自由地摆动着双腿，尽情感受飞翔的刺激。这种刺激我只体验过一次，那一回是趴在麻烦背上的羽毛中。但这一次的感觉更强烈，也可以说更可怕，因为我不是被托在另一个身体上，而是直接被风举到了空中。

艾拉很快把我们带到了高空，用一层空气托着我们。斯兰陀村面包状的房屋淹没在雾里，面包喷泉那金色的池子渐渐变淡：棕黄色，棕色，最后成了白色。云把我们完全吞没了，我们除了自己什么也看不见。我可以听见周围的空气呼呼作响，但声音又不是太大，因为我们不是在逆风飞翔，而是在顺风飞翔。

"艾拉！"我喊道，"你在雾里还能找到她吗？"

"耐心点。"她回答道。她轻飘飘的声音从上面和下面同时传过来。随着我们在空中降低，云层变得越来越厚，我们向右斜去。

丽娅满脸兴奋地向我转过身来。我俩好像是驾着同一片云，近得可以触摸到对方，但又远得足以感觉到十足的自由。邦拜威却是一副惨状。他的脸上还粘着面团，每一次晃动都让他的脸显得更绿。

突然，我们正下方雾的缝隙里出现了一个人影。妮姆！

她黑色长发披肩，在草原上坚定地大步往前走，手里提着我的手杖。我几乎听得见她自鸣得意的笑声。她一定正在想该把我的手杖放到她宝洞里哪一个尊贵的位子，要不就是怎样设法利用手杖隐藏的魔力来达到自己的目的。我们靠近了地面，三个幽灵般的影子投到地上，我自己的脸上也露出了一丝微笑。

她感觉到了什么，猛地转过身来。看见我和我的伙伴们从天而降，她发出了一声尖叫。她还没来得及转身逃开，我已经张开双臂，两只手抓住了手杖多节的顶部。

"有贼！"她抓紧她的战利品哀号道。

我俩你拉我拽，都想把手杖夺下来。艾拉再次将我举到空中，妮姆的脚也离了地，两条腿拼命踢着。我的背和肩被拉得很痛，但我没有松手。气流打在她的身上，把她甩来甩去，但她也不肯放弃。我们往下掉了一点，迎面出现了一簇荆棘。妮姆从荆棘丛中飞过，腿被划破了，袍子也被撕开了口子，但她还是没有放手。

我感觉手杖在我汗湿的手里往下滑。她的重量把我的肩膀拉得生疼，我的胳膊开始发麻。与此同时，妮姆继续扭过来拧过去，拼命想挣脱。

我们猛地向左边一斜，朝着一堆锯齿状的岩石飞了过去。眼看妮姆就要撞上去了，她看到了越来越近的障碍物，惨叫一声，终于松开了手。

只听砰的一声，她仰面朝天重重地摔到了岩石堆旁边的地上。我有气无力地拎起手杖，凝视着上面熟悉的标记，那一对鹰的图案被我的汗水弄得亮晶晶的。我找回了我的手杖和我的希望，觉得自己又变得完整了。

雾气更浓了。我看了一眼地上的妮姆。她坐起身来，眼里冒着怒火，像一个婴儿似的在草地上蹬着腿。她挥舞着攥紧的拳头，嘴里骂骂咧咧地嚷着要报仇。妮姆越变越小，一眨眼便消失在浓雾里，她的叫声也被风的呼啸声取代了。

我用颤抖的手转着手杖："艾拉，谢谢你。"

"别客气，艾姆里斯·梅林。噢，太好了。"

风把我们带到了更高的地方，直到雾开始散开，变成大海里一层层起伏的白浪。雾船鼓起风帆，却又碰上氤氲的海岸。不停翻滚着的云层从我们身上卷过，水花湿透了我们的全身。

我向丽娅转过身去，她眼中的喜悦和妮姆眼中的愤怒一样强烈。"你看得真准。我不知道是怎么回事，她一上来就让我昏了头。真希望我有你的……我妈妈管它叫什么来着？"

"莓子，"她笑着说道，"也叫作直觉。"她在薄雾里伸展了一下胳膊，好像拍打着一对翅膀："觉不觉得这很棒？感觉真自由啊！好像我自己就是风。"

"丽娅楠，你就是风。"艾拉缥缈的胳膊环抱着我们，"你们的身体里面都住着生灵，那些生灵的声音就是直觉。"

我看着四周一缕缕的云，艾拉在我耳边轻声细诉："艾姆里斯·梅林，你也有直觉，你就是不太会听。实际上男女老幼的声音你都有。"

"女的声音？我有女的声音？"我不屑地说，拍了拍我的剑，风嗖的一声吹过，"我是个男孩！"

"是的，艾姆里斯·梅林，你是一个男孩。当男孩很棒！有一天，你也许会发现你可以是更多。能听也能说，能播种也能收割，能创造也能建设。然后你会发现一只蝴蝶翅膀轻轻的一颤和让高山移动的地震具有同样强大的力量。"

她的话刚刚说完，一股气流突然让我们一震。我和丽娅撞到了一起，邦拜威大叫一声，胳膊和腿一阵乱舞。他的铃铛帽子飞上了天，幸好被丽娅一把抓住。不过还是有几块面团飞了出去，让他的帽子又是一通乱响。

突然，我们冲出了云层，鹰一般迅疾地飞到了蓬松的云朵之上。下面远远的地方，芬凯拉好像一块色彩绚丽、图案精致的挂毯般铺展开来。黑山岭藏在阴影里，连绵不断的山脊间偶尔夹杂着树丛和乱石。老鹰峡红栗色的峡谷向南蜿蜒伸展，还有阳光在起伏的锈原上投下斑斑点点。

我在风的魔毯上俯身向前，凌空翱翔。有一瞬间我感觉自己又变成了一条鱼，在空气里而不是在海洋中滑行。我被看不见的气流托起，在我呼吸着的空气里轻盈地游弋。

往北看去，我的目光追随着一个幽暗的半岛曲折的海岸线，直到它消失在薄雾里。我们的下面，弯曲的河流闪闪发光，山变得越来越大。我隐约瞥见了山的那一端脸湖阴森森的剪影。我想起我在黑暗的湖水里见到的情景，还有巴洛致命的独眼，顿时觉得有一根冰凉的手指从脊梁骨上划过。

这时，我在呼啸的风声里听见了一阵微弱的隆隆声。它来自前方的雪山，山顶在黄昏的余晖中闪着光。那隆隆声越来越响，犹如飞泻而下的雪崩，让人感觉雷鸣本身就是这块土地的一部分。

果然如此，因为我们来到了巨人的家园。雷鸣般的隆隆声更响了，艾拉把我们放到了一个小土丘上，上面长满了又短又粗的草。土丘四周是陡峭的岩石岗，只有为数不多的几块绿地。我们脚下的土丘和四周的悬崖都被这响声——或是发出这响声的东西——震得摇晃起来。

邦拜威的脚一着地，便跌跌撞撞地冲进了一个巨大的由叶子、树枝和羊齿草堆成的草堆里。那个草堆不知为什么会在那里，它几乎占了土丘一半的面积，就像一座树枝搭成的小山。邦拜威把自己扔了进去，又往高处爬了爬，然后摊开身体躺了下来。他在四周的轰隆声中提高了嗓门喊道："要是我在地震中丧了命，我也得找个软一点的地方！"

他把头下面的碎树枝弄平整了些。"再说我现在消化不良，而且还没从刚才的兜风中恢复过来。"他闭上眼睛，扭一扭身体，让自己在草里陷得更深了。"真不可思议，一天里差点被弄死两回。"他打了个哈欠，铃铛跟着摇了摇，"如果我不是个乐天派，我就会说今天我还会碰见更倒霉的事呢。"

几秒钟后，他已经在打鼾了。

"祝你好运，艾姆里斯·梅林。"因为四周的隆隆声，我耳边的声音比平时大了些，"我很想和你多待一会儿，但我必须飞走了。"

"真希望你可以不走。"

"我知道，艾姆里斯·梅林，我知道。"艾拉温暖的呼吸抚摸着我的脸颊，"或许，我们后会有期。"

"又要飞了？"丽娅抬起双臂，好像它们是一对翅膀一样，"像风那样？"

"也许吧，丽娅楠，也许。"

嗖的一下，风妹妹飞走了。

26

跳跃

　　一声巨响从土丘下峭壁环绕的山谷中传来，地面又震动起来，晃得我和丽娅往后倒了下去。一只紫色翅膀上点缀着白斑的圆滚滚的鸫鸟从粗硬的草丛里尖叫着向远处飞去。我坐起身来看看邦拜威，他仍然在草叶堆里安详地打着鼾。我无法想象得有多大动静才能把他弄醒。

　　我和丽娅四肢着地，慢慢爬到土丘边沿，朝下面的山谷望去。就在这时，山谷上方一整片悬崖突然裂开，摇摇晃晃，然后在一阵飞尘走石里滚了下去。空中又传来一声巨响，我们脚下的地面再次剧烈地晃动起来。

　　烟尘消散之后，我看清了下面正在劳动的身影。即使从远处看去，巨人们也显得庞大有力，而且令人生畏。他们有的在用松树般大小的锤子砸开巨石，有的把石块运到山谷中央。一块五十个人类加在一起才能抬动的石头，在巨人们手里就像一捆夏天的干草一样。

　　不远处，更多的巨人在把灰白色的石头切割成形，另外一些巨人则把它们砌成一个正在兴建的城市里的高塔和桥梁。这就是瓦里高，芬凯拉最古老的城市。它被斯坦格马的战斗精灵毁灭，现在巨人们又在一砖一石地重建。那粗石砌成的高墙和尖塔就像环绕着山谷的悬崖峭壁和白雪覆盖的山峰。

巨人们一边干活，一边用低沉浑厚的调子唱着歌。他们的歌声在崖壁间回响，仿佛彼此碰撞的石头发出的迸裂声。

> 海高多丁凯塔安休
> 哈德莱得利斯茅威丹
> 高安斯埃拜劳恩温卡布里
> 瓦里高顿芬凯拉
> 德拉维亚，德拉维亚，芬凯拉
>
> 哈德亚瓦丹坦道非
> 柔萨门亚，拉尔仁凯
> 霍什瓦昂迪纳毛斯托洛
> 瓦里高顿芬凯拉
> 德拉维亚，德拉维亚，芬凯拉

我想起来了，同样的声音曾经在巨人之舞中吟唱着《籁德拉》，结果隐堡在他们的歌声中轰然倒塌。那仿佛已经是很久以前的事了。我还记得，当我还是爱伦怀中的婴儿时，她就曾经给我唱过这首歌。

> 能说话的树，会行走的石头

巨人们是岛的骨头

我们的舞蹈懂得这片土地

瓦里高为芬凯拉加冕

地久天长，地久天长，芬凯拉

巨人的呼吸，风暴的怒吼

拂过波浪让河水慢流

在这岛上白雪的国度里

瓦里高为芬凯拉加冕

地久天长，地久天长，芬凯拉

邦拜威打着鼾在草堆上翻了个身。一根细细的蕨梗插进了他的头发，好像直接从他耳朵里长出来一样。他每呼吸一次，他的铃铛就像炸了锅的石子儿般一通乱响，但小丑丝毫不被惊扰，继续呼呼大睡。

我转过身来，看到在靠近谷底的地方，一个头发蓬乱的女巨人正在用肩膀把一座石塔的基座推到合适的地方。从远处看，她很像在代表大会开始时让老鹰落在她宽肩上的那位女巨人。我怀疑我的老朋友席姆也在下面某个地方劳动，或者更可能的是，在尽量逃避劳动。虽然我十分渴望再见到他，但我没有时间去找他。

"喂，"一个优美的声音在我们身后响起，"你们为什么到巨人这儿来？"

丽娅和我转过身，一个白皙的高个女子正坐在一块长满青苔的圆石头上，那块石头几秒钟前还是空的。她的一头金发长及膝盖，像一束束光一样落在她身上。她穿着一件简单的淡蓝色长袍，但她的姿态让那长袍看上去像一条幽雅的长裙。她的眼睛异常明亮，仿佛心中有火焰在熊熊燃烧。

虽然她很讨人喜欢，但我不为所动。也许我没有丽娅的直觉，但我不会让发生在妮姆身上的事情重演。我抓起草地上的手杖放到身边。

亮眼睛的女子轻声笑了起来："看样子你不信任我。"

坐在草地上的丽娅直起身子，似乎在端详着那个女子的脸，然后她吸了一口气说："我相信你。我们来这儿学习跳跃。"

我差点跳了起来："丽娅，你压根儿不认识她！"

"我知道我不认识她，但我……好像又认识。她让我想要信任她，就像信任那些莓子一样。不知道为什么她让我想起……夜最黑时闪耀的星星。"

女子慢慢站起身来，长发在腰际摆动着："姑娘，那是因为我是星神。我是你认识的星座之一。"

丽娅不顾脚下晃动的地面，站了起来。"圭尼，"她轻声叫道，轻得我在隆隆的摇晃声中几乎听不见她的声音，"你是金发圭尼。"

"是的，我住在天空的最西端。在你们看着我的时候，我也在看着你，丽娅。还有你，梅林。"

我目瞪口呆，挣扎着站了起来。那似乎是很久以前了。那个夜晚，在绍莫拉树下，丽娅第一次指给我看金发圭尼，而且教会我一个看星座的全新方法。她告诉我要凭星座间空间的形状而不是星座本身的形状去辨认它们。

草坡上，丽娅向圭尼走近了一小步："你为什么大老远跑到这儿来？"

圭尼又笑了，笑得比刚才更开心。这一回，有一圈金色的光芒环绕着她。"我来这儿帮助巨人们重建他们古老的城市。你们知道吗？很久以前，瓦里高初建时，黛格达彻夜工作，在一座高山的石壁上刻出了第一个巨人，而我就站在他身边为他照明。"

"你来一趟路可真够远的。"

"是啊，梅林，我是跳跃过来的。"

我两腿一软，不过不是因为脚下晃动的地面："跳跃？你……你能把我所需要了解的告诉我吗？"

"你已经了解了这首歌的灵魂，"圭尼说，"你只需要在你自己的心中找到它。"

"可是我们没有时间了！月亮还剩下不到四分之一，而我妈妈……"我喉头发紧，声音变得微弱，"她快要死了。都是因为我的错。"

圭尼仔细端详着我，似乎在倾听我内心最深处的声音。下面的山谷继续摇动着，但她好像根本注意不到："你究竟做了什么？"

"我找到了会说话的贝壳，它的魔力把我妈妈带到了这里。"

圭尼歪了歪头，长发瀑布般沿着她的胳膊坠下："不，梅林，再想一想。"

我困惑地摸摸下巴："但那个贝壳……"

"再想想。"

我看到了丽娅的眼神："你的意思是……是我，不是贝壳。"

圭尼点点头："贝壳需要靠你的魔力去完成，尽管你的跳跃能力尚未成形。也许有一天你会掌握它，那时候你就能把人、物件或者梦发送出去，你还能够按照你的意愿在不同的世界甚至时间中穿越。"

"时间？"一个模糊的记忆在我脑海里闪过，"我很小的时候曾经梦想过回到过去，那样我就能一遍遍重温我最钟爱的时刻。真的！"

她的脸上浮现出一丝淡淡的微笑："也许你也能够掌握这个能力，然后你就会越活越年轻，而你周围的人却在一天天变老。"

尽管这个想法令我着迷，我还是摇了摇头："那只是一个梦。我恐怕永远也不能掌握任何本领。看我把妈妈带到芬凯拉惹了多大的祸！"

"告诉我，"圭尼说，"你从中学到了什么？"

地面又晃动起来。离我们最近的悬崖上岩石松动，叫嚣着坠落谷底，扬起一阵尘雾。我抓紧手杖努力站稳："我学到了，跳跃就像其他魔法一样，也有它的局限性。"

"说得对，即使是伟大的黛格达神也有他的局限性。尽管他对宇宙万物的力量无所不知，但他也没有能力让死人复生。"圭尼突然露出痛苦的表情，仿佛回忆起很久以前发生的事情。过了好一会儿，她才开口道："你还学到了什么？"

我迟疑着，在草地上移动了一下："嗯……还有就是在把人或者事物带到一个新的地方之前，一定要三思而行，因为你所做的一切可能会带来并非你想要的后果，严重的后果。"

"你认为这是什么原因？"

我攥紧手杖多节的顶部，努力思考着。风呼啸着从山梁穿过，刮疼了我的脸。"因为一个行动连接着另一个行动，把一颗石子扔错了地方可能会引起一场滑坡。天下万物，彼此相关。这是一个真理。"

圭尼爆发出一阵笑声，我的手杖在同一时刻喷射出蓝色火焰。一轮金色光环在空中环绕着她，一颗星套在一个圆圈里的图案也出现在我的手杖上。我用手指摩挲着它。

"你学得很好，梅林。每一个事物都在星光灿烂之歌中扮演自己的角色。"

我想起了阿芭萨墙上的那段话，点了点头："要是我现在就会运用跳跃的魔力就好了，因为我必须尽快找到一个龙的洞穴，虽然我压根儿不知道从哪儿开始找。"

圭尼转向东方，长发闪着金光。"你所要找的龙和多年前被你祖父图阿萨用魔法催眠的是同一条龙。但即使以你祖父的魔力也不足以抵抗灵界井的看守巴洛。如果你能通过龙那一关，你觉得你自己会比你祖父的结局更好吗？"

"不会，我只希望能试一试。"

她专注地看了我良久。"睡龙的洞穴在失落之地，与这里一水之隔，而且碰巧离灵界井不太远。不过这对你影响不大，因为你在去灵界井前必须先去遗忘岛。"

我用手指抚摸着手杖上新的烙印："你可以把我们送到龙穴去吗？"

圭尼的眼睛更亮了："我当然可以。但我更想让另一个人来做这件事，一个你认识的人。他可以用和我差不多同样快的速度把你送过去。"

我和丽娅交换了一个疑惑的眼神。

圭尼指了指四仰八叉躺在那个巨大的草垛上的苦脸小丑："你那个正在睡觉的朋友。"

"邦拜威？你在开玩笑吧？"

圭尼哈哈大笑。"不是他，不过我敢说他有一天也能出其不意地显示一番跳跃的本领。"她又指了一下，"我说的是在他下面睡觉的那个朋友。"

我还来不及问她是什么意思，圭尼变得越来越亮，亮得我的第三只眼都无法正视。我和丽娅一齐背过脸去。几秒钟后，亮光倏地消失了。我和丽娅转回身，金发圭尼已经不见了踪影。

就在这时，那个大草垛动了起来。

再渡海峡

　　草垛突然斜向一边，把邦拜威抛到半空中。他的铃铛像铁匠铺一样响了起来，而他的尖叫声更盖过了谷底的喧嚣，与我和丽娅的惊叫声混成一片。

　　草梗、叶子、蕨枝纷纷扬扬地从草垛上的缺口处向外飞去。那堆草拱一拱、扭一扭，坐了起来，两只巨大的胳膊左右张开，两只毛茸茸的脚踢去上面的草屑。一个头抬了起来，露出大大的粉红色的眼睛和一张正在打哈欠的大嘴巴。眼睛下面，一个巨大的鼻子像一颗圆鼓鼓的土豆一样突出。

　　"席姆！"我和丽娅同时叫道。

　　巨人打完了哈欠，惊奇地看着我们。他揉揉眼睛，又看了一遍："你们系梦还系真的？"

　　"我们是真的。"我肯定地说。

　　席姆怀疑地皱了皱鼻子："真的，真实的，千真万确的？"

　　"真的，真实的，千真万确的。"丽娅上前一步拍拍矗立在她面前的大脚，"真高兴又见到你，席姆。"

巨人高兴地笑了，伸出一只手把我们撮进他的手掌。"我还以为我在做梦呢！系你们，真的系你们。"他把鼻子凑近我们闻了闻，"你们身上有面包的味道，系好吃的面包。"

我点点头："是仙果面包，和我们那天晚上在凯尔普瑞那儿吃的一样。你还记得吗，席姆？我应该给你带一点的。但我们太匆忙了，真的是太匆忙了。"

那个庞大的鼻子又皱了起来："你还系那么疯狂吗？"

"也可以这么说吧。"

"从我们第一次见面起，你就很疯狂！"巨人在草堆上摇晃着身子，发出洪钟般的笑声，把一些石头震得滚下山谷，"那天你差点让咱们被几千只蜜蜂蜇死。"

"你自己就是一个笨笨的蜜球。"

丽娅勉强用双膝在那肉乎乎的手掌里直起身，也加入了："你以前个子那么小，我认定了你是个侏儒。"

席姆粉红色的眼睛骄傲地发着光："我再也不小了。"

谷底又传来一阵巨响，整个山梁都在摇晃，就连席姆粗壮的胳膊也像狂风中的树一样摆动起来，我和丽娅连忙抓住他的大拇指。

他的表情变得严肃起来："他们在下面很努力地劳动。我应该把草送下去用来做饭的。"他突然露出几分狡黠："我刚刚只想在草堆里打个滚，睡一小觉。就系打个小盹儿而已。"

"我们很高兴你睡了一觉，"我回答道，"我们需要你帮忙。"

草垛缺口的另一端传来一声长长的痛苦的呻吟。我还没来得及说什么，席姆已经伸出那只空着的手，揪着邦拜威厚厚的斗篷把他拎了出来。倒霉的小丑身上挂着断枝残梗，整个脸皱成了一团，看上去奄奄一息。

丽娅担心地看着在空中荡来荡去的小丑："你看没看到席姆醒过来时他飞了起来？"

我冲她嘲弄地咧嘴一笑："那大概就是圭尼所说的跳跃吧？"

"嗷……"邦拜威捧着脑袋呻吟着，"我的头感觉就像一块从悬崖上滚下去的石头！我肯定是从这堆什么上滚……"突然，他意识到自己正被一个巨人拎过土丘。他挣扎着去打那个勾着他的衣领的巨大拇指："救命！我要被吃掉啦！"

席姆嘟囔着对那蓬头垢面的小丑摇摇头："你一看就不怎么好吃，我才不会把你放进嘴里。"

我冲邦拜威摆摆手："别担心，这个巨人是我们的朋友。"

邦拜威继续在席姆的鼻尖前猛烈地晃来晃去。"如此悲剧！"他哀号着，"我所有的幽默和智慧，就这样永远消失在一个巨人的食道里。"

席姆把他丢到另一个手掌上。邦拜威落在丽娅和我旁边。他挣扎着站起来，冲着席姆的鼻子抡了一拳，然后脸朝下绊了个大马趴。

席姆咧开大嘴笑了："他至少还挺逗的。"

正试图重新站起身来的邦拜威愣住了："你是真心的吗？我能把你逗笑吗？"

"没那么可笑，"席姆瓮声瓮气地说，他的声音几乎把我们从他手掌上吹下去，"也就系让我咧咧嘴而已。"

小丑终于站了起来，他一边挺起胸、抻直身上的斗篷，一边试图保持平衡。"好巨人，你比我原先想的要聪明。"他笨拙地鞠了个躬，"本人欢乐邦拜威，是……"

"什么也不是。"我不去理会他的白眼，对席姆说道，"我刚才说了，我们需要你帮忙。我们要去龙穴，就是多年前和图阿萨交过手的那条睡龙，在海峡那头的某个地方。"

一阵疾风呼啸着刮过悬崖，巨人的笑容消失了："你在开玩笑。"

"他恐怕不是在开玩笑。"邦拜威说着，又恢复了平常的阴郁，"你干脆抢在龙的前面把我们吃掉算了。"

"如果真是一条睡龙，"丽娅问道，"那它能有多危险啊？"

"很危险！"席姆发出雷鸣般的声音，整个身体像暴风雨中的大树一般摇晃着。"首先，龙即使睡着，它的肚子也系饿的。最后，它随时都可能醒过来。"他顿了一下，歪着头想了想，"没人知道图阿萨的催眠术什么时候会消失，龙什么时候醒，不过传说这会发生在芬凯拉最黑暗的一天。"

邦拜威叹了口气："在我看来不过是普通的一天。"

"住嘴！"我盯着席姆，"你能马上带我们去吗？"

"好吧。但这太疯狂了！肯定、确定、绝对的疯狂。"他扫了一眼满布灌木丛的土坡，咬了咬大嘴唇，"但我先要把这些草秆搬到下面的瓦里高。"

"别，请不要。"我恳求道。我看了看午后的天空，很怕看到升起的那一弯月亮："每一分钟都是宝贵的。席姆，我快没时间了。"

"反正我现在去送那些扎人的草秆也已经太晚了。"

"那你会带我们去了？"

作为回答，席姆站起身来，沿着山脊迈了一大步。这猛地一动让我们三人在他的掌心滚作了一团。我们在巨人富有弹性的步伐里费力地分开来，只有邦拜威的头和肩膀还被他的斗篷紧紧缠着。他拼命试图挣脱，他的铃铛则仁慈地在他的斗篷里保持着沉默。

与此同时，我和丽娅爬到席姆的掌沿，透过他的指缝朝外看去。风刮过我们的脸，风景在我们眼前变化。席姆的步子那么大，巨人的吟唱和他们干活发出的巨响很快就完全消失了。大片的巨石在他脚下就好像一堆堆的鹅卵石一样被他踩得粉碎。我们需要几天时间才能翻越的山口，他几分钟就跨了过去。横越冰河裂缝对他而言就像兔子跳过一根木棍那样轻松。

不久，地貌开始变得平坦。山坡上的树木取代了白雪覆盖的山梁，峡谷扩展成点染着黄色和紫色花朵的宽阔草原。席姆只停下过一次，他对着一棵苹果树吹了口气，让苹果雨一般纷纷落下。我和丽娅大快朵颐，只有邦拜威还是没有胃口。

席姆走得飞快，当他沉重的脚踩进水里时，我才注意到前方那一望无际的蓝色。一转眼，他已经在海峡间跋涉，四周环绕着尖叫的海鸥。他雷鸣般的声音惊动了海鸟："我记得你把我扛过了那条很急的河。"

"是啊！"我在风声和海鸥的叫声中高声回答，"水太急，我不得不把你扛在肩上。"

"现在大不一样了。肯定、确定、绝对不一样了。"

我的第三只眼眺望着海峡的另一端，注意到地平线上出现了一溜黑色的山峦，高高低低好像一排不整齐的牙齿。失落之地。我想起了凯尔普瑞对这片土地的描述：没被探查，没有图标。一条凶恶的龙就睡在山间的什么地方，难怪如此。我不由自主地把手伸向剑柄。

几分钟后，席姆走出海峡，用毛茸茸的脚拍打着海岸。他把我们放在一块宽阔平坦的岩石上。这里寸草不生，就连落日的光芒也没有给这片土地增添几分柔和的色彩，只有盖满发亮的黑色灰烬的岩石一直延伸到内陆的远山。空气中弥漫着焦炭味，好像被遗弃的火塘。

我意识到，整个海岸线和上面曾经生长过的一切都在熊熊烈焰中付之一炬，就连那些岩石也在连续的高温和大火中被烧得开裂变形。我扫视着高低不平的山岗，发现了火的来源：一缕细烟正从不远处的一片低谷蜿蜒上升。

"那就是我们要去的地方。"我宣布。

席姆一脸担忧地低下头，下巴几乎碰到了我的手杖顶端："你确定吗？没人专门去拜访龙的。"

"我要去。"

"你是个傻瓜，知道吗？"

"我知道，太知道了。相信我。"

巨人湿润的眼睛眨了眨："那就祝你好运吧！我会想你的，还有你，可爱的丽娅。我希望有一天再和你们一起过一次海峡。"

邦拜威摇摇头，帽子上的铃铛跟着一通乱响："龙穴就在那儿，我们很可能活不到明天了。"

听到这句话，席姆直起了身子。他又盯着我们看了一会儿，然后转身径直跨进海水里。落日在西边的天际描着一道道淡紫和粉红，勾勒出他宽阔的肩膀和巨大的脑袋。一弯淡淡的残月出现在天空上。

28

消灭

　　我决定不在夜深时进入龙穴，而是等到天亮。当其他人在熏黑的岩石上辗转反侧时，我还坐在那里思考。第六课——消灭——只能意味着一件事。

　　我必须杀死那条龙。

　　一想到这儿，我的胃就一阵痉挛。一个男孩，纵然他持有魔剑，又怎么可能完成这样一个任务？我从妈妈讲的故事里了解到，龙威力无穷、速度惊人而且极其灵敏。我记得有一个晚上，小土屋里的炉火映红了她的脸。她讲起一条龙如何用尾巴一扫就灭掉了十二个巨人，然后又吐出火焰把他们烤熟了当晚餐。

　　而我该怎样才能成功？我不比图阿萨，用得上的魔法我一样也不会。我只知道，不管一条龙是睡着还是醒着都很难接近，要消灭它则几乎不可能。

　　第一缕阳光洒在焦黑的海岸线上，像火焰般蔓延过海浪。我不情愿地站起身来，两手冰凉，心灰意冷。我从外套兜里掏出一个席姆吹落的苹果咬了一口。尽管它又脆又甜，在我嘴里却毫无滋味。

我啃光了果肉，把核扔到了一边。

丽娅坐起身来："你一点也没睡，对吧？"

我凝望着起伏的山峦，霞光在上面涂了一层粉红："对，但是我的计划还是连个影子都没有。如果你有点理智的话，就留在这里。我要是活得下来就来找你。"

她用力摇摇头，以至于夹在棕色卷发里的树叶都掉到了地上："我们在脸湖的时候已经讨论过这个问题了。"

"但这次风险太大了。丽娅，在黑山岭的时候你就警告过我，说我很容易迷失。事实上，迷失的方式不止一种。这就是我眼下的感觉。"我缓缓地吐了口长气，"你难道不明白吗？只有魔法师，一个真正的魔法师才能打败那条龙！我压根儿不知道做一个魔法师需要具备什么。力量、技能，还是精神？凯尔普瑞说这些都需要，而且还要更多。而我只知道无论一个魔法师需要什么，我都不具备。"

丽娅露出痛苦的表情："我不信。你的妈妈也不信。"

"你的直觉很棒，但这次你错了。"我看了眼在斗篷下蜷缩着的邦拜威，"我是不是也该给他和你一样的选择？"

瘦高个的小丑突然滚了过来。"我要去，如果这就是你说的选择的话。"他伸了伸长长的胳膊，"如果你真用得上我的诙谐和幽默，那就是现在了，在你去送死的时候。"

我带着一副邦拜威式的肃穆的神情向远山望去，从两山间的楔形山谷里冒出一柱黑烟，它蜿蜒着向天空升去，破坏了日出的美景。我朝着它走了一步，又走了一步。每走一步，我的手杖都敲在岩石上，好像门被啪地关上了一样。

我在烧焦的土地上前行，丽娅走在我身边，邦拜威紧跟在后面。我们知道必须避免被人发现，所以走起来都像狐狸一样轻手轻脚、悄无声息。没有人说话。为了不让手杖碰到石头，我把它扛到了肩上。小丑为了不让铃铛发出声音，也用手紧捂着帽子。我们离冒烟的山谷越来越近，我的不祥之感也越来越强烈。那条龙或许要等到芬凯拉最黑暗的一天才醒过来，而我自己最黑暗的一天已经来到了。

一个低沉的吼声穿过黑色的平原传来，仿佛来自一架庞大竖琴上的低音弦，又好像呼吸一样规律。我知道，那个声音是龙的鼾声，它随着我们走近而变得越来越响。

岩石矗立在焦黑的山岗上，空气热得让人难受。我们悄悄地一步一步靠近了那个烟柱。这里的岩石不仅被火烧过，还被巨大的重力敲打和踩踏过。巨石被砸得粉碎，沟渠被夷为平地，一切有生命的东西都被摧毁、消灭了。

我们爬过一堆碎石，大气也不敢出。突然，邦拜威脚下一滑摔倒了。石头从石堆上滚下来，噼里啪啦砸在下面的乱石上，但那声音却被他喧闹的铃铛声淹没了。一时间铃声大作，像打雷一般在群山间轰隆隆地回响。

我瞪了他一眼，小声说："把那该死的帽子摘了，你这个笨手笨脚的傻瓜！还没等我们到那儿你就把龙给吵醒了。"

他沉着脸，不情愿地摘掉他的三角帽塞进斗篷里。

我带头走进峭壁环绕的山谷，用手擦着额上的热汗。即使穿着靴子，我的脚底还是被烫得要命。闷热的空气像水上的涟漪，伴随着龙的鼾声一阵阵袭来。所有的东西都散发着一股焦炭味儿。我每走一步，岩壁就压得更近，把我淹没在黑暗里。

我猛然停住了脚步。那条龙正躺在阴影里，他的个头比我担心的还要大，就像一座山一样，黄绿色的身体盖满了鳞甲，像一条巨蟒般盘踞成一团，大得几乎可以塞满脸湖。他的头枕在左前臂上，鼻孔向外喷着烟，鼻子下面的那排鳞甲被烟熏得漆黑，就像一排巨大的髭须。他每吸进一口气，就会露出一排排利齿；每呼出一口气，就会让他肩膀上有力的肌肉收缩并摇动贴在他背上的宽大的翅膀。他的爪子在晨曦中闪闪发亮，和我腰间的剑一样锋利，但要长上十倍。其中一只爪子上戴着一个席姆脑袋那么大的头骨，就像戴了一枚超大的戒指。

他布满鳞甲的肚皮下面，是散发着奇光异彩的各种宝贝。王冠和项链、剑和盾、喇叭和笛子——它们的材料非金即银，而且无一例外镶嵌了珠宝：红宝石、紫水晶、玉石、翡翠、蓝宝石。还有巨大的珍珠遍地都是。我这一辈子也想象不到会有如此巨大的聚藏，但我没有丝毫的欲望去发掘它，因为那里面随处可见零星的头骨，形状各异，大小不一，有些白得发亮，有些烧得乌黑。

我蹑手蹑脚地向谷底走去，丽娅和邦拜威跟在我身后。龙缓慢而沉重的呼吸让我们三人同时往后一缩。他巨大的眼睛半闭着，露出一线火焰般的黄色。我感觉这头巨兽实际上是半睡半醒的。

就在这时，龙的嘴张开了一条缝，细细的火舌喷了出来，烧灼着黑色的岩石和几个零散的头骨。邦拜威往后一跳，挂着铃铛的帽子从他的斗篷里掉了出来，砸在他脚边的岩石上，发出刺耳的叮当声。

龙突然从鼻子里喷了口气，庞大的身躯动了动，眼皮又睁开了些。邦拜威吓得倒抽一口气，两条腿一个劲儿发抖。眼看他就要晕倒了，丽娅连忙抓住他的胳膊。

龙用令人毛骨悚然的慢速度抬起那只戴着巨型头骨的爪子。他像一个就要吃到稀世佳肴的人一样，把头骨放到鼻孔前，细细地闻着它的味道。他的眼皮颤动着，但没有睁开，嘴里射出一道火焰。终于，烧烤完毕，他紫色的嘴巴咬住那个头骨，把它从爪子上撕了下来。山谷里回响着嘎吱嘎吱的声音，那小小一块食物被他的巨齿嚼得粉碎。然后，龙喷出一团浓烟，倒头又打起鼾来。

我们仨不约而同地打了个寒战。我严肃地看了看丽娅，把手杖递给她，同时右手放在银剑柄上，慢慢地把剑拔了出来。剑出剑鞘的那一刻，发出微弱的一响，仿佛是遥远的钟声。睡着的龙突然怒吼起来，从鼻孔里喷出一股浓烟。他尖尖的耳朵向前竖起，聆听着剑声。他的梦似乎变了。他凶狠地嗥叫着，露出牙齿，爪子在空气中挥来挥去。

我一动不动，像一座雕塑般站着。沉甸甸的剑被我举过头顶，让我的胳膊又酸又痛。但我不敢把它放下来，唯恐又弄出声音。几分钟后，龙似乎放松了一些，他不再嗥叫，爪子也不再晃动。

我小心地一步一步向前靠近。龙居高临下，每一片鳞甲都有我整个身体那么大。汗水刺痛了我的眼睛。如果我只有一次机会，我应该砍向哪里？那盔甲般的鳞片覆盖了他的前胸、腿、后背、尾巴，甚至他橘黄色的耳朵。也许，把剑插进他闭着的眼睛是唯一的办法。

我一点点向前挪近。空中的烟雾让我只想咳嗽，但我竭力忍着，用手攥紧剑柄。

突然，龙的尾巴像一条巨大的鞭子一样甩了出来。我根本没时间躲闪，更不用说跑开。就在龙尾巴抡直的那一瞬间，尾尖的一根分叉紧紧地缠住了我的胸，勒得我喘不上气来。同时，另一根分叉缠住了我拿剑的胳膊，让我动弹不得。

我彻底失去了自由。

丽娅压低嗓子发出一声尖叫。我感觉到龙的尾巴猛地绷紧，更加用力地勒住了我。但他黄色的眼缝并没有张大，仿佛仍然在熟睡，或者半睡半醒。从他嘟着的嘴巴来判断，他似乎正要做一个非常现实的好梦——吞掉一个拿剑的男孩。

我用第三只眼的余光看到丽娅双膝跪倒在地，邦拜威笨手笨脚地跪在她身旁，头耷拉在厚厚的下巴上。突然，他莫名其妙地唱了起来。我很快意识到他唱的是一首葬礼上的挽歌，调子低沉而悲痛。尽管我一直在龙的束缚中扭来扭去地挣扎，他的歌词让我挣扎得更使劲儿了。

龙什么都喜欢吃

最爱还是活美食

垂死挣扎小可怜

成了他的饼中馅

嘿，龙！我那可怜的朋友

成了你嘴里的香肉

龙最喜欢嚼脆骨

还有死前的啼哭

转眼活人无踪迹

滑进龙的肠胃里

嘿，龙！我那可怜的朋友
成了你嘴里的香肉

朋友进了龙嘴巴
遗言一句没留下
直接掉进胃里面
临别赠言全吞咽

嘿，龙！我那可怜的朋友
成了你嘴里的香肉

邦拜威还没唱完，龙的嘴巴就张开了。我看进去，悚然发现里面一排排参差不齐、被烧得乌黑的牙齿。我竭尽全力想逃脱，但他的尾巴缠得更紧了，而他的嘴巴却张得更大。

突然，从那嘴巴后的深处传来一个粗哑的声音。那只有一种可能——笑声，低沉、开怀、喷涌的笑声。与此同时，一股浓烟滚滚而来，把空气染得乌黑。那笑声继续着，滚过龙蜿蜒的身体，先是他的头，再是他的脖子，然后是他庞大的肚皮，最后是他的尾巴。没过多久，这头巨兽便笑得浑身颤抖、声音嘶哑，从头到尾在他的宝藏堆里摇来摇去。

他的尾巴松开了我。我掉到地上，呼吸停止，头晕目眩，但还活着。我拖着我的剑，飞快地爬出那团黑烟。接着，丽娅跑到我身边，把我拉了起来。

我们跌跌撞撞地从山谷里跑出来，被浓烟呛得一个劲儿咳嗽。在我们身后，龙那粗哑的笑声变小了，没过几秒钟就又变回了鼾声。我回过头去，看了一眼他在阴影中闪着光的眼缝。跑出龙穴老远之后，我们终于瘫倒在一块黑色岩石上。丽娅用胳膊搂住我的脖子。这和被龙搂着的感觉太不同了！

我也紧紧地拥抱了她。然后我转向邦拜威，用沙哑的声音郑重地说：“你成功了，你把龙给逗笑了。”

邦拜威垂下头：“我知道。实在是太糟糕了。我无地自容，伤心欲绝。”

“你什么意思？”我摇着他的肩膀，“你救了我的命！”

“太糟糕了，”小丑闷闷不乐地重复着，“实在是太糟糕了。我又给弄砸了！我唱的是一首最最悲伤的歌，任何人听了都应该会心碎。”他咬住嘴唇：“可实际效果是什么呢？逗笑了他！娱乐了他！我想逗乐的时候就会让人难过，我想让人难过的时候又会把人逗乐。噢，我是个废物，一个可怜的废物。”

他懊恼地叹了口气：“不仅如此，我还把我的帽子给丢了。我的小丑帽！现在我不光是听上去不像个小丑，看上去也不像了。”

丽娅和我忍俊不禁地交换了一下目光。我毫不迟疑地脱下了一只靴子。

邦拜威阴沉着脸看着我：“你的脚受伤了？”

“没有，我要信守我的诺言。”

说着，我用牙齿咬住皮靴，撕下一块鞋舌用力咀嚼着。但无论我怎么嚼，那皮子都不肯变软，尽管它让我的嘴里充满了泥味、草味还有汗味。我费了好大劲儿才勉强把它咽了下去。

邦拜威突然吸了口气。他微微挺直了后背，下坠的下巴也朝上提了提。他没有笑，甚至嘴都没咧开，但他这会儿至少不再愁眉苦脸了。

我正要再咬一口，他把手放在了我背上。"停下，一口就足够了。你的靴子还有别的用途。"一个古怪的、含混的声音，好像是被捂住的笑声从他的喉咙里喷出来，"我真把他逗笑了，是不是？"

"当然是了。"

他又皱起了眉头："但我很怀疑我还能不能再来一遍。这次是撞了运气。"

我摇摇头，把靴子穿上："不是撞了运气。你肯定能再来一遍。"

邦拜威挺起胸站到我面前："那好，等你回那个冒烟的大炉子去杀死那个家伙的时候，我要跟你一起去。"

"我也要去。"丽娅大声说道。

我看看他们忠诚的面孔，然后把剑放回剑鞘。"你们不用去了。"我靠近那块烧焦的岩石，"因为我不去杀那条龙了。"

他们两人都瞪大眼睛看着我。丽娅举起我的手杖，问道："你必须去，难道不是吗？要不你怎么学消灭这一课呢？"

我伸手抓住多节的铁杉木手杖在掌中慢慢转动着："我觉得，我有可能已经学到了。"

"什么？"

我抚摸着手杖多节的顶端，把目光投向阴影中的龙穴："龙笑的时候我被触动了。"

"不错，"邦拜威附和道，"你从他的尾巴里挣脱出来了。"

"不，我说的不是这个。你没听见他的笑是多么开怀尽兴吗？这让我觉得无论这条龙是多么狠毒嗜血，他不可能完全是邪恶的。否则……他不会那样笑。"

邦拜威看着我的目光好像是在看一个失去理智的人："我打赌那条龙每毁灭一座村庄都会这么大笑一番。"

我点点头："也许如此。但他笑声里的某种东西给我一种感觉，就是他和你我并不是完全不同。他也有某种价值，即使我们无法理解他的价值。"

丽娅隐隐露出一丝笑意。

邦拜威仍然皱着眉头："我不明白这和消灭有什么关系。"

我抬起沾满黑炭的右手，摸了摸我失明的眼睛。"看见我的眼睛了吗？它们毫无用处，而且像我的脸一样留下了永远去不掉的疤痕。你知道这是怎么回事吗？因为我试图毁掉另一个男孩！我不知道他是否幸存下来，但我很怀疑他还活着。我试图消灭他。"

他额头上的皱纹更多了："我还是不明白。"

"道理是这样的。有些时候消灭是必要的，但要付出一定代价，也许是你身体上的，也许是你灵魂里的，但肯定会有代价。因为每一个生命体都有它的宝贵之处。"

我的手杖上燃起蓝色的火焰。原本空空的木杆上多了一条龙尾巴的烙印。

"第六首歌完成了！"丽娅叫道，"现在你还剩下一首，看见之歌。"

我敲着手杖的顶部，仔细端详着上面龙的尾巴，它离那个圆圈里的星星不远。我把目光转向毫无生机的海岸线，那里就像烧过的火塘一样焦黑。我又看了看深蓝的海峡和更远处瓦里高的山峰："歌也许只剩下一首，时间却只剩下几天了。"

邦拜威往下一瘫："从昨晚月亮的样子判断，不超过三天。"

"而我们要一直赶到芬凯拉再赶回来。"

"绝对做不到。"小丑断言道。为了表示强调，他一个劲儿地摇头，直到想起他头上戴的铃铛已经丢了。"梅林，你能走到现在的确很棒，不可思议的棒。但是你就像我们一样，只不过从树人的悬崖边看了那地方一眼而已。在活人的记忆里，从来没有人去过遗忘岛！你怎么能指望可以在三天之内找到那里再赶回来？"

我试图想象我们的必经之路——越过海峡、翻过高山、穿过森林，通过保护小岛的各种魔法障碍，然后还要横跨整个充满了未知危险的芬凯拉。我转脸看着丽娅，难过地说："这一次邦拜威说对了，既没有风也没有巨人来帮助我们。"

丽娅在焦黑的岩石上跺了跺脚："我不会放弃。我们已经走了那么远！你已经学到了七首歌中的六首，而且我还有灵界井的地址。"

我跳起身来："你还有什么？"

"灵界井的地址，就是巴洛把守的地方。"她把手伸进头发，手指绕着发卷，"金发圭尼给我的。她告诉我们灵界井离龙穴不远时，把一幅图画直接送到了我脑子里。"

"你为什么不告诉我？"

"她不让我说。她觉得那样你就可能把遗忘岛整个跳过去。"

我慢慢坐回到黑色的条石上，我的鼻子几乎碰到了她的鼻子。我轻柔而坚定地说："我们就这么做。"

"你不能这样！"她抗议道，"你必须找到看见之歌的灵魂才有可能和巴洛抗衡。难道你不记得你在阿芭萨找到的话吗？'要想尝试那口井，完成七歌是前提，危险步步紧相随，独眼巴洛属第一。'如果七首歌不全，你就打不过巴洛，而且还会送命。"

我想起了图阿萨曾亲自警告过我的话，胃一阵痉挛。"听我的话，小家伙。没有七首歌的灵魂，不仅你的寻找将一无所获，你还会丢掉自己的性命。"

我清清嗓子："可是丽娅，如果我不放弃第七首歌，妈妈就必死无疑！难道你不明白吗？这是我们唯一的希望、唯一的机会。"

她眯起眼睛："还有别的原因，是不是？我能感觉得到。"

"你感觉错了。"

"我没有感觉错。你在害怕什么，对不对？"

"又是你的直觉！"我的手攥成拳，"对，我是害怕，怕看见之歌。它比别的六首歌加起来都更让我害怕。但我不知道为什么，丽娅。"

她摇摇头，向后靠在焦黑的岩石上。"那么无论遗忘岛上等着你的是什么都一定很重要。你必须去，梅林，为了你自己也为了爱伦！而且还有一个原因。"

"还有一个？"

"圭尼还告诉了我另外一件事。她说你去遗忘岛的时候一定要找到一根冬青枝，带着它进灵界井你就可以一路顺利地到达黛格达那里。没有它，你的任务会变得困难得多。"

"我的任务不会比眼下更困难了！求你了，丽娅。冬青枝作用再大也不值得把剩下的一点点时间花在上面。你一定要帮我，把我带到灵界井。"

她把树皮编的靴子在烧黑的岩石上蹭了蹭。"好吧……如果我带你去，而且你活下来了的话，你能答应我一件事吗？"她的眼睛突然湿润了，"即使我不在了，不能监督你信守诺言。"

我喉咙一哽："当然。可你为什么会不在？"

"别问了。"她强忍着泪水，"答应我，如果你活下来，你一定要去遗忘岛，学会你原本该学的东西。"

"我保证我会去的，而且我会带你一起去。"

她猛地站了起来，扫视着荒凉的山峦："那咱们走吧。前面的路可不好走！"

第三部

29

最后的旅程

　　丽娅一言不发地领着我们向碎石遍地的废墟深处走去。那片山梁间的某个地方便是通向神灵世界的入口，被一个可怕的恶魔把守着。如果巴洛果真住在这里，他的周围就没有任何呼吸、发芽或者移动的东西。如果说黑山岭除了零星几株半死不活的树以外显得毫无生机，那么这里的山岗则完全对生命充满了敌意。龙喷出的怒火没有在任何地方留下一棵树、一丛灌木、一块青苔，只有满目焦炭。我真希望我肩上还背着花琴，那样我就能用它的魔力给这些山坡带来哪怕是仅有的几株绿草。

　　这里的地貌与丽娅在德鲁玛树林那个郁郁葱葱的家园相比，反差到了极致，但她跋涉在成堆烧焦的石头上和她穿行在芬芳的蕨丛中显得一样自信而优雅。她笔直地朝东走，从不改变方向，即使这意味着在滚动的岩石坡上攀爬或者跳过深深的裂缝，她也会带着我们闯过去，连续几个小时一刻不停。

　　我佩服她的坚韧，但我对她的其他品质更加敬佩。她在一棵大橡树里度过了童年，因此她热爱生命和一切生命体。她具有一种宁静而富于灵性的智慧，让我想起传说中的希腊女神雅典娜，更让我想起我的妈妈。

我的心里充满着对丽娅的感激。她让自己的生命与我的生命交织，像她身上藤蔓织成的衣服一样把我俩紧紧地裹在一起。我比从前任何时候都更能体会到那件衣服的种种优点：编织得紧密而不失灵活的衣肘，肩膀处宽大的绿叶，还有领口俏皮的设计。

当我们在荒凉的山岗上跋涉时，她的藤蔓衣服多少鼓舞了我的士气。它的碧绿给了我希望：无论多么荒芜的土地都有可能鲜花盛开，无论多么严重的错误都有可能得到宽恕。就像丽娅懂得的那样，那些藤蔓代表着一个令人震撼的事实：一个魔法师的魔法再高超也无法与大自然自身的魔法相比。否则，一株新苗如何能够从一片毫无生机的土壤里破土而出？而我作为一个生命体或许也具有某种重生的魔力？

一道道南北向的山梁像平行线一般排列着，如果沿缓坡走下山谷的话就势必改变方向。所以我们选择了直上直下，爬上一面陡坡之后马上就从另一面下去，走到谷底之后又开始往上爬。当太阳落到我们背后、熏黑的岩石拖上长长的影子时，我已经累得两腿发软，连我的手杖都起不了多少作用。邦拜威则不断被他自己的斗篷绊倒，显然他也已经筋疲力尽了。

更糟糕的是，我们找不到一滴水。我的舌头就像嘴里含着一块干木头。因为啃了靴子上的皮子，我可能比别人觉得更渴一点。一整天在碎石上跋涉让我们所有人都口干舌燥。

丽娅没有慢下脚步。尽管她什么也没说，但她的神情显得比以往任何时候都更加沉重和坚定。这也许是出于我们探寻的紧迫性，也许是出于只有她才了解的其他原因。无论如何，我的心情丝毫不比她轻松。图阿萨的声音仍然在我耳边回响，像点亮环绕他坟墓的蓝石一样点燃着我的恐惧。他那么睿智而强大，却仍然被巴洛可怕的独眼要了命。为什么？因为他的休布里斯——傲慢自大。那我岂不是也有同样的弱点？居然只掌握了六首歌就胆敢面对巴洛？

是……但又不是。我的傲慢自大导致了眼下这混乱的局面，但我现在的行动更多地来源于我的绝望，还有恐惧。丽娅是对的，躲开遗忘岛以及第七首歌让我如释重负。那首歌噩梦般追随着我，就像露宿锈原的那个夜晚我用手去抓脸的那个梦一样可怕。凭一双没用的眼睛和第三只眼有限的视力，我担心自己永远也找不到看见之歌的灵魂。而且我猜测，要想拥有一个魔法师的眼力，一定需要某种特殊的资质，而我肯定不具备那种资质。

而这仅仅是我恐惧的开始。要是那个说只有一个有人类血统的孩子才能打败芮塔·高尔或者他手下的巴洛的预言不准怎么办？图阿萨自己就暗示过了，那个预言可能是真的，也可能是假的。但即使是真的，那真相也通常有不止一面。无论这个预言意味着什么，我都不能指望它。可悲的是，我连自己也指望不上。

一块松动的石头从上面的山坡噼里啪啦滚了下来，差点砸到我的靴子。我仰头看去，丽娅正在翻越露出地面的一大块岩层，眼看就要消失在它背后。那一大块岩层就像山梁上凿出的一个鼻子。我好生奇怪，我们在这座山上还有那么多路要爬，她为什么要翻过这个岩层而不是绕过它？

这时，我注意到前面的岩石上显出一丝潮气，顿时就有了答案。水！但水是从哪来的？我在岩层上爬得越高，湿润的地方就越多。我甚至发现了一片毛茸茸的青苔，它长在两块石头之间，绿意盈盈，生机盎然。

当我终于爬到岩层顶端时，不禁驻足惊叹。十步之外，有一股小小的泉水在咕嘟咕嘟冒着，形成了一汪清澈的水洼，丽娅正在喝里面的水。我跑到她身边，把整个脸都埋进水里。第一口，我的舌头微微一颤。第二口，我的舌头起死回生，开始感觉到了冷水的刺激。我和丽娅一口接一口不停地喝，把自己灌了个饱。邦拜威也一样，他倒在水洼边，和我们一起上气不接下气地痛饮着。

终于，我再也灌不下了。我转向丽娅，她正坐在那里，两膝靠在胸前，看着落日在西边的天空上涂抹着一缕缕红色和紫色的晚霞，水从她的头发滴到肩上。

我抹掉下巴上的水，往岩石边靠了靠："丽娅，你在想巴洛吗？"

她点点头。

"我在脸湖里看见他了，"我说，"他正在……弄死我，逼我看他的眼睛。"

她对我转过脸来，尽管粉色的落日在她头发上闪着光，她的眼睛却显得异常阴郁。"我也在脸湖里看见了巴洛。"她想说什么，却又打住了。

我喉头一紧："咱们……咱们快到了吗？"

"快了。"

"咱们要不要今晚赶到那里？"

邦拜威正在把石头挪来挪去，好在水洼边躺下。他闻言跳了起来："不要！"

丽娅叹了口气。"月亮几乎看不见了，而且我们需要睡一觉。

咱们干脆在这儿露营算了。"她用手摸摸焦黑的岩石那粗粝的轮廓，然后把手伸向我，用食指钩住我的指头，"梅林，我害怕。"

"我也害怕。"我顺着她的目光向地平线望去。天空鲜红如血，低低地压在高低起伏的山岭上。"我小的时候，"我轻声说，"有时会害怕得睡不着。那时候我妈妈就会做一件事来让我安心，她会给我讲故事。"

丽娅把我的指头捏得更紧了些。"真的吗？用讲故事来减轻恐惧，多好的办法。"她又叹了口气，"这是妈妈们常做的事情吗？"

"是的，至少是她这样的妈妈常做的。"

她低下头，落日在她的头发上涂了一抹红色："我真希望知道……我自己的妈妈是什么样子，听过她讲故事，而且这会儿能想起来。"

"丽娅，我很难过你没有过这些。"我忍不住哽咽着，"但是有一件事情和听妈妈讲故事差不多。"

"什么？"

"听朋友讲故事。"

她微微露出了笑意："我想听。"

我看了一眼头上闪烁着的第一颗星星，然后清了清嗓子开始讲道："很久很久以前，有一个睿智而强大的女神叫雅典娜……"

30

巴洛

又冷又黑的夜降临了。丽娅听了我的故事之后似乎慢慢睡着了，我却仍然醒着，在岩石上翻来覆去。有那么一阵子，我看着天空的最西边，回想起金发圭尼的故事，但大部分时间我都在盯着头上一弯苍白的残月。到了早晨，最多就只剩下两天时间了。

整个夜晚，这光秃秃的山岭上的寒气冻得我瑟瑟发抖，想到那只看一眼便置人于死地的凶残的眼睛更让我浑身战栗。我无法摆脱在脸湖中看到的景象，即使在半睡半醒中，我也在挣扎和厮打。

当第一缕晨曦照在遍地岩石的山坡上时，我醒了过来。没有啁啾的小鸟和窜来窜去的野兽迎接黎明，只有狂风孤独地咆哮着，吹过一道道山梁。我伸展了一下僵硬的身体，肩胛间的那个地方又剧痛起来。我弯下身来，凑近结了一层薄冰的清水洼，最后喝了点水。

我们又冷又饿、心情沉重地上了路。丽娅一脸严肃地在尖尖的岩石上走着，她的树皮鞋被焦炭染成了黑色。她一声不吭地领着我们朝日出的方向行进，但没人停下脚步去欣赏地平线上一道道绚烂的橙粉色朝霞。我们各怀心事，继续在沉默中跋涉。有几次，我脚下松动的石块让我往后滑了下去。还有一次，我往前摔倒，在岩石上磕破了膝盖。

接近中午的时候，我们又爬上了一个山顶，丽娅放慢了脚步。她停下来，忧心忡忡地看了我一眼，沉默地抬起胳膊，指了指下一座山。山的顶峰被一个巨大的深沟一分为二，好像多年前被一头怪兽咬了一口，撕去了上面的岩石。当我盯着那个大坑时，它仿佛也在盯着我。

我咬着嘴唇，意识到另一个世界就在那里。为什么神武的黛格达不干脆从天而降，把巴洛打垮？对他这个最伟大的勇士而言，这无疑是一件轻而易举的事。也许黛格达正在全力与芮塔·高尔的军队交战，所以难以分身；也许他不想让凡人进入另一个世界，不管他们有怎样的理由。

我率先向前走去，丽娅紧跟着我，近得我能听到身后她焦虑的呼吸。我们走下又一片烧焦的山谷，我扫视着遍地碎石，寻找哪怕一丝一毫的绿意和生机。但这里没有冒泡的泉眼，没有塞满石缝的绿苔，有的只是光秃秃的岩石和我光秃秃的希望。

我们慢慢朝那个巨大的深沟走去。到达坑边时，丽娅一把抓住了我的衣袖。她盯着我看了几秒钟，然后轻声说了今天的第一句话。

"眼睛，你千万不要看他的眼睛。"

我抓紧剑柄："我尽量不去看。"

"梅林，我真希望我们有更多的……时间在一起，分享我们的秘密。"

我皱起眉头，不确定她是什么意思。但我没有时间去弄个明白。我把手杖递给她，然后朝沟里走去。

走在高耸的黑色峭壁之间，我感觉就像走进了一头魔兽张开的大口。参差不齐的小尖峰像龙的牙齿一样从悬崖边伸出来。刺骨的寒风抽打着我的脸，对着我的耳朵尖叫。我在沟里越走越深，空气不祥地颤抖着，仿佛被我看不到也听不见的脚步所惊动。

但我什么也没有发现。除了锯齿般的黑石在晨光中闪闪发亮之外，这个地方似乎一片空旷。没有巴洛，没有楼梯，没有任何生命……或者死亡的迹象。

我想自己大概是漏掉了什么，便转身往回走。突然，风又劈头盖脸朝我刮来。我眼前的空气变黑了，继续颤抖着。但这一次，它像一幅无形的帘子一样从中分开，一个高大健壮的武士从里面走了出来，他的身体至少比我大出一倍。

巴洛！他耸立在我面前，几乎和崖壁一样宽。他沉重的靴子狠狠地踩在石头上，低沉而愤怒的咆哮在深沟里回荡。他慢慢举起了闪光的剑。我看见了他耳朵上长的角，还有巨大的独眼上方的黑眉。我连忙把第三只眼转开。

我必须看着别的什么东西。不能看他的头！剑！我看着他的剑！

我的目光刚刚落到他亮闪闪的剑锋上，他的剑就和我的剑撞到了一起。我的胳膊被这重重一击震得直晃。让我意外的是，那恶魔也咕哝了一声，好像我剑上的魔法给了他一个措手不及。他再次咆哮起来，用更大的力量挥起了手中的武器。

我跳到了一边，瞬间他的剑便砍在了我刚刚站着的岩石上。

火星飞溅，烧焦了我的外套。第三只眼模糊的视力已经让我处于劣势，而我因为担心看到他的眼睛又无法直视着他。就在那恶魔再次举剑向我砍来时，我一剑刺了过去，但他及时地转身闪开，随后又以惊人的速度旋踵回身，挥剑对我直逼过来。

我猝不及防，倒退了几步，脚跟突然撞在一块石头上。我单腿朝后跳着，竭尽全力想保持平衡，但还是摔倒在地，一动也不能动。巴洛发出一声复仇的怒吼，高举着剑大步向我走来。我唯一能做的就是不去看他的脸和眼睛。

就在这时，丽娅从暗影里跳了出来，向那恶魔冲去。她扑到巴洛身上，抱住他的大腿。他试图把她踢开，但她仍紧抱着不放。我利用他注意力分散的空隙翻身滚到了一边，跳起身来。

我还没来得及重新出击，巴洛冲着丽娅大吼一声，抓住她的胳膊，把她从自己腿上扯开。接着，他又大吼一声把她抡起来，头冲着崖壁猛地扔了过去。她一头撞在岩石上，踉踉跄跄地退了几步，然后倒在地上不动了。

看着这一切，我心如刀绞。这时候，邦拜威从藏身之处跑了出来，他疯狂地挥舞着胳膊，飞奔到她身边。我怒火满腔，一边挥着剑，一边移开自己的目光，直奔那恶魔而去。但巴洛横跨一步，轻松地躲过了我。然后他一拳打在我肩上，把我打趴在地。剑从我手中飞了出去，咣啷一声落在石头上，我不顾一切地向它爬过去。

一只巨大的靴子踢在我的胸口上，我飞到半空中，然后后背着地，砰的一声摔了下去。我的肋骨一阵剧痛，峭壁上的尖峰似乎在我头顶上摇晃旋转。

我还没坐起身，巴洛的大手已经掐住了我的喉咙，勒得我干呕起来，然后他猛地把我拎到了半空中。我头晕目眩，四肢挣扎着，无力地荡来荡去。他的手越攥越紧，让我喘不过气来。我捶打着他的胳膊，拼命呼吸。

他慢慢放下我，直到我们的脸几乎挨到了一起。他的手更加用力地掐着我的脖子，他的咆哮撕裂了我的耳膜。我被一个无法抗拒的魔咒所牵引，直视着他黑色的眼睛。它就像一个流沙坑，瞬间将我吸了进去。

我用自己仅存的力量试图挣脱，但我无法抵抗那只眼睛。它让我越陷越深，抽尽了我所有的力气。我眼前一片黑暗，只觉得浑身瘫软。我还是屈服了吧，放弃了吧。我不再试图挣脱，不再试图呼吸。

突然，我听到巴洛发出一声痛苦的号叫，他松开了我的脖子。我落在石头上，边咳边喘。我的肺里又充满了空气，那片黑暗在我眼前继续停留了片刻，然后消散了。

我虚弱地用胳膊肘支起身子，正好看见巴洛像一棵树一样重重地倒在石头上。他的背上插着一把剑，我的剑，他的后面站着满脸是血的丽娅。她的脖子奇怪地弯着，好像直不起来。然后她两腿一软，倒在了恶魔边上。

"丽娅！"我嘶哑地叫着，向她身边爬去。

邦拜威出现了，他的脸色异常严峻。他架着我的胳膊帮我站起来，我跌跌撞撞地奔向丽娅，只听见他痛苦地叫着："我告诉她如果她动一动就会死的，但她就是不听。"

我跪在她身旁，用手轻轻托起她的头，试图把她的脖子弄直。

她的一只耳朵上方有一个很深的伤口，不断地在往外流血，把她的藤蔓衣服和旁边的石头都染红了。我小心地从挎包里掏出一些草药洒在她的伤口上。

"丽娅，我会帮你的。"

她蓝灰色的眼睛半睁着。"梅林，"她低语道，"这次……你做什么……都没用了。"

"不。"我用力摇摇头，"你会好的。"

她艰难地咽了一下："我知道，我的死期……到了。我往……脸湖里……看的时候，我看见你和巴洛搏斗……你打不过他。但我也看见……我们两人中的一个……死了。不过死的不是……你，是……我。"

我抱着她，试图把力量注入她的头与颈。我撕下袖口上的布贴在她的皮肤上，用意念让她的伤口愈合，就像我在老鹰峡曾经用意念让她的骨头长好一样。但我知道她这次受的伤远比一只骨折的胳膊严重，甚至她衣服上撕破的藤蔓也分分秒秒在褪色，那生机盎然的翠绿出现了一丝阴影。

"丽娅，你看到的不一定准。"

"噢……准的。我从来没跟你说过……但很久以前……就有人告诉我……我会以死来换取你的生命。和你在一起……对我就意味着死亡。我不知道该不该相信……直到现在。"

"胡说八道！"我更努力地把意念集中在她的伤口上，但那里仍然流血不止。鲜血浸透了那块布，从我的指缝间渗出来。"哪个傻瓜告诉你的？"

"不是傻瓜，是阿……芭萨。所以……它才一直不欢迎你进门。"

我皱紧了眉头。"你不能死！不能因为一个愚蠢的预言去死！"我弯下身，离她更近一些，"听我说，丽娅。这些预言一文不值，一文不值！有个预言说只有一个有人类血统的孩子才能杀死巴洛，对吧？可是你看，巴洛差点要了我的命，而我这个有人类血统的孩子却拿他毫无办法。是你，而不是我，杀死了他。"

"那是因为……我也有……人类血统。"

"什么？你是芬凯拉血统！你是……"

"梅林，"丽娅的眼皮颤抖着，一阵风从悬崖下呼啸而过，"我是……你妹妹。"

我的肋骨仿佛又被巴洛的靴子狠狠踢了一下："我的什么？"

"你妹妹。"她艰难地喘了口气，"爱伦也是……我妈妈。这是我必须来的另一个原因。"

我用拳头捶打着黑色的岩石："这不可能！"

"这是真的。"邦拜威肯定地说。他弯下又瘦又长的身体跪在我旁边。"长着蓝宝石眼睛的爱伦在海岸边的一条破船里生下了你。几分钟后，她又生了个女儿。她给男孩起名叫艾姆里斯，给女孩起名叫丽娅楠。芬凯拉所有的吟游诗人都知道这个故事。"

他沉重的叹息融化在风里："还有那个女儿生下来不久就失踪了的故事。她的父母在德鲁玛树林旅行时遭到一帮芮塔·高尔战斗精灵们的袭击，双方进行了一场恶战。最终，精灵们四处逃散，但混乱中爱伦的双胞胎里的女孩失踪了。几百人搜索了好几个月都没有收获，到最后连爱伦都放弃了。她伤心欲绝，只有向黛格达祈求女儿能被人发现。"

丽娅虚弱地点点头，"她被……一个树人发现了，就是西纹。是她把我……带给了阿芭萨。"

"我妹妹！"我失明的双眼热泪盈眶，"你是我妹妹。"

"是的……梅林。"

如果此时那高耸的峭壁倒塌下来将我砸得粉身碎骨，我都不会觉得更痛苦。我找到了我唯一的手足。然而，就像曾经发生过许多次那样，我刚刚得到却又要失去。

我想了起来，图阿萨曾经警告过我，那个关于有人类血统的孩子的预言可能有意想不到的寓意。那个预言可能是真的，也可能是假的。但即使是真的，那真相也通常有不止一面。我怎么也想不到那一面竟然是丽娅。

"为什么……"我用颤抖的声音问，"你以前不告诉我？"

"我不希望……你改变你的行动目标……来保护我。你的生命……很重要。"

"你的生命也同样重要。"

我扔掉那块血布，又从袖子上撕下一块。我一边擦着丽娅的伤口，一边回想起很久以前发生在凯尔普瑞装满了书的房间里的情景。这就是为什么他讲到我的出生时那么吞吞吐吐。我当时就觉得有些奇怪，现在终于明白了。他是在犹豫着要不要告诉我，我的妹妹也在同一个夜晚出生了。

我抱着丽娅的头放在我腿上，我的胳膊感觉得到她温热的呼吸。她的眼皮几乎完全合拢，藤衣上的阴影更重了。一滴眼泪顺着我的脸颊流了下来，我说道："我要是看得见就好了。"

她的眼皮颤了一下："看得见？你是说……你的眼睛？"

"不，不是。"我看着血从她棕色的卷发上滴下来，"不是我的眼睛，是别的事情，是一件我心里自始至终都了解的事情。那就是，你并不是我那天在德鲁玛树林碰巧遇到的什么人。我心里一开始就知道。"

她的嘴唇微微动了一下，好像在咧嘴笑："即使是……我把你吊在……树上的时候？"

"是的，丽娅。我的心看得见，但我的脑子并不理解。我应该多听听自己的心声。真的！心可以看见眼睛看不见的东西。"

一道蓝光从丽娅放我手杖的岩石上喷射出来。不用看我就知道，手杖上又多了个眼睛形状的烙印，因为我发现了看见之歌的灵魂。但我得到的与我失去的相比是那么微不足道。

这时，在倒下的恶魔摊开的胳膊附近，空气开始发出微光。无形的帘子从中打开，露出了一圈光滑的白石头。那是一口井，不是一道通向上面的楼梯，而是一口通向下面的深井。

我看见了。而且我第一次认识到，通向另一个世界——天堂与地狱——的通道不是向上，而是向下的。它不在遥远的天上，而在深深的地下。

刺骨的寒风呼号着席卷而过，丽娅的声音微弱得让我几乎听不见。"你会成为……一个魔法师的，梅林，一个很棒的……魔法……师。"

我把她的头抬到我胸口："不要死，丽娅，不要死。"

她颤抖了一下，眼睛终于闭上了。

接着，仿佛黎明就在我怀抱里出现，我感觉到一种我以前从未注意到的东西，它在丽娅的体内却又与她的身体分离，像一股微风从我的指缝间穿过。是她的灵魂正在离开她的身体向另一个世界赶去。我突然间有了一个主意。

我对她的灵魂叫着："丽娅，请不要离开我，再等一等。"我把她的头紧贴着我的心："跟我走，和我在一起，就一会儿。"

我看了一眼那一圈白石头，那是另一个世界的入口，通向黛格达的通道。即使他已经来不及救爱伦，也许，仅仅是也许，他还能救丽娅。就算他救不了，我和她也能在一起多待一会儿。

请跟我走。

我深吸一口气，但吸进的远不止空气。一种新的、强大的感觉涌入我身体。它生机勃勃、强壮有力，它来自丽娅。

我转向邦拜威，他耷拉着的脸上满是泪痕。"帮我个忙，好吗？"

他严肃地看着我："她已经死了。"

"死了。"我感受着体内新的生命的力量，"但还没有离开，我的好小丑。"

邦拜威吃力地帮我站了起来。我的双臂抱着丽娅空空的躯体，她的头耷拉着。"帮我把我的剑和手杖拿来。"

一脸哭相的小丑摇着头，把剑从巴洛身上拔出来，把上面的血在他的靴子上擦干净。然后，他从石头上捡起我的手杖，走回到我身边，把剑插入剑鞘，又把手杖别进我血染的腰带里。

他严肃地端详着我："你要带她去哪里？"

"另一个世界。"

他的眉毛挑了挑："那我在这儿等你，虽然你再也回不来了。"

我已经在朝那一圈白石头走去，听到他的话，我停了下来，转过身看着他："邦拜威，万一我回不来，我想告诉你一件事。"

他的脸又皱出好几层褶子："什么事？"

"你虽然是一个糟糕的小丑，却是一个忠诚的朋友。"

说完我转身向那口井走去。我跨过那一圈石头，双臂像我的心一般沉重。

31

进入迷雾

我朝灵界井里望去，一股暖流扑面而来，一个质地和入口处光滑的白石一样的螺旋形楼梯从圆圈中心向下延伸。我看不出楼梯究竟有多深，但感觉它真的很长很长。

我抱着丽娅瘫软的身体，小心翼翼地踏上楼梯的第一级。我深吸一口气，也许是最后一口芬凯拉的空气，开始往下走。我头也不回地走着，脚下尽量踩稳。尽管与巴洛的那一场恶斗让我的肋骨、喉咙和肩膀剧痛，但抱着我的朋友——我的妹妹——的尸体，我的心却痛得更加厉害。

往下走了一百多个台阶以后，我注意到了两件出乎我意料的事情。首先，这口井并没有变得更加黑暗。它不像水井或者地下隧道那样，越往下，光线越微弱。实际上，它的光线变得更亮了。没过多久，那些楼梯上的白石就散发出珍珠般的光泽。

其次，这个螺旋形通道不需要墙壁，围绕楼梯的只有起伏飘移的雾。我下得越深，那一缕缕雾就越繁复纠结。有的时候它们会绕着我的腿或者丽娅的卷发打转，有的时候它们会浓缩起来，扭曲成一个个我认不出的形状。

　　井中的雾让我想起了环绕芬凯拉海岸的迷雾，它不是一道界限或者屏障，而是一个具有属于自己的神秘节奏和规律的生命体。爱伦常常讲起类似于奥林匹斯山、崴·威德法或者芬凯拉这种两者之间的地方。它们既非人间，又非天堂，而是在两者之间。就像这里的雾，既不是空气也不是水，但又兼而有之。

　　我想起了那一天，在格温内斯我们小茅屋的泥地上，她第一次对我描述芬凯拉。她称之为一个神奇的地方，既不完全是人间也不完全是天堂，而是两者之间的桥梁。

　　我更深地坠入迷雾中，每走一步都离另一个世界越来越近。我在猜想那是怎样一个世界。如果芬凯拉的确是一个桥梁，那么这座桥通向何方？我知道那里住着黛格达和芮塔·高尔这样强大的神灵。可是那些更简单而安静的魂灵们呢？比如我勇敢的朋友麻烦。他们是住在同一个地方，还是各有一片天地？

　　螺旋形楼梯旋转着带我走下去，仿佛没有尽头。我突然意识到在这个世界里可能没有昼夜之分。没有日出日落，没有月亮从头顶飘移而过，让人很难判断时间。这里甚至可能就没有任何时间，或者所谓的时间概念。我模糊地记得爱伦讲过的两种时间：历史时间是一条直线，凡人沿着它走过一生；而神圣时间则是一个圆圈。那么，另一个世界是否是拥有神圣时间的地方？如果是的话，是否意味着时间在这里自行旋转，就像这螺旋形的楼梯？

　　我停下脚步，用靴子轻轻敲敲脚下的台阶。如果这个世界里有不同的时间，即使我还能回到上面，大概也已经来不及救爱伦了。我很可能在这里度过仅剩的两天，甚至几个月而毫无察觉。我弓起背，把丽娅抬得更高一些。她就像我探寻的使命一样，比之前更加沉重。

我唯一能做的就是尽快找到黛格达，不允许任何事情让我延迟或者偏离方向。我又接着向下走去。

随着我在井下的深入，周围的雾开始发生了变化。它不再像刚进来时那样浮在楼梯上，而是渐渐远去，形成一群群不断变换的形状。这些形状越变越大，我每往下走一步，眼前的雾景就更加开阔，直到我发现自己置身于一个千姿百态、变幻无穷的风景之中。

雾的风景。

雾环绕着我，像模糊的小径，像起伏的山峦，像宽广的平地，像陡峭的尖峰。我遇到过峡谷，从云一般的地面直陷下去，深不见底。我看见过山峦，远远地耸立着，忽高忽低。我经过了雾的山谷、雾的山坡、雾的山崖、雾的山洞。我觉得仿佛到处都是移动着的形状或者不完整的形状，或爬或走或飞，而雾无处不在，缭绕起伏，既多变又永恒。

不久，我发现台阶也在变化，不再像石头一样坚硬，而是随着我周围的一切起伏流动。尽管它们结实得足以让我站在上面，却有着和四周的风景同样难以捉摸的质地。

我心头涌起一种不安的感觉。我觉得环绕我的根本就不是雾，甚至不是某种物质的东西，不是空气和水做成的东西，而是别的……什么。是光、是思想或者是情感。这个雾所展现的远远多于它所遮蔽的。我要花几辈子的时间才能弄懂它真实本性的一个微小的部分。

原来另一个世界就是这个样子！一层又一层移动的、飘游的世界。我可以一直向下沿着楼梯走得更深，也可以一直向外从一个雾浪走向另一个雾浪，或者一直向里在雾中穿行。没有时间，没有界限，没有止境。

这时，在流动的风景中，一个身影出现了。

32

金枝

那灰色的小身影从一个渐渐升高的山丘上腾空而起。我看着它展开了两只雾一般的翅膀，向我飞来。它先是在雾上滑行，然后突然改变方向朝上飞去，高得我几乎看不见它的身影。接着，它一个急转身，径直向下飞来，又一连翻了几个筋斗，似乎不为别的，就是为了享受飞翔的快乐。

麻烦！

再次看到小鹰飞翔，我的心雀跃起来。尽管我的双臂在抱着丽娅，我仍然感觉得到贴着胯骨的那个皮袋子，里面不仅有妈妈的草药，还有一根麻烦翅膀上的棕边的羽毛，这是它在和芮塔·高尔搏斗之后留下的唯一一样东西。当然，除了它的精神之外。

它从波浪般的雾中向我飞来。我听见了它的尖叫，充满着勇气和活力。我看着它越飞越近，最后俯冲下来。随着一股暖流，我感觉到它的爪子抓住了我的左肩。它把翅膀向后折起，在我肩上走来走去。尽管它雾一般的羽毛从棕色变成了夹杂着白条纹的银灰色，它的眼圈仍然有一抹淡淡的黄色。它歪过头来冲着我愉快地叫了一声。

"麻烦，我也很高兴见到你。"我托起两臂上那个血迹斑斑的软绵绵的身体，短暂的快乐立刻消失了，"要是丽娅也能看见该有多好。"

小鹰扑扇着翅膀落在丽娅裹着树叶的膝上。它仔细地端详了她一会儿，发出一声低沉而严肃的呼哨，然后摇摇头，又跳回到我肩上。

"麻烦，我带着她的魂灵。我希望黛格达也许还来得及救活她。"我吸了一口气，"还有我妈妈。"

突然，麻烦响亮地尖叫了一声，它的爪子抓紧我的肩膀。我眼前的雾诡异地翻滚着。

"啊……"一个缓慢的、懒洋洋的声音从雾里的某个地方传来，"你能来真是太好了，太好了。"

麻烦紧张地打着呼哨。

"你是谁？"我冲着云雾叫道，"露出你的真容。"

"我会的，年轻人，再等一会儿。"我眼前的雾像一碗被轻轻搅动的汤一样转着，"我还有个礼物要送给你，一个非常宝贵的礼物。啊……是的。"

那个缓慢、放松的声音不知怎的让我觉得稍微自在了一些，但我内心深处某个地方有一种模糊的感觉让我比从前更加警惕。我决定还是小心为好。

我调整了一下抱着丽娅的姿势："我现在没时间客套。如果你有东西给我，就请露出真容。"

"啊……年轻人性子真急，太急了。"雾继续搅动着，"你不必担心，我会按你的要求做的，再等一会儿。你看，我很想做你的朋友。"

听到这里，麻烦发出一声尖厉的呼哨。它猛地扑扇了一下翅膀，腾空而起。它又打了一个呼哨，围着我转了一圈，然后飞走了，一眨眼就消失在云雾中。

"你没必要怕我，"那个声音轻轻说，"尽管你的小鹰朋友显然如此。"

"麻烦什么都不怕。"

"啊……那我一定是搞错了。那你说它为什么要飞走呢？"

我深吸一口气，仔细看着流动的雾。"我不知道。它一定有它的道理。"我转过来对着那个声音传来的方向，"如果你想做我的朋友，就让我看看你是谁。快一点，我还要赶路。"

雾缓慢地冒着泡："啊……所以你有一个重要的约会，对吗？"

"非常重要。"

"那好吧，既然你非走不可。啊……好吧。"那个声音放松得几乎带着几分睡意，"我想你一定知道怎么去你要去的地方。"

我没有回答，而是在翻滚的雾中寻找麻烦。它去哪儿了？我们才刚刚重逢！我本来还希望它能带我去找黛格达的。

"因为如果你不知道的话，"那个令人放松的声音说，"我的礼物可能对你有用，非常有用。啊……我给你的礼物可以做你的向导。"

那份不知来自哪里的警觉再次冒了出来。不过……这个人，等他对我露出真容之后，也许真能在这旋转的云雾里给我指一条路，这会让我节省宝贵的时间。

我在雾的台阶上挪动了一下："在接受你的礼物之前，我需要知道你是谁。"

"再等一会儿，年轻人，再等一会儿。"那个声音打了个哈欠，然后就像拂过我脸颊的薄雾一般轻柔地说，"年轻人总是急匆匆的，太急了。"

虽然我有怀疑，但那个声音不知怎的让我越来越放松，几乎有一种……舒服的感觉。也许我只是累了。我的背疼起来。我希望能把丽娅放下来，哪怕只是一小会儿。

"啊……你带着个沉重的包袱，年轻人。"又是一个慢得令人抓狂的哈欠，"你是否允许我为你减轻一点负担？"

我不由自主地也打了个哈欠。"我没事，谢谢你。但是如果你能指点我怎么去黛格达那儿，我会接受。"我顿了一下，"不过，你先要露出你的真容。"

"去黛格达那儿，是吗？啊……伟大而光荣的黛格达，勇士中的勇士。他住得离这儿很远，非常远。但我还是很乐意为你指路。"

我伸直了僵硬的后背："我们现在能走了吗？我来不及了。"

"啊……再等一会儿。"缭绕的雾像手臂一样在我面前摇摆，"很遗憾你不能休息一下。你看上去需要休息。"

我抱着丽娅蹲了下来，把她放在我的腿上："我也希望能休息一下，但我必须动身了。"

"随便你。啊……是的。"那个声音打了一个极长的、昏昏欲睡的哈欠，"我们马上就走，再等一会儿。"

我摇摇头，脑子里一团糨糊："好吧。现在……你得先做一件事情。是什么来着？噢，对了。请露出真容，然后我才能跟你走。"

"啊，当然了，年轻人，我马上就好。"那个声音慢悠悠地吐了口气，"能帮上你真让人不胜愉快。"

那个警惕的感觉又在捅我，但我没理会。我抽出托着丽娅的腿的那只胳膊，把手放在潮湿的台阶上。我想象着坐下来会是怎样的感觉，哪怕只坐一小会儿。小憩片刻当然不会有什么问题。

"这就对了，年轻人，"那个声音用安抚的口气满意地说，"让你自己放松一下。"

放松，我迷迷糊糊地想，让我自己放松一下。

"啊……是的。"那个声音睡意蒙眬地叹息着，"你是个聪明的年轻人，比你父亲聪明多了。"

我点点头，觉得有些恍惚。我父亲，比我父亲聪明……

那个警惕的感觉在我脑海里翻腾起来，他怎么知道我父亲？

我又打了个哈欠，干吗去想我父亲？他离另一个世界远着呢。我的脑子有些迷糊，好像周围的雾飘进了我的耳朵里。我究竟为什么要这么赶？休息一下可以帮我想清楚。我蹲在台阶上，把头埋在胸前。

那个警惕的感觉又在捅我，轻得我几乎察觉不到。醒一醒，梅林！他不是你的朋友，醒一醒。我不想理它，但又做不到。梅林，相信你的直觉。

我动了一下，微微抬起头。那种感觉，那个来自我内心的声音不知怎的有些熟悉，好像我曾经在什么地方听到过。

相信你的直觉，梅林，相信那些莓子。

我猛地惊醒了。那是丽娅的声音！丽娅的智慧！她的魂灵感觉到了我没有感觉到的东西。我摇了摇头，把里面的迷雾甩掉。我把手从台阶上拿开，用手臂紧紧搂着丽娅的腿。我咕哝了一声，慢慢地站起来。

"啊……年轻人，"那个昏昏欲睡的声音多了一丝不安，"我以为你要休息一会儿呢。"

我把丽娅紧紧抱在怀里，她藤衣上的叶子已经有些发干，但摸着仍旧很软。我深吸了一口气："我不会休息的，我不会让你用魔法对我催眠，因为我知道你是谁。"

"啊……你知道？"

"是的，你是芮塔·高尔。"

雾像烧开的水一样泛起了泡沫，在我面前沸腾、旋转着。一个和巴洛一样高大魁梧的男人从缭绕的雾气中浮现出来。他穿一件宽松的白色长袍，戴一根用闪亮的红宝石穿成的细项链。他的头发和我的一样黑，梳理得整整齐齐，连他的眉毛也好像精心修剪过。但最引起我注意的还是他的眼睛，好像两个完全真空的深洞。尽管想起巴洛那只要命的独眼我仍然心有余悸，但这两只眼睛更令我恐惧。

芮塔·高尔把手伸到唇边，舔了舔指尖。"我可以变身为不计其数的形态。"他的声音冷酷而严厉，没有一丝一毫我之前听到的懒洋洋的腔调，"野猪是我最喜欢的一种，包括前腿上的那道伤疤。我们每个人都带着伤疤。"

他用湿湿的手指捋着一根眉毛："但你已经看见过我的野猪了，对吧？一次是在你管它叫格温内斯的那个海岸的礁石上，还有一次是在你的梦里。"

"你怎么……"我回想起那个梦，还有短剑般的牙齿插进眼睛里的那种感觉，出了一脑门子的汗，"你怎么知道的？"

"噢，你不至于吧！一个未来的巫师肯定对跳跃多少有一点了解。"他舔舔指尖，嘴角浮起一抹嘲讽的微笑。"给人托梦是我的娱乐项目之一，是我日理万机时的一个小消遣。"那抹嘲笑更明显了，"不过我更享受的还是送上死亡阴影。"

我全身绷直，抱紧了丽娅没有生命的身体："你凭什么害我的妈妈？"

芮塔·高尔空洞的眼睛盯着我："你凭什么把她带到芬凯拉？"

"我没有想……"

"是有点傲慢自大吧。"他用手把头发捋平，"这是你父亲的致命缺点，也是你祖父的致命缺点。你真以为你有什么不同？"

我挺直身体："我和他们不一样。"

"又是傲慢自大！我还以为你已经学乖了呢！"他向我走近一步，他的白袍飘动着，"傲慢自大会置你于死地，这毫无疑问。它已经要了你妈妈的命。"

我趔趄了一下，两腿在雾台阶上打着晃："这就是你为什么一直在拖延我！"

"当然。"他仔细地一根根舔着手指，"现在你已经知道你没能让她免于一死，实际上是你导致了她的死亡，我也不会让你受更多的罪了。我现在就在这儿杀了你。"

我退后一步，试图不要跌倒。

芮塔·高尔一边笑着，一边捋着另一根眉毛："这回可不像上次在格温内斯，你的英雄黛格达救不了你了。还有你那只傻鸟，要不是他的鲁莽，我在隐堡就把你干掉了。这回，你可跑不了了。"

他在雾中又向我走近了一步。他活动着两只巨大的手，仿佛在准备捏碎我的脑壳。"为了让你知道你愚蠢傲慢到什么程度，我给你解释一件事情。如果你没有跳过你的功课，也许你就会知道只要你披了冬青斗篷，就是那该死的金枝，你就可以直奔黛格达的住处，我就不可能像现在这样拦截你。”

我脸色煞白，想起丽娅曾一再恳求我带着冬青枝去另一个世界，而我压根儿没把她的劝告当一回事。

芮塔·高尔又露出了嘲讽的微笑。雾从他的头上冒出来，像手臂一样伸向我。“我太爱傲慢了，这是人类最可爱的品质之一。”

他凹陷的眼睛眯了起来：“你的课上完了，现在你该死了。”

就在这一刻，一个长着翅膀的身影从云中蹿出，一声尖叫在移动的雾境里回荡着。麻烦径直飞向我，身后拖着一根松垂的金枝。芮塔·高尔愤怒地吼了一声，向我扑来。

就在他抓住我的那一瞬间，那金枝像一件斗篷一样落在我肩上。我感觉得到他有力的大手正要掐紧我的喉咙。突然，我变成了蒸气，融化在雾里。我最后感觉到的是两只鹰爪抓住了我的肩膀。我最后听到的是芮塔·高尔暴怒的号叫。

“你又从我手里跑掉了，你这个小巫师！下次你不会再这么幸运了。”

33

神奇的世界

　　我的皮肤、骨头和肌肉都溶解了，代之以空气、水和光，还有更多。这就是我的构成，我现在是雾的一部分。

　　我像一团云雾般翻滚着，向前伸出我没有尽头的长臂。金枝推动着我飞奔在通向黛格达家的秘密通道上，我旋转着，摇摆着，穿过螺旋形的雾隧道和弯曲的雾走廊，融化在身后的空气里。虽然我看不见麻烦和丽娅，也不知道他们是怎样的形态，但我能够感觉到他们在与我同行。

　　数不清有多少次我看到雾中不同的风景和生灵。不计其数的种类栖居于其中的每一个空间。世界中还有世界，层次中另有层次，生命中包含着生命。另一个世界的浩瀚宏大和错综复杂在向我召唤。

　　但我没有时间去探索，爱伦和丽娅生死未卜。由于我自己的极度愚蠢鲁莽，我可能已经失去了帮助她们俩或者其中一个的机会。即便如此，就像我的手杖在斯兰陀突然失踪时丽娅说过的那样：只要有希望就会有机会。我一直抱着希望，尽管它和那些变幻的云雾一样虚无缥缈。

我雾一般起伏的思绪转向黛格达。想到即将面对这位最伟大的神灵，我骤然产生了一种深深的恐惧感。虽然我预感到他会因为我的种种失误而给我严厉的评判，但他是否也会拒绝给我帮助？也许挽救我的妈妈会打乱宇宙间只有他才了解的某种微妙的平衡。也许他不过是没有时间见我。也许当我到达时他压根儿就不在家，而是在某个遥远的地方，在这个或那个雾的世界，与芮塔·高尔的力量交战。

我猜想着如此强大的神灵会是什么样子。当然，像芮塔·高尔一样，他可以选择以任何一种形态出现。我被冲上格温内斯海岸的那一天，他是一头雄鹿，魁伟、强壮、长着一副巨角。让我印象最深的却是他那双一眨不眨、大海一般深邃神秘的棕色眼睛。

但我知道无论以什么样的形态出现，他都会和黛格达本人一样高大威武，就像是人形的雄鹿。芮塔·高尔是怎么说他来着？伟大光荣的黛格达，勇士中的勇士。

我就像飘进山谷的一朵云，一点点放慢了速度，最终停了下来。环绕我的云雾开始消散，最初几乎令人难以察觉，但渐渐变得稀薄而细碎，如同一片缥缈的轻纱被缓缓拉开。我逐渐可以在轻纱后面看出一个高耸的轮廓，阴暗沉郁地向我压来。

突然，残余的雾一下子消散了。我意识到那个高耸的轮廓实际上是一棵巨大的、挂满露水的树。它像阿芭萨一样巍然矗立着，但有一个明显的区别。

这棵树是倒着长的。它巨大的根部伸向天空，仿佛拥抱着上面整个世界，树根间云缭雾绕，蔚为壮观。那些高耸的根须上垂挂着无数冬青金枝，优美地在空中轻轻摇曳。接近树干底部，粗壮的树杈在一片宽阔的雾的原野上延伸着。整棵树被成千上万的露珠覆盖，如同跳跃的溪水一般闪闪发光。

我被这棵树迷住了，好一会儿才意识到自己也站在雾的原野上。我的身体又恢复了原状！丽娅躺在我的怀里，麻烦在我耳边轻柔地咕咕叫着，一根和我头顶上垂挂着的树枝一模一样的冬青枝搭在我肩上。我的剑挂在腰际，手杖依然别在腰带里。

我看着麻烦那双长着黄眼圈的眼睛："谢谢你，我的朋友，你又救了我一命。"

小鹰发出一声高亢的、几乎是难为情的呼哨，扑打了一下灰色的翅膀。

"欢迎来到灵魂之树。"

我转过脸来面向那个微弱而颤抖的声音。它来自一个孱弱的老人，老人的右臂无力地在身侧垂着。他又瘦又小，背靠着树杈坐在雾的地面上，以至于我之前压根儿没有注意到他。他的银发闪闪发光，就像他四周盖满露珠的树皮一样。

"非常感谢您。"我生硬地说，不想又一次上当。时间紧迫，我不得不直截了当："我找黛格达。"

麻烦用爪子捏了捏我的肩膀，责备地对我叫了一声。

老人善意地微笑着，脸上出现了柔和的皱纹。他把干瘪的手臂放在腿上，专注地打量着我。

突然，我注意到了他的眼睛，好像棕色的深潭，充满着关切、智慧和忧伤。我曾经看到过这双眼睛，属于那头伟大的雄鹿的眼睛。

"黛格达。"我咬着嘴唇，凝视着眼前这个瘦小衰弱的老人，"我很抱歉没有认出您。"

老人的笑容消失了："你最终还是认出来了，就像你最终会了解到我魔力的真正来源，或许你已经了解了？"

我迟疑了一下，不确定该怎样回答："我恐怕对您魔力的真正来源一无所知。但我相信您会使用您的魔力去帮助每个生命体追随它们各自的生命轨道，无论那个轨道是什么。所以在我被冲上海岸那天，您才帮助了我。"

"很好，梅林，回答得很好。"他棕色的眼睛露出满意的神色，但又带了一丝恼怒，"虽然你的确试图绕开一首歌。"

我不安地移动着身体。

他审视着我，仿佛一眼能看到我心底最深处："你背负的重担还不仅仅是你怀里的朋友。来，把她在我身边放下。"

"您能……您能帮她吗？"

"等一下看吧！"他前额上的皱纹变得更密集了，"告诉我，梅林，每首歌的灵魂是什么？"

"还有我妈妈？如果她还有时间的话也剩下不多了。"

"她也得等。"

我在氤氲的地面上俯下身，轻轻地把我妹妹的身体放在黛格达旁边。缭绕的雾气从她的肩膀和胸口飘过，像一块薄纱做的毯子一般覆盖着她。黛格达看着她，眼里是深深的哀伤，然后他把目光转向了我。

"首先，给我看看你的手杖。"

看到我从腰间拔出的手杖，麻烦敬佩地叫了一声。我把手杖多节的顶部冲着黛格达，缓慢地转动着杖柄。上面所有的印记在我们眼前发出黄昏般幽深的蓝光。蝴蝶是改变的象征。一对小鹰在并肩翱翔。有裂缝的石头提醒着我曾经做过想把轻鸟关在笼中的傻事。那把剑的名字我铭记在心上。圆圈里的星星唤回了金发圭尼明快的笑声。龙的尾巴不知怎的让我想起舌尖上脏皮子的味道。最后，那只眼睛尽管与巴洛的截然不同，却自有慑人的力量。

黛格达点点头："我看到你佩戴着一把剑。"

我拍了拍银剑柄。

"保护好它，因为在用过这把剑之后，你将在时机到来时把它放进一把石鞘里。然后它将被传给一个和现在的你年龄相仿的男孩，这才是这把剑的归宿。那个男孩生而为王，他的王权在他的国土上衰落以后将依然长存在人们心中。"

"我会好好保护它的。"

"告诉我，孩子，你在七歌中听到了怎样的旋律？从第一首——改变——开始。"

我清了清嗓子："我从一只蝴蝶、一个将功赎罪的背叛者和树人那里学到，我们所有人、所有的生命都具有改变的潜能。"

老人专注地审视着我："这首歌成为你的第一首歌并非偶然。我相信它的旋律对你来说并不陌生。"

"是的，"我盯着挂满露珠的树杈看了一会儿，"我现在明白了为什么在希腊文里蝴蝶和灵魂是同一个词。"

"不错。现在，给我讲讲连接。"

我看了一眼丽娅苍白静止的脸："最强大的连接是心心相连，这是一对并肩翱翔的鹰教给我的。"

麻烦一边在我肩上骄傲地走来走去，一边梳理着翅膀上的羽毛。

"也许还有一个骗子？"

我叹了口气："是的，还有一个骗子。"

一缕雾从黛格达的左臂经过，他的手指灵巧地一转，将它编成了一个复杂的结，然后又若有所思地点点头，让它飘走。

他把目光重新转向我："接下来你找到了我的老朋友俄纳尔达的地下王国。我可以向你保证，她比她表面看起来要聪明得多！她一定很享受做你老师的机会。"

我摇摇头："这很难说，我是个学得很慢的学生。不过，我最终在一只轻鸟的帮助下找到了那首歌的灵魂。"

"是什么？"

我指了指有裂缝的石头的图形："保护一样东西最好的办法是给它自由。"

黛格达身体往后略仰，向上凝视着灵魂之树粗壮的根部。他挑了一下眉毛，一缕雾随之绕着树干升了上去："我想，下面的那堂课对你来说是个意外。"

"命名。我用了好长时间，外加一把断了的切面包刀，才学到一个真实的名字具有真实的力量。"我顿了一下，想了想，"我的真名是梅林吗？"

老人摇了摇他长满银发的头。

"那，也许您知道我的真名是什么？"

"是的。"

"您能告诉我吗？"

黛格达考虑了一会儿我的请求："不能，暂时还不能。这样吧，如果我们能够在一个欢乐的时刻重逢，也就是当你打败了最强大的敌人的时候，我就会告诉你你的真名。"

我脸色发白："最强大的敌人？您说的一定是芮塔·高尔。"

"也许是。"他指了指圆圈里的星星，"现在咱们来讲讲跳跃。"

"这是一个神奇的本领。大伊鲁莎用它把我们所有人送到了树人住的地方，金发圭尼用它让丽娅看到了灵界井的模样。"我的声音变小了，"芮塔·高尔用它把死亡阴影给了我妈妈。"

老人的银眉扬了扬："给了你妈妈？"

我的靴子在雾的地面上不安地移动着："嗯，不是，是给我。但我妈妈中了招。"

"那么跳跃的灵魂是什么？"

我的目光跟随着四周飘移的雾，它环绕着我和黛格达，触摸着我们和倒长着的大树，环绕着那拥抱着上面整个世界的巨大树根。"每一个事物都与其他事物彼此相连。"我用肯定的口气说。

"不错，我的孩子，不错。那么消灭呢？"

"这是我从一条睡龙还有……一个小丑那里学到的。"我微微咧嘴笑了，"他们让我看到了每一个生命都有它的宝贵之处。"

黛格达把身体向前探了探："龙也如此？"

"是的，龙也有他的宝贵之处。"

他若有所思地摸摸下巴："你还会再遇到那条龙，而且是在他醒着的时候。"

我吃了一惊，还没来得及追问，他又开口了。

"看见，给我讲讲看见。"

我的舌头在嘴里打着转，一时说不出话来。终于，我用耳语般的声音说道："心能够看见眼睛看不见的东西。"

"唔，还有什么？"

我想了一会儿："还有，我现在对用心去看有了一些认识，也许我能够对自己看得更深一些。"

黛格达深邃的棕色眼睛看着我："当你看进自己内心时，我的孩子，你看到了什么？"

我清清嗓子准备回答，但又停了下来，寻找着准确的字眼。"我感觉就好像……就好像走下灵界井。我下去得越深，看到的越多。"我转向一边，小声说，"我会看到很可怕的东西。"

老人关切地看着我："你还看见了什么？"

我深深叹了口气："我懂得太少。"

黛格达伸出手来握住我的手。"如果是这样，你就已经学到了一些宝贵的东西，梅林。"他把我拉近了一些，一缕缕雾气在我们头顶缭绕，"非常宝贵。到现在为止，你一直在寻求七歌的灵魂。但是我的孩子，认识到自己懂得太少，也就是具备做人的谦逊，这才是魔法的灵魂。"

我不解地仰起头。

"我相信你早晚会完全理解的。因为谦逊不过是对神奇万物的一种由衷的尊重。"

我慢慢点了点头："这很像丽娅说的话。"我又看了一眼她毫无生气的身体，焦灼地问道："您还能把她救过来吗？"

黛格达没有回答。

"能吗？"

他沉默地看了我好一会儿："孩子，我不知道。"

我的喉头发紧，好像巴洛仍然把我的脖子攥在手中。"我真是一个傻瓜，我造成的伤害太大了。"

黛格达用手指点了点一缕卷曲的雾，它立刻变直了。与此同时，他对着一缕雾丝瞥了一眼，它顿时变成了一个小球。然后他转身看着我，伤感地说："所以，你已经看到了自己内心的光明与黑暗，恶龙与星星，毒蛇与鸽子。"

我深吸了一口气："当您跟我打招呼时，您说过我会了解您的魔力的真正来源。我不是很确定，但我觉得您的魔力相对于其他类型而言显得更不张扬。它听从您的脑和手，却发自您的内心。真的，您的魔力就是那第七首歌，不是用眼睛而是用心去看。"

他的眉毛极其轻微地扬了扬。

"曾经有一段时间，"我继续说道，声音轻得如同耳语一般，"我愿意为我的眼睛重见光明付出一切。我仍然渴望重新看见，非常渴望。但我现在知道还有其他看见的方式。"

黛格达攥紧了我的手："梅林，你看得很好。"

他把手松开，又端详了我很长时间："我可以这样告诉你，尽管你经历了很多而且还会经历很多痛苦，但神奇的世界在等待着你，年轻人，神奇的世界。"

34

不死仙丹

黛格达深邃的目光转向树干，上面的露珠像钻石般闪闪发光。他顺着树干朝上望去，一直看到融化在云雾中的盘根错节的树根。他的目光在那里停留了一阵，仿佛能够穿透云雾看得更远。终于，他开口了："现在来看看与你心心相印又血脉相连的朋友。"

他把没有受伤的胳膊伸向躺在雾地上的丽娅。她看上去静止而沉默，她的皮肤和她绿叶做的衣服都已经失去了颜色。我心如刀绞，因为我怀疑她的身体已经变冷，即使最伟大的神也回天乏术。圭尼不是曾经告诉过我，万能的黛格达也无法让死人重生吗？

他合上眼睛，轻轻地抬起她一只无力的手，似乎在聆听来自远方的什么声音。然后，他闭着双眼，对我发出指令："梅林，你可以放开她了。"

我犹豫着，突然害怕这真的意味着她已经死了。一旦她的灵魂离开我飞逝而去，我就再也别指望见到她。尽管我是那么渴望再听到她的笑声，但我担心放手之后我会永远失去她。

"梅林，"黛格达重复道，"是时候了。"

终于，我松开了手。我可以感觉到她的灵魂轻微的悸动，然后它渐渐飞离我的怀抱，开始像一滴滴水，聚积着力量，然后变成了一条奔腾的大河，冲过堤坝。泪水充溢着我失明的双眼，因为我知道不管丽娅的肉体能否复生，我和她都不会再像此刻这样亲密。

我缓缓地吐了口气。一缕缕雾气在我与她之间编织成一架发光的桥梁，连接着我们彼此的胸怀。那座桥闪烁着，盘桓了不到一秒钟，然后完全消失了。

突然，我注意到她头一侧的伤口正在从里面开始愈合。随着皮肤长到一起，那些棕红色的血迹也从她的卷发、脖子和藤蔓衣服上消失了。她的脸颊又有了血色，她的衣服变得柔软了，绿色的生命重新出现在每一片叶子和每一根枝条上。

丽娅的食指抖了抖，脖子挺了起来，蓝灰色的眼睛终于和黛格达的眼睛一起睁开了。她凝望着挂着冬青枝的树根，微弱地吸了口气，然后把脸转向黛格达，微笑着开口道："你和我一样，也住在树里。"

她发出了银铃般的笑声，我和黛格达也笑了，他的笑声饱满而响亮，身体跟着愉快地颤抖着。那株大树在雾的原野上晃动起来，露珠纷纷落下，在空中旋转发亮，就连我肩上的麻烦也发出了一声欢快的呼哨。对我而言，整个宇宙仿佛都加入了我们的欢笑。

丽娅的眼睛发着光。她坐起身来，扭头看着我："梅林，你做到了，是你救了我。"

"不，是黛格达救了你。"

"但多亏有你帮忙，年轻人。"老人拿开额前的几缕银发，"你那么动情地抱着她的灵魂和身体，让她没有马上死去，这才给了我足够的时间把她救活。"

他看着丽娅："你也帮了忙。"

"我？"

老人慢慢点了点头："你有一个炽烈的灵魂，丽娅楠，不同寻常的炽烈。你生命的力量就像我放在芬凯拉的宝物火球那样强大。"

丽娅的脸红了。

我想起了我从隐堡废墟里抢救出来的那个闪闪发光的橙色的球："它和治伤有关系，对吗？"

"不错，但它治愈的是灵魂之伤而非肉体之伤。因为火球在一个睿智的人的手里能够重新点燃希望和欢乐，甚至求生的欲望。"

黛格达转向我："梅林，你比任何人都了解你妹妹的灵魂能够发出多么灿烂的光芒。"

我发现，我仍然可以在自己内心深处感受到丽娅的灵魂。我妹妹把她的一小部分留给了我，我知道它将永远与我同在。

"好，"瘦弱的白发老人大声说，"你作为一个魔法师的训练才刚刚开始，但接受你妹妹的智慧和灵魂是其中重要的一部分。"

"可以称之为我的第八首歌。"

"不错。"

我看着丽娅："艾拉曾经告诉过我，但我没有弄懂。现在我总算有了点模糊的认识。"

她摸了摸自己的护身符："或者，你可以说……是一种直觉。"

麻烦发出咯咯的叫声，像是在笑。

我用手拨开从地面升起的雾气，寻找着黛格达的脸。"我有一个直觉，芬凯拉就是我真正的家。但是……我又有另一个直觉，它不是。哪一个是对的？"

老人伤感地笑了笑："啊，你开窍了！就像真正的爱经常交织着快乐与悲伤，真正的直觉也往往混合着彼此矛盾的感情。但在这件事上我可以帮你。芬凯拉原本就不是让人类长住的地方。不管你在那里多么有家的感觉，你都必须回到地球上。你可以再多待一段时间，因为你还有任务需要完成，但你最终必须离开。"

我咬住嘴唇："您难道就不能让我留在那儿吗？"

黛格达满眼怜惜地摇摇头。"我能，但我不会。因为世界必须遵循各自的结构和灵魂，所以才一定要彼此分隔。"他沉重地叹了口气，"这就是我为什么不得不与芮塔·高尔在众多战场上抗衡。他企图把另一个世界、地球和芬凯拉的结构全部打乱，让它们变成他自己邪恶蓝图的一部分。他想要统治一切。"

"芬凯拉人是不是因为这个而失去了翅膀？"丽娅看着缭绕的云雾问道，"他们忘记了如何遵循自己的结构？"

"丽娅楠，你的直觉的确很强。你的思路是对的，剩下的你们必须自己去发现。"

"黛格达，我能问您一件事情吗？"我迟疑着，想找到准确的字眼，"有一个预言说，只有一个有人类血统的孩子能够打败芮塔·高尔和他的手下。这是真的吗？如果是的话，那个人类的孩子是不是我们两人中的一个？"

老人用手抚过旁边一根低垂的冬青枝："虽然我不能给你所有你想知道的答案，但我可以告诉你一点，这个预言很重要。尽管你妹妹消灭了巴洛，但能在芬凯拉阻止芮塔·高尔的唯一人选是你。"

我想咽口水，但我的喉头又一次哽住了。突然，我想起了从爱伦喉咙里钻进去的死亡阴影。我张开嘴，声音却低得像耳语一般："如果我会因为与芮塔·高尔对抗而战死，你一定要告诉我一件事——有没有办法，什么办法都行，能够让我们的妈妈活下来？"

丽娅焦虑地把目光从我身上转向黛格达。麻烦在我肩上一边走来走去，一边扑扇着翅膀。

老人吸了口长气："你还有时间，但时间不多了。离月相的第四个阶段结束还有几个小时。月亮消失时，也就是你妈妈消失的时候。"

"不死仙丹，"我恳求道，"您能把不死仙丹给我们吗？"

黛格达把手伸向一根粗壮的树杈，小心翼翼地用指尖碰了碰上面的一滴露珠。那滴露珠脱离了树杈，在他指尖上形成了一个薄薄的闪光的杯子。他用另外的手指取下它。那杯子立在他的掌心，好像一个水晶般的小瓶子。

他微微皱了皱眉，小瓶里瞬间注入了一滴红色液体，黛格达自己的血。小瓶满了之后，瓶口立刻就封紧了。

"好了。"他沙哑地说，仿佛刚才做的事情让他变得虚弱了。他轻微地颤抖着，把小瓶子交给我："拿去吧。"

我打开皮袋子，把不死仙丹放了进去。我感觉到麻烦的爪子抠进了我的肩膀，柔软的羽毛在我脖子上蹭来蹭去。

还没等我开口，黛格达已经猜出了我要问什么："不行，梅林，它不能跟你去。你的朋友麻烦为了救你，在隐堡失去了它肉体的生命。它现在属于这里。"

小鹰轻轻地叫了一声。雾气在我们周围滚动，它长着黄眼圈的眼睛与我四目相对。我们最后看了彼此一眼。

"我会想你的，麻烦。"

小鹰又蹭了蹭我的脖子，然后慢慢离开了。

黛格达也露出了痛苦的表情："现在说这个并不会让你好受一点。但是梅林，我相信有一天，在另一片土地上，你会感到有一只别的鸟在抓着你的肩膀。"

"我不想要别的鸟。"

"我理解。"老人向我伸出那只没受伤的手，抚摸着我的面颊，"你恐怕该上路了，尽管没人知道你要走的路会有哪些曲折。"

"连您也不知道？"

"连我也不知道。"黛格达从我肩上取下那根冬青枝，"走吧，我的孩子们，勇敢些。"

旋转的雾浪从我身上席卷而过，吞没了一切。我耳边只听到麻烦的最后一声尖叫。

35

魔法师的手杖

闪闪烁烁的光消失在黑暗中，唯一的亮光来自头顶的几颗稀疏的星星。我发现自己还是跪着，丽娅仍坐在我身边，但嶙峋的岩石和陡峭的悬崖取代了蒸腾的雾气，一圈光滑的白石取代了灵魂之树。不远处，那个武士庞大的尸体仍旧一动不动地躺在那里。

我抓住丽娅的手："我们回到井口了。"

"一点不错，一点不错，一点不错。"邦拜威驼背的身影出现在黑暗里，"我没想到你能回来。噢，你还带回了那个谁的躯体……"

"丽娅，"她打断了他，"不过是活蹦乱跳的！"

邦拜威呆住了。即使光线暗淡，我也看得到他睁大的双眼。有那么一刹那，他的嘴巴和多层下巴不易察觉地往上翘了一下。尽管那笑容转瞬即逝，我还是肯定他真的笑了。

我抬头望天，寻找着月亮的踪影，但什么也没看到。我咬紧嘴唇，如果没有跟芮塔·高尔浪费时间就好了。

突然，丽娅用手指了指刚刚从云背后钻出来的一点微弱的光亮："哎呀，梅林，月亮只剩下那么一点点了，拂晓前就会消失。"

我跳起身来："妈妈也会，除非我们抢在月亮消失以前赶到她身边。"

"怎么赶？"丽娅站起来，面对着南方的天空，"阿芭萨离这儿太远了。"

就像是在回答她的问题一样，整个山梁猛然晃了一下，接着又是一下，一次比一次晃得厉害。岩石从我们两侧的悬崖上滚了下来。我从腰间抽出手杖，倚着它来保持平衡。这时，我的第三只眼看到一个新的轮廓出现在地平线上，它就像一座快速长大的山，挡住了背后的星星。但我知道这不是一座山。

"席姆，我们在这里！"

几分钟后，巨人那庞大的身躯已经矗立在我们三人面前。他的脚踩在松动的岩石上，向我们伸出一只大手。我和丽娅爬进他的手掌，身后跟着不情不愿的邦拜威。

长着圆球鼻子的席姆咧开嘴笑了："我系很高兴看到你们的。"

"逮到我们，"邦拜威呻吟着，双手绞着他的斗篷，"他是来逮我们的。"

我没理那个小丑，回答道："我们也很高兴看到你！"

"你怎么知道我们正需要你？"丽娅问，"你怎么知道在哪儿找到我们？"

席姆直起身的同时也抬起了手。我试图站稳脚跟，但还是滚进了他肉乎乎的手掌，差点就撞上缩成一团的邦拜威。而丽娅却像一只从天而降的天鹅一样优雅地在我们旁边坐了下来。

"我正在睡觉，梦见……"巨人停了一下，噘了噘他的大嘴巴，"我想不起来了！反正，那个梦变成了一只鸟，一只鹰，就像以前你肩膀上的那只一样，只不过它系灰白色而不系棕色的。"

我往后缩了一下，感觉得到肩胛间的旧伤，还有它旁边的新痛。

"然后这只鹰就对着我大声叫，把我弄醒了。"席姆揉了揉鼻子，"还有一种非要找到你们的感觉。最奇怪的系，我脑子里有一张怎么走的图。"

丽娅笑了："是黛格达给你托的梦。"

巨人浓密的粗眉扬了起来。

"席姆，你是一个忠实的朋友！带我们去阿芭萨吧！"我瞥了一眼残留的月痕，它似乎变得比几分钟前更淡了。

一阵凉爽的风扑面而来，我的外套被吹得像鼓起的船帆。席姆转过身，轰隆隆地朝着失落之地的群山走去。他毛茸茸的脚在碎石上嘎吱嘎吱地踩过，仅三四步就迈过了我们当初用了几小时才翻过的山岗。他的一只脚才在谷底落地，另一只就登上了下一个山梁。几分钟后，空气里传来一丝烟味，我知道我们已经到了睡龙谷。

席姆向南转去，准备跨越海峡。海雾在我们周围缭绕，他粉红色的眼睛闪闪发亮。"我跟你们说过没有，我希望有一天再和你们一起过一次海峡？"海浪拍打着他的腿，他的笑声在浪尖上滚动，"一定的，必须的，绝对的！"

但没人分享他的欢乐。邦拜威抱着肚子，嘟嘟囔囔地哀叹一个伟大的小丑的死亡。丽娅和我则紧盯着夜空，试图追踪那正在迅速消失的月亮。

从黑暗里流动着的声音和气味还有席姆变换的步伐中，我可以感觉到地貌的某些变化。从海峡里出来之后，他迈过岸边的高地，飞快地登上了山岗。不久，山变得越来越陡，他的步子也随之变小了。我们爬上了瓦里高城附近更高的雪山。有一刻我觉得我听到了远处低沉的声音在吟唱，但它很快又消失了。

高山上的空气氤氲潮湿。我们开始往下走，下面是一片山丘和沼泽交错的迷宫。我知道大伊鲁莎的水晶洞就在附近的某个地方。大蜘蛛是否在洞里，正盘踞在芬凯拉的宝藏中，还是正在外面寻找变形幽灵和精灵来满足她无底的胃？

下面传来的树枝断裂的声音告诉我们，德鲁玛树林到了。浓郁的松脂味扑鼻而来，巨大的阴影向天空伸展着，有一些和托着我们的巨人一样高。我不禁想起很久以前席姆与我分享过他最深切的愿望：变得又高又大，就像最高的树一样。

他的愿望显然实现了。我坐在他的大手掌里，更加费力地盯着高高挂在天上的正在消失的月亮，心里越发肯定我自己最深切的愿望不会实现。

我正在琢磨着我是真的看到了月亮还是在想象它发出的微光，又一个树影赫然出现在我们面前。它比其他树都更高更大，像黛格达的灵魂之树一样巍峨伟岸。阿芭萨终于到了！巨大的树杈间，蓝宝石眼睛的爱伦住着的空中小屋如同星星一般熠熠生辉。

席姆弯下身，把手放在橡树粗壮的树根上。我抓起手杖跳到地上，后面紧跟着丽娅和跌跌撞撞的邦拜威。我对席姆高声说了句"谢谢"，转身面对着阿芭萨。我希望这一次它不会把我拒之门外。

就在这时，巨大的树干低沉地吱嘎一响，树皮皱起来，裂开一条缝，然后门打开了。我一头冲了进去，一步两级台阶地往上奔，看都没看刻在墙上的符号。当我在楼梯口破帘而入时，大眼睛的松鼠依克特马尖叫起来。它猛地一转身，把一碗水打翻到了地板上。然后，它看见了跟在我身后走进来的丽娅，便飞快地跑上前去，叽叽喳喳地唠叨起来。

爱伦还躺在地板上我们离开时的那个老地方。她的眼睛紧闭着，头底下枕着同一个散发着松香的枕头，胸前盖着同一条发着微光的毯子。当我放下手杖、跪在她身边时，却发现她变了很多。她曾经凝脂般的面颊比干枯的骨头还惨白，额头上是漫长的痛苦留下的皱纹。她好像瘦多了，人像正在消失的月亮一样纤弱。我把头放在她的胸口上，希望能听到她的心跳，却什么也没听到。我摸着她干裂的嘴唇，希望能感觉到一丝气息，却什么也感觉不到。

丽娅在我身边蹲了下来，她的脸几乎和妈妈的一样苍白。她一动不动地看着我从袋子里拿出装着不死仙丹的小瓶子。灶里的光照在瓶子上，它呈现出鲜艳的红色，黛格达的血的颜色，那红晕笼罩了整个房间。

我屏住呼吸，把不死仙丹滴进了妈妈的嘴里："恳求你，黛格达，我恳求你，不要来不及，不要让她死掉。"

我几乎没有注意到依克特马抽噎着把毛茸茸的尾巴绕在丽娅的腿上，没有注意到邦拜威闷闷不乐地摇着头走了进来，没有注意到第一缕微弱的曙光照在东面窗户垂挂的树叶上。但我身上的每一个细胞都注意到，妈妈睁开了眼睛。

看到我和丽娅，她惊讶地叫出声来，脸上浮现出一抹红晕。她轻轻喘了口气，微弱地向我俩伸出手。我们紧握着她恢复了活力的双手，我热泪盈眶，丽娅低声啜泣起来。

"我的孩子们。"

丽娅含着眼泪微笑着："我们回来了……妈妈。"

爱伦的额头出现了细微的皱纹："原谅我没有在你离开前告诉你，孩子。我想，如果我死了会让你加倍难过。"

"你不用告诉我。"丽娅摸着挂在她胸前用橡木、桦木和山楂木做的护身符，"我已经知道了。"

我捅捅她，咧嘴笑道："这姑娘的直觉都是从我这儿学来的。"

我们都笑了，妈妈和她的儿女们，好像彼此从未分离过。即使将来我们不得不再次分开，此时此刻我们的心中只有一个不可更改的事实。在这个曙光初现的早晨，在这棵大树的树杈间，我们终于坐在了一起，团团圆圆。

又说说笑笑了很久之后，我们才停下来吃了一顿丰盛的早餐——依克特马准备的蜜渍坚果和迷迭香薄荷茶。直到吃了第五轮，我才注意到灶边一样闪闪发亮的东西——花琴。它靠在活木的墙壁上，富有魔力的琴弦散发出光泽。突然，我倒吸了一口气。花琴背后还放着几样东西，我惊异地盯着它们，舔了舔手指上的蜂蜜，站起身来走上前去。

我简直无法相信，但我知道这是真的。芬凯拉所有的宝藏都在这里，就在丽娅的小屋里！

那幽幽地发着光的是召梦者，凯尔普瑞曾经告诉我这个优美的号角可以让任何梦想实现。它的旁边是双锋宝剑深刃，当我伸出手去抚摸它的剑柄时，我腰间的利剑轻轻地响了响，提醒我我自己的剑也是为完成一个不同凡响的使命而铸造的。墙壁上交错的树枝边放着传说中会自己耕地的犁，它的旁边是会自己育苗的锄头和砍树时知道适可而止的锯子，还有智慧七器中的其他几件器具，当然遗失了的那件除外。我脑子里闪过一个疑问：那究竟是一件什么样的器具？它现在又在哪里？随后，我的注意力转向了最后一件宝物——火球。那橘黄色的圆球像炽烈的火炬一样发着光。或者，就如黛格达所说的，像一个炽烈的灵魂。

"宝藏！"我大叫一声，无法让自己的目光离开它们。

丽娅已经静静地来到我身旁，她挽起我的胳膊："依克特马告诉我，大伊鲁莎在我们到达前不久才把它们送过来的。"听到小松鼠气呼呼地在一旁唠叨，她笑着说："它提醒我，她只把它们送到阿芭萨门前的空地上。因为她自己个子太大进不来，她就请……噢，是命令……依克特马和它的家人把它们搬进来。"

我疑惑地用手指抚摸着花琴的橡木音箱："肯定是黛格达给大伊鲁莎送了个信儿，就像他对席姆那样。可是他为什么这么做呢？这些宝物在她的水晶洞里很安全，而且她已经承诺会一直保管它们。"

"不是一直，而是直到她找到一个有足够智慧的人来选择合适的监护者。在斯坦格马之前，这些宝物属于整个芬凯拉。大伊鲁莎认为应该恢复到从前的样子。我也同意。"

我更糊涂了。我摇了摇头说："但是谁才有足够的智慧来选择监护者？大伊鲁莎显然比任何人都更胜任。"

丽娅若有所思地端详着我："可她不这么认为。"

"你该不是说……"

"是的，梅林，她希望由你来做。就像她对依克特马说的，芬凯拉岛又出了一位魔法师。"

我吸了口气，再一次看了一眼放在墙边的宝物。无论是怎样的形状、大小或者材质，它们中的每一件都具有让所有芬凯拉的居民过得更好的魔力。

丽娅笑嘻嘻地看着我："你打算怎么办？"

"我真不知道。"

"你多少有些想法吧。"

我弯下身来，从地板上捡起我的手杖——魔法师的手杖。"嗯……我觉得召梦者应该交给凯尔普瑞，他是最睿智的吟游诗人。"我冲着还在往嘴里塞坚果和蜂蜜的邦拜威示意了一下，"而且我觉得应该把送召梦者的光荣任务交给某个毫无幽默感的小丑。"

她的笑容更加灿烂了。

我对自己的职责变得越发起劲儿了。我抓起会自己耕地的犁的扶手，说："我对智慧七器中的大部分器具都不太了解，但这张犁不同。我知道一个叫洪的人会把它用得很好，而且乐于与大家分享。"

然后我弯下身去拿那闪光的火球。我把它举起来，感受着那充满活力的炽热，然后默默地递给丽娅，她的藤蔓衣服和那橘黄色的光一起翩翩起舞。

她一脸惊奇："交给我？"

"交给你。"

她想要拒绝，但我先开了口："还记得黛格达是怎么对我们说的吗？火球可以重新点燃希望、欢乐，甚至求生的欲望。它属于那个拥有同样光明的灵魂的人。"

她看着那个火球，眼睛闪闪发亮："你给了我比它更宝贵的东西。"

我们久久地相互凝视着。终于，她指了指花琴："那个呢？"

我笑了："我觉得必须把它交给两个有花园的人。那个花园即使在寸草不生的锈原里也长得那么茂盛。"

"泰林和卡拉莎？"

我点点头："这次我背着花琴去他们家，唯一的希望就是他们会像对待朋友一样欢迎我。"我又摸了摸橡木音箱："不过我自己先要把花琴留下，我在黑山岭还有没完成的任务呢。"

丽娅把目光投向阿芭萨高耸的树杈，她显得容光焕发："真巧，我也是。"

"真的？"我扬起眉毛，"你在那儿有什么任务？"

"带路。我有一个哥哥，你知道的，他很容易迷路。"

译者后记

魔幻小说一直是西方少儿文学中最重要的体裁之一，近年来势头更劲。以《哈利·波特》为代表的多个魔幻系列不仅风靡全球，也让好莱坞趋之若鹜，争先将其搬上屏幕。随着《哈利·波特》最后一部电影在2011年上映，其发行者华纳兄弟电影公司一直在积极寻找一个富有同样魔力的后继者，于是美国作家贝伦的《梅林传奇》便进入了他们的视线。与《哈利·波特》系列一样，《梅林传奇》也叙述了一个少年魔法师的成长历程。

梅林的原型取自中世纪时期英国亚瑟王和圆桌骑士的传奇故事。作为亚瑟王的导师、谋士和一位备受尊敬的魔法师，梅林在亚瑟传奇中是一个举足轻重的人物，而且在包括莎士比亚在内的许多伟大作家的笔下都出现过他的身影。然而，历史文献和文学作品中的梅林一出场便已是一位长须及地、手扶拐杖的耄耋老者，他的身世和早年经历始终是一个不解之谜。贝伦的《梅林传奇》以丰富的想象力和生动的人物刻画填补了这一空白。从1990年至今，贝伦已经出版了二十多部小说，其中十二部与大魔法师梅林有关。《七歌》是该系列的第二部小说。

贝伦出生于美国东部哈佛大学所在的坎布里奇镇，十二岁时随家人移居西部的科罗拉多州，那里辽阔美丽的高原风光为他日后的文学创作带来了取之不尽的灵感。读大学时贝伦回到美国东部，在普林斯顿大学主修历史，毕业以后获得著名的罗德奖学金，赴英国牛津大学学习。在此期间，他的足迹遍及英格兰、苏格兰和威尔士的名胜古迹，并对中世纪传奇产生了浓厚兴趣。贝伦一边求学，一边开始写小说。他对中古文学的研究为他的创作提供了大量背景素材，而他对旅行的热爱和亲身经历则让他书中的主人公充满探索与冒险的精神。回到美国后，贝伦在第一部小说屡屡被退稿的情况下，决定暂停创作去哈佛大学学习商业和法律。随后，他受雇于纽约一家风投公司，并在数年之后升任公司总裁。但他始终无法割舍对文学创作的热爱，终于在事业如日中天之际，听从内心的召唤，举家搬回科罗拉多州，开始了职业作家的生涯。

贝伦说他之所以选择创作魔幻小说，是因为这一体裁赋予了作家和读者在想象的世界里任意驰骋的自由。他认为，最好的幻想小说能够唤醒我们的理智、情感和精神。贝伦的所有作品都表现了两大主题，其一是每个人都具有成为英雄的潜能，其二是人类对于大自然负有不可推卸的责任。

《梅林传奇》以少年梅林被冲上海岸为开端。从昏迷中醒来的他对自己的姓名、父母和过去毫无记忆。为了寻找答案，他历尽艰险，屡经考验，最终从一个一无所有的男孩成长为历史上最伟大的魔法师。在贝伦看来，每一个孩子来到这个世界时都带有某种特殊的天赋，而发现那个天赋的过程就是生命意义之所在。2001年，贝伦创建了以他妈妈命名的"格劳丽娅·贝伦"少年英雄奖，每年奖励美国二十五位对他人和环境做出贡献的少年。获奖的小英雄们与贝伦笔下的梅林具有相同的品质：勇敢、善良、积极向上、富有爱心和正义感。

贝伦对大自然怀有深厚的感情。他和家人住在科罗拉多州乡间的一个牧场上，每天与山水草木为伴。在他的魔幻小说中，有会行走的石头、会说话的树、具有魔力的河流和通人性的各种生灵。在他看来，宇宙是一个神奇而伟大的生命体，而人类只是其中渺小的一部分。贝伦通过梅林的故事探索了人与自然的关系。在与自然的互动中，梅林体验到了谦逊、关爱、伤痛、重生和转变，同时也学会了对大自然的感恩和敬畏。贝伦不仅在小说中传递自己关于自然的理念，生活中也身体力行。他参与创建了普林斯顿自然环境学院，在野生世界学会担任理事，并且曾经获得该学会的最高荣誉——"罗伯特·马歇尔"奖。

值得一提的是，贝伦的《梅林传奇》在传播正能量和环保意识的同时更是精彩的文学作品。它想象丰富，语言优美，人物刻画栩栩如生，故事情节扣人心弦，曾经荣登《纽约时报》畅销榜，并被翻译成十几种语言在世界各地出版。可以想象，由梅林故事改编而成的电影也将呈现给观众一个神奇魔幻、绚丽多姿的世界。我们拭目以待。

梅林词典

A

阿芭萨

德鲁玛树林深处长着的一棵巨大无比的橡树，是它收留并养育了丽娅。阿芭萨就是丽娅的家。

阿莱雅鸟

一种羽毛是红色和紫色霓彩的奇鸟，丽娅称之为"幸运的象征"。它长着炫丽的紫色羽冠和猩红色的尾巴，是丽娅眼中德鲁玛树林里除了阿芭萨之外最美的生灵。

埃尔蒙

郝丽雅的哥哥，麦鹿林·布里·密斯族的鹿人。梅林救了他们兄妹的命。为了报恩，埃尔蒙教会了梅林像鹿一样奔跑。

艾克特

未来的亚瑟王。梅林与他在鬼沼相遇，他带领梅林通过魔镜穿越到未来，在那里梅林是一位耄耋老者，也是艾克特的老师。

艾拉

当梅林打开一个古老的瓶子时，里面飘出一股带着肉桂芳香的风，这就是风妹妹艾拉。是梅林把她从老巫婆多姆努的魔咒里释放了出来，而她也多次在梅林需要时出现在他身边。

爱伦

她来自格温内斯，长着蓝宝石一般的眼睛，因为爱上了一个叫斯坦格马的芬凯拉男人而来到岛上。爱伦和布兰文是同一个人。

艾姆里斯

布兰文把和她一起被冲上海岸的男孩叫作艾姆里斯。艾姆里斯不记得自己的身世和父母是谁。为了解开自己的身世之谜，他来到了芬凯拉，并且在那里得到了一个新的名字：梅林。

B

巴考德

他从芮塔·高尔那里学会了吸魔术以及如何训练克里利克斯。他杀死了龙之王伏地尔尚未出生的小龙，从而引发了伏地尔对芬凯拉的报复。

巴洛

为芮塔·高尔守卫通向另一个世界的入口——灵界井的武士。他只长了一只眼睛，一旦与人目光相接就可以致那个人于死地。

邦拜威

一个失败的小丑。每当他竭尽全力想把别人逗笑时，结果都适得其反。他曾经让梅林不堪其扰，最后却成了梅林的帮手和朋友。

变形幽灵

芬凯拉最危险的生灵之一。它可以变身为任何东西，但总会露出一处破绽。

波利马格

梅林在鬼沼遇到的一个奇怪的小生物。它长得像海豹，胆小怕死，动不动就大喊大叫，但在关键时刻帮助梅林躲过了危险。

布兰文

和艾姆里斯一起被冲上海岸的女人，自称为他的母亲。她是一位治疗师，擅长用各种草药为人治伤。布兰文是她在人间的名字。在芬凯拉，她被称作"蓝宝石眼睛的爱伦"。

不息河

不息河从芬凯拉岛的中间流过，从最北部的失落之地汇入大海。它的西边是德鲁玛树林和雾岭，东边是锈原、鬼沼和黑山岭。

D

大伊鲁莎

一只很老的、胃口奇大的蜘蛛，但她的真实身份是一个谜。她住在雾岭的活石之间，知道很多芬凯拉的往事，而且可以预见未来。她可以随意改变自己的大小，因此让人难以捉摸。

黛格达

凯尔特文化中最强大睿智的神灵之一，是无所不知之神，他经常在不同的时间和地点以不同的化身出现。

德鲁玛树林

整个芬凯拉只有这片古老的树林里的树可以说话。这里是丽娅的家园。

迪纳提亚斯

凯尔·维德韦得村的一个棕发少年，经常欺负艾姆里斯和其他男孩。为了保护布兰文，艾姆里斯用魔法让迪纳提亚斯陷入火海，自己也因此双目失明。

多姆努

一个相貌丑陋的老巫婆。在传说中，多姆努的意思是"黑暗的命运"。她非正非邪，是芬凯拉唯一能够帮助艾姆里斯进入隐堡的人物。她的巢穴位于鬼沼边缘。

E

俄纳尔达

矮人国的女国王，狡诈多疑，脾气暴戾。她的王国在错综复杂的地下隧道里，她的矮人士兵个个骁勇善战。她和梅林曾数次交锋，也曾结为同盟。

F

芬凯拉

一个被浓雾包围的小岛，介于人的世界与神灵的世界之间，是二者间的桥梁。传说芬凯拉的居民曾经拥有可以飞翔的翅膀，后来却神秘地消失了。

芬凯拉的宝藏

包括火球、召梦者、智慧七器、深刃、花琴、死亡之镶……这些宝藏曾经被斯坦格马据为己有，隐堡倒塌后都陆续被找到，只有一件下落不明。梅林一度以为这件遗失的宝藏是格拉朵。

伏地尔

最后一个龙之王。他吐出的烈焰曾经吞噬了芬凯拉的大片土地和村庄，因此得名"火之翼"。梅林的祖父图阿萨打败了他，将他逐回龙穴，并用催眠术使之沉睡。但多年之后龙又醒了过来，这一回轮到梅林与他决一死战。

G

格拉朵

一个绿色宝石吊坠，最初被挂在布兰文的颈上，艾姆里斯离开凯尔·维德韦得时布兰文把格拉朵送给了他。传说它具有无比神奇的魔力，但它的用法无人知晓。格拉朵只有在自愿赠予时才会发挥作用。

格温内斯
古时的威尔士，艾姆里斯和布兰文被冲上海岸的地方。

圭妮娅
龙之王伏地尔唯一幸存的小龙，是梅林救活了它。

鬼沼
芬凯拉最可怕的地方，那里住着老巫婆多姆努、沼泽食尸鬼和很多诡异可怕的生物。此外，那里还有波利马格的洞穴、智慧七器中唯一不知下落的宝物以及能够显示梅林未来命运的魔镜。

H

郝丽雅
鹿女，全名是埃尔·拉·郝丽雅，属于麦鹿林·布里·密斯一族。她的父母被人类杀害，她和哥哥埃尔蒙相依为命。她在与艾姆里斯相遇后渐渐成为他的朋友和爱人。

黑山岭
隐堡的所在地，是芬凯拉最黑暗的地方。

洪
一个在枯土上挖渠的农夫，帮助艾姆里斯和席姆躲过了战斗精灵的追捕，并且送给艾姆里斯一把短剑。

花琴
芬凯拉的宝藏之一，一度被斯坦格马据为己有。它被描述为最美丽的宝藏，可以让荒芜的土地获得重生。

活石
漫长岁月的产物，分布于雾岭，能够将人整个生吞下去。

J

剑臂武士
这个可怕的武士肩膀上长的不是胳膊而是一对利剑。他专门残害没有父母的孤儿，目的是引出梅林。为了使孩子们免遭毒手，梅林放下手头的重任与这个来历不明的武士交战，并且终于发现了他的真实身份。

金发圭尼
芬凯拉最明亮的星座之一。

巨人

巨人是芬凯拉最早、最古老的居民，他们的古城叫作瓦里高。斯坦格马的士兵四处追杀巨人，他们中的幸存者被迫隐身于山崖峭壁之中。

巨人之舞

森严坚固的隐堡有一个致命的缺陷：如果巨人在那里跳舞，它就会坍塌，所以斯坦格马一直不遗余力地追杀巨人。

K

凯尔·麦丁

靠近海边的一个威尔士小镇。艾姆里斯在大火中失明后和布兰文一起住进了小镇上的圣彼得教堂。

凯尔·耐森

又被称为"吟游诗人之乡"。斯坦格马在芮塔·高尔的帮助下，运用魔法让这里的男女老少都失去了声音，把它从一个充满音乐和歌声的诗人之乡变成了毫无声响的沉寂之地。

凯尔普瑞

芬凯拉最博学的民谣诗人，曾经教过爱伦，后来又成了梅林的老师。他住在一个树根下的地洞里，家里堆满了各种书籍。凯尔普瑞出生在吟游诗人之乡，说话常常押韵。

凯尔特人

欧洲一个古老的民族，它的后代包括现代的爱尔兰人、威尔士人、苏格兰人。

凯尔·维德韦得

一个令人感到压抑的威尔士小村庄，是艾姆里斯和布兰文生活过的地方。

克里利克斯

一种长得像巨型蝙蝠、专门吞噬魔法的怪物。

L

《籁德拉》

巨人最古老的歌，是芬凯拉许多孩子听到的第一首歌。布兰文曾经给艾姆里斯唱过。

里欧

一个孤儿，不幸被剑臂武士砍掉了一只耳朵。为了躲避剑臂武士的魔爪，梅林把里欧和其他孤儿聚集在一起，把他们带到了遗忘岛。最终是这些孩子帮助梅林打败了芮塔·高尔。

丽娅

全名丽娅楠，在德鲁玛树林长大，通晓树语，穿着树叶和藤蔓编织的衣服。

另一个世界

神灵居住的世界，是凡人难以到达的地方。梅林找到了通向它的秘密通道——灵界井。

M

麻烦

一只勇敢无比的小鹰。梅林救了它的命，从此它就像长在了他的肩头，寸步不离，梅林因此给它起了"麻烦"这个名字，但它最终证明自己是梅林最忠实的朋友。

梅林

他曾经是那个叫作艾姆里斯的男孩，被海浪冲到岸边，对自己的身世和来历一无所知。在寻找自己的过程中，他逐渐成长为一个出色的魔法师。他见证了巨人之舞，解开了魔法七歌之谜，学会了像鹿一样奔跑，战胜了龙之王伏地尔，打败了芮塔·高尔，重新获得了芬凯拉人的翅膀。同时，他还找到了自己的母亲、父亲、妹妹、老师、爱人以及自己未来的命运。

梅林的手杖

来自德鲁玛树林的一根铁杉树枝，是梅林的魔法手杖。梅林每学到一种魔法，手杖上就会留下一个烙印。

魔法七歌

包括改变、连接、保护、命名、跳跃、消灭、看见七种本领。梅林只有掌握了每一首歌的灵魂，才能一路过关斩将，到达另一个世界。

N

妮姆

梅林最早在斯兰陀人普鲁通的面包房与她相遇，妮姆试图偷走他的手杖。多年后他们在鬼沼再次碰面，并且进行了一场殊死交锋。

R

芮塔·高尔

另一个世界里的战争与邪恶之神，黛格达的对手，可以在不同的时间和地点以不同的化身出现。他的终极目的是征服并占有整个宇宙，包括其中的不同世界。

S

绍莫拉树

这种树上长着几百种不同的果子，但它非常罕见，在整个德鲁玛树林里只有一棵。

深刃

芬凯拉的宝藏之一，一度被斯坦格马据为己有。它是一把双刃剑，一面能够切入灵魂，另一面能够愈合伤口。

斯考利朗普斯

丽娅收养的一个毛茸茸的小动物，长着一对长耳朵，不仅饶舌还尖酸刻薄。

斯兰陀人

住在芬凯拉东北部最顶端的一个神秘的族群，他们有秘密配方，能烘烤出美味的面包。

斯坦格马

他的母亲欧雯是鱼人的后代，父亲图阿萨是芬凯拉魔力最高超的魔法师。他年轻时强壮、骄傲，喜欢骑马和爬树。他漫游到凡人的世界，爱上了一个长着蓝宝石般眼睛的女人，并且把她带回到芬凯拉。不幸的是，斯坦格马在成为芬凯拉的国王后不久，就被邪恶之神芮塔·高尔所控制。在他的统治之下，芬凯拉一片荒芜，许多生灵丧失了生命，他的隐堡变成岛上最黑暗恐怖的地方。

死亡之镬

芬凯拉的宝藏之一，一度被斯坦格马据为己有。任何人被扔进镬里都会立即死亡，但有一个例外：如果有人自愿爬进去，铁镬便会自毁。

T

泰林和卡拉莎
艾姆里斯在前往隐堡的路上遇到的一对老夫妇，他们的花园是枯土上唯一的绿洲。

图阿萨
在梅林之前，图阿萨是芬凯拉岛有史以来魔力最强的魔法师，甚至黛格达都曾向他讨教。但图阿萨终因自负而丧命。临终前，他预见到自己的孙子梅林有一天将成为史上最伟大的魔法师。

W

瓦里高
巨人的古都，在芬凯拉北部。梅林到达时，那里已经成了一片废墟，巨人们都隐藏了起来。巨人之舞让隐堡坍塌之后，巨人们回到瓦里高，开始重建家园。

雾岭
靠近德鲁玛树林，在不息河西边。那里有活石、大伊鲁莎的水晶洞和图阿萨的坟墓。

X

席姆
一个长着圆鼻子的小矮人，却认定自己是一个巨人。他是梅林最亲密的伙伴，并且凭借自己的勇敢终于变成了真正的巨人。

西纹
半树半人，是树人的最后一位幸存者，曾经照顾过刚到德鲁玛树林的小丽娅。

小鬼
他们是芮塔·高尔用死人变成的，因此又叫"不死士兵"。他们保卫着隐堡和斯坦格马，是隐堡的一部分。

Y

伊昂
一匹黑色的骏马。梅林对自己的童年只有一个模糊的记忆，就是一匹黑色骏马从他手上吃了一个苹果。他们后来在多姆努的巢穴里重逢。

依克特马
一只对丽娅忠心耿耿的小松鼠。

丽娅和梅林离开德鲁玛树林时，它留下来照顾重病的爱伦。

遗忘岛
芬凯拉岛西边的一个神秘的小岛。梅林在鱼人的帮助下到达那里，并且发现了芬凯拉人失去翅膀的秘密。

隐堡
斯坦格马的城堡，修建在黑岭最黑暗的地方。它永远在不停地旋转，因此无人可以接近。但它有一个致命的弱点：如果巨人在这里跳舞，它就会坍塌。

鱼人
半人半鱼，住在海里，梅林的祖母欧雯就是鱼人族的一员。

Z

战斗精灵
斯坦格马的士兵，有着灰绿色的皮肤和绿色的舌头，戴着尖头盔，体魄强壮。

召梦者
芬凯拉的宝藏之一，可以让人梦想成真，是历史上受到诗人赞美

最多的神奇号角。它一度被斯坦格马据为己有，后来由诗人凯尔普瑞保管。

沼泽食尸鬼
住在鬼沼的诡秘可怕的生物，身体和眼睛都会发出幽光。

智慧七器
芬凯拉的宝藏之一，曾一度被斯坦格马据为己有。七器中包括可以自动耕地的犁、可以培育自己栽下的种子的锄头、可以根据需要砍伐适量木头的斧子等等。